河南省高校哲学社会科学研究重大项目“文学与地方性知识：‘中原作家群’创作及访谈、口述史研究（1976—2023）”（2025-JCZD）中期成果

中原作家群研究丛书

主编 李勇

副主编 刘宏志 朱一帆

地方经验与现代中原乡土书写

陈晨 著

武汉大学出版社
WUHAN UNIVERSITY PRESS

图书在版编目(CIP)数据

地方经验与现代中原乡土书写 / 陈晨著. --武汉:武汉大学出版社, 2025.8. -- 中原作家群研究丛书 / 李勇主编.
ISBN 978-7-307-25083-3

Ⅰ. I209.961
中国国家版本馆 CIP 数据核字第 2025MA8328 号

责任编辑:龙子珮　　责任校对:鄢春梅　　版式设计:马　佳

出版发行:**武汉大学出版社**　(430072　武昌　珞珈山)
(电子邮箱:cbs22@whu.edu.cn　网址:www.wdp.com.cn)
印刷:湖北云景数字印刷有限公司
开本:720×1000　1/16　印张:14.5　字数:207 千字　插页:3
版次:2025 年 8 月第 1 版　2025 年 8 月第 1 次印刷
ISBN 978-7-307-25083-3　定价:79.00 元

总　序

在近百年来的中国现代文学发展史上，河南作家一直占有举足轻重的地位。现代文学时期虽战乱频仍，但河南还是走出了徐玉诺、曹靖华、冯沅君、尚钺、师陀、姚雪垠、丰村、赵清阁、刘知侠、于赓虞、李季、苏金伞等一众名家。虽然他们大多有流亡和迁徙的经历，创作也多是异地开花，但他们笔下的中原大地，仍堪称是近现代苦难中国的缩影。当然，现代文学史上的河南作家，确如孙荪所言——“没有形成气候”。真正形成气候是在 1949 年之后，尤其是改革开放以来，以李准、南丁、魏巍、白桦、张一弓、乔典运、田中禾、二月河、刘震云、李佩甫、周大新、柳建伟、刘庆邦、张宇、郑彦英、孙方友、墨白、李洱、冯杰、邵丽、乔叶、梁鸿、计文君、南飞雁、李清源等为代表的一大批河南作家活跃于中国文坛，才真正形成了一个不仅具有相当数量规模，而且具有鲜明地域特色的文学群体。

关于这个文学群体，历来有许多命名。从较早的“河南作家”，到 20 世纪 90 年代的“文学豫军”，再到新世纪的“中原作家群”——命名焦虑某种程度上也折射着这个文学群体的影响力。地域性文学的命名总是存在争议，这几乎是难免的。但河南作家却有一种群体性的、与其他地域作家不同的“个性”。这种“个性”不仅仅是在与南方作家的比较中显现出的一种朴实(而非绚烂)、沉重(而非轻逸)的北方风格，也不仅仅是在与西部作家的对比中展现出的一种现实(而非浪漫)、焦灼(而非自由）的中原精神底色，而是即便与相毗邻的山东、陕西等北方地区和泛中原地区的作家相比，也仍然可以分辨出的一种唯河南作家方有的气质与个性。

对于这种气质和个性，当我们拿刘震云、李佩甫和莫言、张炜、贾平凹、路遥等比较，或者拿乔叶、邵丽、南飞雁、李清源与其他北方地区的中青年作家比较时，就会有非常突出的感受。这种感受，用简单的话概括就是：河南作家对于近现代中国多灾多难的历史和现实有一种远较其他地域的作家更痛彻心扉的体认。而这种体认的来源，就是中原这块土地在中国从贫穷走向富强、从愚昧走向文明、从落后走向进步的过程中，所承受的独一无二的挣扎和撕裂之痛。因为中原有着远较其他地区更庞大滞重的前现代文明负累，故而它的转型和裂变远较其他地区更为艰难，也更为撕裂、疼痛。毫不夸张地说，新时期以来河南作家笔下最让人印象深刻——甚至过目难忘——之处，便是对这种转型之痛的痛彻展示与表达。

所以，不管是从作家作品的体量来说，还是从其个性来说，河南作家都有作为一个地域性文学群体被关注和研究的可能性和必要性。而言其“必要”，实在是因为对这个群体的观察，亦是对百年来中国社会历史发展和文化转型的回顾与反思。多年来，对这个文学群体的观察和思考，并不局限于与河南这块地域有关的学人，它受到的关注是全国性乃至世界性的。郑州大学文学院中国现当代文学专业的诸位同仁，多年来对河南作家给予了积极的、热情的关注和研究。这里原本并没有统一的规划和预先的组织，而只是因为这个文学群体及其创作实在太过醒目，以至于让人无法视而不见。

当然，此次“中原作家群研究丛书”的策划和出版应该算是一个标志。近年来，郑州大学陆续成立了二月河文学艺术研究中心、河南文学研究中心等研究机构，2024 年 3 月河南文艺评论基地（郑州大学）揭牌，这些都为我们能够更好地整合资源、调动力量，更充分、更有力地发掘“中原作家群”这一丰富的文学资源的价值，让这一地域文学资源的价值得到更好、更充分的传播与利用，创造了条件。在此，衷心感谢郑州大学文学院对该丛书出版的大力支持！感谢河南省文联、河南省作家协会、河南省文艺评论家协会，以及广大作家和学界朋友的无私帮助！同时也对武汉大学出版社诸位编辑老师为丛书出版付出的辛苦努力，表示最诚挚的敬意！

李　勇

郑州大学文学院教授、博士生导师

目　录

第一章

徐玉诺：中原乡土的苦难书写与黑色生命挽歌的吟唱

第一节 徐玉诺文学中的苦难叙事

被誉为“五四时期河南创作第一人”的徐玉诺，其创作开始于1920年，继1921年在北京《晨报副刊》发表第一篇小说《良心》之后，他的小说、诗歌、散文在《小说月报》《文学旬刊》《诗》等杂志上不断刊出，在1921—1923年间形成井喷式的创作态势。1922年6月他与文学研究会的同人朱自清、郭绍虞、叶绍钧、郑振铎等人合出了诗集《雪朝》，不久商务印书馆又单独发行了他的诗集《将来之花园》，在诗坛产生广泛影响，王任叔、叶绍钧、郑振铎、闻一多等对其诗均有甚高的评价。徐玉诺这一时期的小说虽未结集出版，但受到鲁迅的关注。① 他的两篇小说《一只破鞋》和《祖父的故事》后被收入由茅盾编选的《中国新文学大系·小说一集》，茅盾视其为20世纪20年代文坛上有代表性的青年作家，并称赞其小说创作带有“原始”“粗犷”之风，在题材上侧重于农村生活，较新文学运动早期有所拓展。徐玉诺在文学创作上的高起点是河南作家在现代文坛的精彩亮相，他的创作相较于同时期为数不多的其他几位河南作

① 鲁迅曾有意将其结集出版，将此意托北京《晨报》孙伏园向徐玉诺转达，徐未作出回应。

家（如冯沅君、于赓虞等）而言，的确也是最具有“河南特色”的，这集中体现于他对中原乡村苦难的执着书写以及所流露出来的浓厚的乡土气息。中原地区曾经拥有优越的地理位置，经济发达，文化灿烂，但明清以降，却呈现出日渐停滞、落后的态势。辛亥革命之后直至 20 世纪 30 年代，各派军阀混战持续加剧河南的社会矛盾，经济发展止步不前，战乱频仍，再加上自然灾害高发，人民生存状况极为悲惨。出生于河南省鲁山县徐营村一个贫苦家庭的徐玉诺，对这一时期底层农民生活的艰辛以及战乱与匪祸给故乡人民所带来的苦难，有着刻骨铭心的真实体验，尽管曾离开故乡在外辗转流浪四处谋生，但这种如梦魇般的经历始终挥之不去。不论是小说、诗歌还是戏剧，徐玉诺的文学创作几乎都是围绕着“乡村”和“苦难”而展开的。

茅盾在《中国新文学大系·小说一集》导言中说，徐玉诺的小说，有许多是“匪祸兵灾的剪影”①。“匪祸兵灾”正是徐玉诺笔下造成家乡农民苦难的根源所在。近代以来，河南的匪患问题一直较为突出，进入民国时期，匪祸愈演愈烈，其中一个重要的原因是各派军阀以中原为逐鹿之场，穷兵黩武，对社会经济和民众生活破坏极大，军匪勾结又进一步使得匪祸滋长；国民党政治的空前腐败与豪绅地主变本加厉的剥削则使农民陷入更深重的苦难之中，由于走投无路，不少农民铤而走险加入土匪队伍；再加上自然灾害频仍等其他因素，造成政治、经济等多方面的社会危机不断深化，使河南土匪猖獗的程度在 20 世纪 20 年代到达顶峰。徐玉诺的故乡鲁山县地处豫西山区，是匪祸的重灾区，有“土匪王国”之称，那里常年遭到土匪的攻击、掠夺，农民的生命财产没有保障，人民流离失所，生活极度悲惨，这些现象在徐玉诺的小说中得到了细致而真实的展现。如小说《在摇篮里（其一）》从一个孩子的视角出发叙写土匪入村烧杀抢掠的经过：寒冷的冬夜里，母亲慌张地叫醒沉睡的孩子，熄灭

---

① 刘运峰. 中国新文学大系导言集（1917—1927）[C]. 天津：天津人民出版社，2009：60-72.

了灯屏住呼吸，万幸的是没有被土匪发现，但是隔壁婶母唯一的儿子小五却被打死了。土匪又放火焚烧了房屋，黑紫色的火焰熊熊而起，枪声、凄惨的叫喊声混成一团……在极度惊恐中，母亲把“我”推上墙头逃生，又险些被土匪发现送掉性命。《到何处去——在摇篮里之三》描述了村民在兵匪夹击下的生存惨状。一个村庄里住着两路土匪，村民们都成了土匪的奴隶，当官兵打来时，村民又被迫“帮助”土匪打仗，在混战中不少人丢了性命；另一个村庄何营本来没有土匪，但却在夜里遭遇突袭，不知是兵还是匪在村头放枪引发火灾，大火过后，“遍地都是死人，有些房上的火梁还在墙上放着残烟”。小说的结尾，另一个村庄蒋营又放起了火炮，小说的主人公“我”和父亲从一个村庄逃到另一个村庄，辗转流离，只能在黑暗的荒野上挣扎着，无处可依。《一只破鞋》描写了善良、憨厚的农民海叔叔进城来看望正在求学的侄儿，却不幸重伤于土匪的乱枪之下并死于荒郊野外的悲剧。小说中描写了城中百姓面对土匪的入侵而进行的激烈抵抗，城墙上枪炮齐发，枪声如流水一般地响着，天空中充满黑灰的烟云，“城上不断地向下抬死人和血人，一时满城都是凄惨的哭声”，就连青年学生们也不得不参与到护城的战斗中，整整三天三夜没有喝过一口水，有的甚至被流弹打死了。城外的景象更为恐怖，土匪放火焚烧村庄，到处是死尸，空气中弥漫着烧臭和腥气，简直是人间炼狱！其他的小说如《不能向下写的小说》《行路》《一个可怕的梦》《在摇篮里(其十)》等均不同程度涉及“匪祸兵灾”的书写。

值得注意的是，徐玉诺此类作品虽然多使用现实主义的笔法，但是常常采用第一人称叙事，从儿童的视角切入，使得读者对于小说主人公的经历有一种身临其境的感觉，最大程度上呈现出现实的残酷血腥。《一只破鞋》《在摇篮里(其一)》《一个可怕的梦》都是如此。《一只破鞋》以第一人称写了海叔叔的悲剧故事。读者跟随“我”的视角亲历了在城墙上抵抗土匪的激烈战斗，又目睹了海叔叔惨死后被野狗啃噬的现场：“他的面貌已不可认识，两颊的筋肉已被什么东西吃去了，两臂和两腿也有几处露着骨骼……”“但是赤条条在那里躺着的，那身略，那架子，我还可以看出那是我的叔叔海……”这阴森可怕的一幕让人不忍直视，“我”的父亲和神经失常的姑母都禁不住悲痛地号啕大哭起来，而“我”也根本不能往下叙述了。由此也可以看出，徐玉诺在小说中对于兵灾匪祸的描写往往是片段式的，他总是抓住一些令人印象深刻的画面和场景细加描绘，直到小说的结尾人物仍处于这苦难之中，他们在茫茫的黑夜之中无处可逃。小说《一个可怕的梦》描写了“我”——一个在开封求学的学生在校舍里的一场梦境，梦里“我”所住的村寨遭到军队入侵，士兵在到处烧杀抢掠，火光冲天，我和母亲着急地四处躲藏。作者使用第一人称十分细致地刻画主人公极度恐惧的心理活动，如：“我惊慌极了，想叫农夫们赶紧逃回寨子；但是一阵卷地黄风起来，地球摇着，霎时什么都看不见了。我也不知道是怎么，早滚下来，硬躺在土堆上，止不住的，用力握我的两拳；只剩我心的最深处的一点儿，在那里微微的颤动着；我想着，我要早拜别我的一切爱人吧，我是已死的人了！”除了心理活动，作者还从听觉、嗅觉、视觉等多方面去立体地还原当时的场景：“雷一般的，一阵暴火，又从寨内起来，立刻黑红的火炎(焰)，充满了天空；浓带着焦毛气和烧烤气。”母亲情急之下将“我”藏入干草之下，她带着绝望与恐惧发出的不断的哀求声将紧张的氛围渲染到顶点。随着一阵枪声马声，士兵终于近了，我预感到死亡的来临：“我想，我是活不成了！我要发我最后的哀鸣！”就在这紧要关头，“我”打了一个寒战，梦醒了。然而梦醒之后，“我还觉得那焦灼血腥的气味，和那冷笑的杀声，在我周围鼓荡”。小说巧妙地通过“梦境”再现了主人公曾经的遭遇，而那濒临绝境的“梦魇”经历无疑显示了“我”在心理上的创伤之深，正如小说结尾所说：“这个可怕的梦，我还记得，我永久不能忘，把我的百般可能性，都摧残了！”徐玉诺文学中对于苦难书写的这种“真实感”和“现场感”，在新文学初期的作家中是独一无二的，这源于他个人真实的经历和体验。儿时梦魇般的躲匪经历，姐姐的早夭，海叔叔惨死于匪枪之下，勤劳祖父的凄凉晚景……都给他留下了深深的伤痕。

在徐玉诺的诗歌中，对兵灾匪祸的刻画更趋于凝练，那一幅幅充满着血和泪的景象仿佛穿越历史，将中原乡村的苦难直逼到读者眼前。如《火灾》中这样描述被土匪洗劫后的村庄：

没有恐怖——没有哭声——

因为处女们和母亲早已被践踏得像一束乱稻草一般死在火焰中了。

只有热血的喷泼，喝血者之狂叫，建筑的毁灭，岩石的崩坏，枪声，马声……轰轰烈烈的杂乱的声音碎裂着。

没有黑夜和白昼——

只有弥漫天空的黑烟红火，翻反的尘土焦灰流荡着。

……我们的脚下是死的放着热烈蒸汽的朋友，兄弟姊妹的身首；呼吸的是含着焚烧亲人的香气；我们喝的是母亲的血……

面对这样的现实，诗人禁不住迸发出强烈的愤怒之情："假如我不是一个弱者，我要提只手枪走进故乡去；在那血烟飞溅，尸身满地，丘八，匪将，或者村长手下持枪的人们中间/不分彼此的战场上，我毁了他们；或者/他们毁了我！——自己。那总也是有意义的！"(《假如我不是一个弱者》)

对于"匪祸兵灾"题材的集中书写，使得徐玉诺笔下的中原乡村苦难以一种"极端"的方式呈现在读者的面前，让人不能直视的炼狱般的乡村现实和能够引发心灵震颤的真实体验使得他的创作受到文坛的关注。

在"匪祸兵灾"之外，徐玉诺当然也注意到由于乡绅地主的盘剥压榨而给农民带来的现实苦难。例如《不能向下写的小说》中描写农民在寒冬腊月被地主逼着修筑寨墙的悲惨境遇，《祖父的故事》中亦反映了农民与地主之间的矛盾：祖父花费四年时间辛辛苦苦开垦一块荒地，结果地主却轻而易举地把他的劳动成果据为己有。然而，徐玉诺的苦难书写并非仅限于此，他深入中原农民普通的日常生活，对于他们在苦难挤压下的心灵扭曲和精神变异的观照，显示出他对于苦难的深层审视以及现实主义创作的深入。

《农夫贾林的死》《晋家媳妇和任花婆》《骆驼家》《祖父的故事》《因为山羊的一段故事》等小说截取的是农民日常生活的场景，揭示了在恶劣的生存环境中由人性的扭曲和畸变而带来的悲剧。贾林与乔梅本是一对恩爱夫妻，乔梅受了药店老板的诱惑而厌恶丈夫，最后干脆下药毒死了丈夫(《农夫贾林的死》)；老邻居草包和阿斗因为羊吃草的问题产生矛盾，阿斗不由分说就打了草包的妹妹，还把山羊投入粪坑，两人最后大打出手，都被关进寨局(《因为山羊的一段故事》)；农妇晋家媳妇的丈夫先当匪后从军，她孤苦无依，不得不靠自己一人辛勤劳作养活女儿，邻居任花婆不但没有同情她的处境，反而怀疑她偷了自己的鸡，并用最恶毒的话语诅咒晋家媳妇(《晋家媳妇和任花婆》)。乔梅杀夫源于对贫穷的逃避和不断膨胀的欲望，草包和阿斗的暴戾以及任花婆的恶毒，出于他们的自私狭隘和强烈的报复心。徐玉诺并没有着意去演绎人性恶的一面，他笔下的人物最终都陷入忏悔和自我谴责，重新回到善良的一面。然而毋庸置疑的是，贫穷、饥饿、物质的极端匮乏以及由此所激发出的人性的丑陋，共同构成了徐玉诺笔下中原农村的“苦难图景”。当这种苦难发生在家庭内部的至亲之间，其所产生的悲剧力量越发深沉。《骆驼家》中的年轻乡村女性骆驼媳妇跟随家人在田间劳作，她忍受着病痛，一边割豆一边照顾三岁的孩子，还要提前回去为一家人做饭。常年的辛苦劳累令骆驼媳妇不堪承受，但她因为体弱仍被大伯视为累赘，最后吐血身亡。临死前的骆驼媳妇是绝望的，而高家一大家有将近三十口人，在租种的地里拼命也活不下去。《祖父的故事》中的祖父辛苦劳作一生也无法摆脱贫穷的命运，他年老体衰时一人住在简陋的牛屋，疾病缠身也无人照料，即便如此，失去劳动能力的他还受到祖母的嘲讽和嘲骂，最终孤独地死去。乡间生存的严酷使人与人的情感变成一片荒漠，在原始的如动物般的生存法则中，老弱病残被无情地抛弃，人的尊严和价值不值一提。正是在这样的环境下，滋生了人们对于权力的向往和崇拜，不断被激发出来的人性欲望，冲破了传统乡土社会善恶的藩篱，造成了更加深刻的生存悲剧。徐玉诺通过小说《行路》对这一现象进行了反思。

在20世纪20年代的中原农村，普通百姓由于生活所迫铤而走险加入匪帮的现象非常普遍，《行路》独辟蹊径，描写了主人公“我”假扮土匪从家乡“徐营”到鲁山的一段经历。“我”一开始见到土匪吓得发抖，后来在魁哥的带领下逐渐和土匪接触多了起来，心态由恐惧变成羡慕，甚至幻想自己成为一名“淌将”。引起这种变化的原因不乏“我”对土匪生活的新鲜好奇，但最重要的原因是“我”对权力的崇拜和渴望：当“我”看到土匪们可以任意抢劫路人，甚至拥有生杀大权时；当“我”看到周围的行人、妇女投来的羡慕、恭敬的神气时，“我”的心态发生着潜移默化的改变。特别是我身边同族的魁哥和得胜弟弟都整日与土匪打交道，他们的一言一行也深刻影响着“我”。小说中的“我”本来是一介书生，一个小学老师，但是在畸形环境中却逐渐丧失了正义和良知，不仅对遭受抢劫的穷人失去了同情，连对路边嬉戏玩耍的孩子看不顺眼也会踢两脚、骂两句。“我”的变化深刻揭示了人性在畸形环境中的异化。在1922年叶圣陶发表的小说《火灾》①中，此类现象被概括为“猛烈的人心的大火灾”。不论是土匪还是农民都受欲望的驱使，不断寻求刺激与兴奋，这种精神的变异导致人心的麻木，最终由人心的火灾引发一场真正的灾难——因民匪相持而导致家乡附近的县城被烧，“一条街中拖出尸二千余条”。

面对生存的严酷考验，徐玉诺小说中的中原乡民又往往是隐忍而沉默的，他们苦苦挣扎却又无可遁逃，无从反抗，这无疑进一步加重了他们的悲剧色彩。《不能向下写的小说》中描写农民在寒冬腊月被地主逼着修筑寨墙的悲惨境遇，二丈宽三丈高的土墙“就是他们一滴血一把汗把

① 这部小说以叶圣陶和徐玉诺的真实交往作为背景，茅盾在《中国新文学大系·小说一集》的导言中也曾明确指出：“《火灾》内的言信君就是徐玉诺”。

砂砾变成了粘土而一拳一拳打起来的”，然而农民就像“被制服而驯良的骆驼”一样，不问“为什么”和“该不该”，没有人对自己的命运发出质疑、奋起反抗。在《祖父的故事》和《锅腰老公》两篇小说中，徐玉诺生动刻画了忍辱负重的老一代农民形象。面对土匪的烧杀抢掠与村民的悲伤和愤怒，年纪最长的锅腰老公说：“人在世上同大海的水一样，变成冰，变成汽，就是变成老虎尿，还是它那一样东西，一点也不损失。活着还不胜死了的，因为现在人正是不好做的啊！”“只要我们活一天，就要做一天的事；有一个人活着，就要做一个人的事，只要把豆籽埋在土里会生芽，长了起来，我们总要……”这种乐天安命的人生态度似乎显露着一种朴素的生命哲学：无论面对生活怎样的肆虐残暴，总还要保留活下去的希望。然而这在现实的苦厄面前又显得过于虚幻，不能给人以实际的帮助。就像《祖父的故事》中的爷爷，辛勤劳作一生竭力与命运对抗，却仍然看不到希望所在。小说结尾爷爷讲述了一个颇具魔幻色彩的故事，故事里的年轻人经过一番历险后遇到了老金鹰，它会把人吃掉，然后将人的灵魂封存在笔帽那么大的铁桶里。爷爷历经的所有磨难最终在沉寂的黑夜中化为对死亡和命运的恐惧，这是中国农民最典型的对于苦难的承受方式，他们的沉默中积淀着历史与现实的创伤。

五四以来新文学对乡村苦难的书写，一方面是从人道主义的角度去真实地表现农民疾苦，另一方面则是从启蒙主义的角度出发，去探析乡村苦难的根源所在，寻求中华民族沉滞不前的根源。以鲁迅为代表的新文学作家们，将批判的矛头指向了封建专制文化与伦理道德体系对于人们思想的禁锢，其创作的目的是“揭出病苦，引起疗救的注意”。作为直接受到五四新文化运动影响的作家，徐玉诺的“苦难叙事”却并没有着力去凸显乡民的陋习，文化批判的意味也没有那么强烈。在他的笔下，中原乡民精神上的混沌、麻木、愚昧，主要缘于贫穷、战乱等现实因素，作者对他们精神上的负重并非投去自上而下的审视或发出“启蒙者”的诘问，而常常抱有一种身处其中无法挣脱、无可奈何的悲凉感。

这种有别于精英知识分子的平民视角和徐玉诺在现实中的生存处境

不无关系。徐玉诺出生于河南鲁山县徐营村的一个贫苦家庭，和那个时代的许多作家一样，他从乡村进入城市，在省立开封第一师范学校接受现代教育，并接触《新青年》等新文化运动刊物，受到新思潮的影响。从河南开封第一师范学校毕业后，徐玉诺曾短暂地回到家乡任公立小学校长兼国文教员，之后便开启流浪者一般的教书生涯。从1921年开始直至20世纪40年代，为了谋生他辗转在福州、吉林、厦门、洛阳、曲阜、信阳、烟台等地的学校任教，短则几个月，长则一年左右。① 其间徐玉诺经历过特别窘迫的情形，如1923年3月中旬徐玉诺从河南临颍送一位朋友到北京，与朋友分手后却发现无钱买车票回河南，只好将随身衣物抵押暂时寄寓在一间小客栈。之后他在《晨报副刊》上登求职启事："徐玉诺君愿充各级学校文学教授或各报校对及各种书记员，每日可工作十至十四个钟头，月薪只需二十元。"这则启事被孙伏园故意刊登在"百物出卖栏"，一时传为"卖身启事"的笑谈。徐玉诺在《诗》月刊二卷二期发表的《小诗》中记载了这一人生经历和痛苦体验："黑暗，垢污，屈辱是我每日的三餐，大笑是我的音乐""我的恼怒不能再压下去/自卖的广告已是第三次刊布了""在丰艳的春天的花园，我心里还刮着枯焦的阴森的秋风"。1921—1923年是徐玉诺文学创作的爆发期，1922年他不仅与文学研究会同人一起出版了诗集《雪朝》，还出版了个人诗集《将来之花园》。叶绍钧、郑振铎等均撰文对其创作进行了肯定，徐玉诺在文坛的崛起也引起了鲁迅先生的关注。② 但是诗人的生活境遇似乎并没有因此而改变，与文学研究会的其他作家相比，徐玉诺既无稳定的教职，也无名牌大学的学位加持或者负笈游学的光鲜经历，他始终处于北京或者上海的文学核心圈之外，甚至还需要为了现实的生存而发愁。匪祸兵灾是徐玉诺童年记忆中的梦魇，成年的他又始终无法摆脱饥饿与贫困，生命

① 包括小学、中学、大学等不同层次的学校。

② 据徐玉诺回忆，鲁迅先生曾"三番五次嘱咐孙伏园，给我写信，让我把发表在《晨报副刊》上的二十来篇小说收集出版，并自愿作序"。详见徐玉诺．怎样学习鲁迅先生[M]//秦方奇．徐玉诺诗文辑存(下)．郑州：河南大学出版社，2008.

的苦难使徐玉诺始终紧贴大地，不会有凌空的高蹈，而那“旅人”的姿态则使他与时代的潮流始终有一种疏离感。在新文学运动初期，文学研究会提倡“血与泪”的文学，“问题小说”大行其道，能够穿透现实生存表象的遮蔽和现存文化的拘役，突入生存本质去关注生命本体的作家和作品并不多，徐玉诺正是其中极具代表性的一位。

在这类诗歌中，徐玉诺不再执着于对中原乡村的苦难书写，而是把现实人生浓缩在特定的场景中，带有象征性地演绎“人世之苦”，“从小而镶着黑边的窗孔中”，看到一条大桥上“许多奇奇怪怪的影子”过去，“有些是野心家，负极重的行囊；有些是教育家，带着许多学生；还有些母亲带着伊们孩子……”“他们的兴趣是未发现希望时的失望；他们的勇气是盲目者的自信”(《人生的现实》)。在“从地狱到鬼门关”的路上，暗无天日，尘土飞扬，政客、土匪、娼妓、乞丐、教师、学生等各色人汇集在一起，有的蛮横，有的狡诈，有的顽滑尖薄，有的落魄穷酸，所有的生命都像浸渍在“满腔子酱醋里”。苦难不再是某个特定群体的专属，而成为人类不得不面临的相同处境。由此，黑色成为徐玉诺诗歌中一个频频出现的关键词，如：“世界上慢慢都是疮疸，宇宙也变成灰黑色了”(《歌者》)；“你好比一只奋勇而且驯良的小牛，在这无穷无尽，黑暗而又满着泥泞的路上，把一辆满载生活问题的小车，拽了又拽”(《杂诗》)；“从地狱到鬼门关那条路上，尘埃翻天似的荡着，太阳是黑灰的”(《路上》)；“一只失了舵的小船在黑暗，暗潮汹涌的海上漂着”(《小诗》)；“我在这黑黝而陈旧的记忆上，做着没目的的旅行”(《思念》)；“当我走入了生活的黑洞，足足的吃饱了又苦又酸的味道的时候；我急吞吞的咽了咽，我就又向前进了”(《小诗》)；“黑色斑点/黑色斑点蚕种一般的东西，一次一次的增加起来，渐渐占据了光明洁白的心灵的全部；从此以后，心灵永远永远再不能光明了”(《秋晚》)。“黑色”是徐玉诺对于现实世界的隐喻表达，更是人类普遍生存状态的一种象征，黑色漫无边际，恐怖而压抑，就像人永远无法挣脱生存的困境。徐玉诺将人类比喻为漂流在海洋中的一叶孤舟、受困的笼中鸟，或者是被无形大手捉弄着钻进钻出的老鼠，这些意象都在反复强化着人类存在的悲剧性主题：人无法逃脱苦难，人无法对抗命运。苦难暴露着人生存的有限性，徐玉诺在诗歌中不断质询人生存的价值和意义，得到的答案却永远是一样的：人的生存是毫无意义的。诗歌《人的世界》巧妙地通过“天”与“地”的对话，讨论人类的命运：“天一日问地说：人天天做些什么，那样忙迫？地答道：他们要上死地方去，他们忙着死。”“他们一切的行为都为着死，他们所有的一切也都归结在死里”。《没意义的人生》通过一则寓言故事，讲述了一个渴望人生意义的人“赤着足跑遍了世界”寻求答案，人类的研究者、老年的哲学家、小孩子们都给了他不同的答案，然而最后“他的眼睛晕花了，他的足磨透了，世界也找遍了，人生还是没意义”。生存的终极目的被判为“没有意义的”，人类所有的抗争都是无效而徒劳的，这难道不是人生最大的苦难吗？虚幻的梦成为徐玉诺唯一的解脱方式，“人生最好不过做梦，一个连一个的，折盖了生命的斑点”(《小诗》)。他羡慕失去记忆的海鸥，“假设我没有记忆，现在的我已是自由的了。人类用记忆把自己缠在笨重的木桩上”(《杂诗》)。他寄情于美好的春天、温柔的故乡田园，但又清醒地意识到这只不过是“虚幻的平安”(《春天》)，“世界上一切平安、宁静都是幻影”(《永在的真实》)，而一旦戳破这“最后的虚幻”(《妖镜》)，甚至连人也不愿做了。

对人生困境的探寻使徐玉诺陷入更加迷茫的境地，虚化苦难的结果也无法带来宁静的心灵皈依，绝望与虚无深深地笼罩住了徐玉诺，他在诗歌中一再流露出颓废乃至厌世的情绪：“宇宙间没趣味，再莫过于人生了”(《船》)；“宇宙间生物，总是这般没意思——可怜：谁配得厌烦谁呢”(《小诗》)。他愿意沉溺在黑暗之中，“世界再没有比黑暗更深奥更耐爱更全备的处所了”，“自由莫过于在黑暗中，快乐莫过于在黑暗中”(《黑暗》)。他甚至发现了“死之美”，觉得死神犹如“仙鹤一般”美丽、沉静(《教师》)；然而他又否定了死亡，“没意思的人生，他觉得自杀也是没趣味”(《鬼火》)。

徐玉诺此类对于苦难的书写虽然建立在20世纪20年代中国社会现

实的基础之上，但更多地融入了他个人的生命体验，是关于“本我”的内心图景的书写，流露出颓废、悲观乃至虚无的情绪特征。他的这种创作特点已为当时的批评家所关注，1922 年徐玉诺的个人诗集《将来之花园》出版，郑振铎为其撰写了卷首语，他评价徐玉诺是“中国新诗人里第一个高唱‘他自己的挽歌’的人”，“虽然在将来的花园里，玉诺曾闪耀着美丽的将来之梦”，但“挽歌般的歌声”“却较这朦胧梦境之希望来得响亮多了”。所谓“挽歌”情调，是五四时期漶漫于文坛的时代情绪病的一种直接反映，也是新文学的一种精神标记。茅盾曾经撰文对此进行过专门的分析，在他看来，其产生的原因一方面在于社会现实，经济贫困、政治腐败，再加上兵灾、天祸等因素使年轻人感到前途无望，因而悲观；另一方面，则是因为对于新思想“信仰不坚”或者“信仰过甚”，导致理想与现实的冲突，也足以使青年感到精神上的苦闷，“青年的感觉越锐敏，情绪愈热烈，愿望愈高远，则苦闷愈甚”①。

徐玉诺高唱“自己的挽歌”与西方现代主义思潮的影响也不无关系，他所表达的个体生存的疼痛感，以及对整个人生荒谬形而上的感受，对空虚和无意义的焦虑，都与存在主义哲学的主题有着深度的契合。早在五四之前，尼采、叔本华、克尔凯郭尔就已经被引入中国，而以叔本华、尼采、柏格森等人为代表的标举“体验”的现代人文主义哲学思潮更对于五四新文学产生了重要的影响。② 与此同时，20 世纪 20 年代初期的青年诗人“在创作意识上和艺术风格上都接受了西方诗歌的影响”，“包括波特莱尔为代表的法国上个世纪的象征诗派，包括 20 年代初美国和英国的意象派诗运动……这些诗潮或多或少地都在中国刚诞生的新诗中产生过影响”。③ 徐玉诺诗歌中颓废、感伤、忧郁的精神趋向与象征化的艺术抒写也明显受到西方象征诗派的影响，几乎与他同时期的另一位河南诗人于赓虞就曾明确指出：“徐君的诗的作风颇有波特

① 茅盾. 青年的疲倦[J]. 小说月报，1922(8).

② 朱德发，温奉桥. 非理性视野中的现代中国文学[J]. 北方论丛，2003(4)：8.

③ 孙玉石. 中国现代主义诗潮史论[M]. 北京：北京大学出版社，2010：21.

莱尔诗的风味。”①

近代以来中国社会的多灾多难使得中国作家执着于对“苦难”的书写，其内容也格外丰厚，对民族苦难、民族精神持续不断的挖掘，成为一个多世纪以来中国现代文学一条重要的血脉线。中原苦难是中华民族饱经沧桑的缩影，河南现代作家也不约而同地将苦难作为他们文学创作的重要主题。作为新文学中第一个对中原苦难进行深情注视的作家，徐玉诺用现实主义的笔触，以自己的亲身经历为素材，真实展现了20世纪20年代“匪祸兵灾”之下中原乡民生存的艰辛与残酷，因其取材的独特、描写的真实和感情的真挚而备受文坛肯定。在五四新文化运动的直接影响下成长起来徐玉诺，亦从“启蒙主义”的角度，对于中原乡民在苦难挤压下的心灵扭曲和精神变异给予了特别的观照。值得注意的是，在表现这些“精神上的负重者们”的悲剧命运时，徐玉诺又常常是从平民立场出发的，对于农民的天然认同，对于他们处境的感同身受，使得他的苦难书写流露出一种无从挣脱、无可奈何的悲凉感。在经历了对人生苦难的深刻体验和对人性黑洞的深切透视之后，徐玉诺从超越一般的人道主义层面上对乡村苦难的现实主义书写，对人类苦难意识和生存困境进行更为深入的探索，由此而产生的颓废、悲观、虚无的情绪也成为他诗歌的鲜明印记。徐玉诺这类“个人挽歌”式的创作一方面是五四时期知识分子普遍精神危机的一种体现，另一方面也受到西方现代主义文学的影响。众所周知，五四作家对于新文学的建构与启蒙主义紧密相连，尽管“个人主义”“个性解放”作为启蒙话语得到了高度肯定，但是在现代民族国家的政治逻辑中，个体性的焦虑和个人的痛苦始终处于被遮蔽的位置；而对于实用理性和社会功利性的强调，也使得新文学对于人类普遍生存困境的形而上思索显得较为匮乏。徐玉诺文学创作中的苦难叙事，正是从这个层面上显露出其独特的文学价值。

---

① 于赓虞. 读《将来之花园》[M]//解志熙，王文金. 于赓虞诗文辑存(下). 郑州：河南大学出版社，2004：533.

第二节　黑色的生命挽歌：论徐玉诺诗歌创作的现代主义色彩

20世纪20年代初期，随着文学研究会、创造社、湖畔社、浅草社、沉钟社、弥洒社、绿波社等众多文学社团的涌现，新诗也进入了特殊的历史繁荣期。徐玉诺是此时诗坛上一位不容忽视的重要诗人。他从1921年开始新诗创作，在短短的两三年间，创作了300多首诗歌，陆续在《晨报副刊》《时事新报·学灯》《文学周报》《诗》月刊等报刊上发表。1922年6月，文学研究会出版诗歌合集《雪朝》①，其中收徐玉诺诗歌48首，数量上远超他人；同年8月他的个人诗集《将来之花园》出版，这是文学研究会丛书中的第一部个人诗集，也是中国新诗史上继《尝试集》之后的第八部个人诗集；1925年4月研究会同人诗集《眷顾》由商务印书馆出版，收录了徐玉诺在《小说月报》上发表的诗作9题11首。徐玉诺的诗歌创作在诗坛引起了相当的关注，茅盾、郑振铎、闻一多、叶绍钧、王统照、王任叔(巴人)都给予他的诗以极高评价。

徐玉诺从初入文坛开始就与文学研究会作家保持密切的联系。1921年春夏，他经郑振铎介绍加入了文学研究会，并到苏州首次拜访了叶绍钧；1922年2月，他到上海参加文学研究会分会会议。② 1922年1月，新文学史上第一个专门的诗歌刊物《诗》月刊诞生，该刊物的创办人叶绍钧、朱自清、刘延陵都是文学研究会骨干，徐玉诺成为该刊主要的撰稿人，也是发表诗作最多的人。包括上文所提及的诗集《雪朝》《将来之花园》《眷顾》，都显示出徐玉诺的文学活动与文学研究会的密切联系及其诗歌受重视的程度，徐玉诺因此也被研究者认为是“文学研究会诗人中

① 1922年6月，诗合集《雪朝》由商务印书馆出版，内收八位研究会诗人的创作，包括朱自清、周作人、俞平伯、徐玉诺、郭绍虞、叶绍钧、刘延陵、郑振铎。

② 参考秦方奇．徐玉诺年谱简编[M]//徐玉诺诗文辑存(下)．郑州：河南大学出版社，2008.

最受推崇的一个”①。

在20世纪20年代初，文学研究会是最有影响力的文学社团，“文学研究会”中的新诗人很多，“形成了一个较为清晰的诗歌群落”，“在宽泛的‘为人生’的宗旨之下”，形成了“一种质朴、稳健、自由的诗风”。②“为人生”只是一个笼统的主张，郑振铎所提出的“血和泪”的文学是对这一主张的具体化。1921年第6期的《文学旬刊》上刊载了郑振铎的文章《血和泪的文学》，他从抨击鸳鸯蝴蝶派文艺入手，疾呼“我们所需要的是血的文学，泪的文学，不是‘雍容尔雅’‘吟风啸月’的冷血的产品”③，把眼光从笼统的、一般的“人生”转向了社会的底层，要求表现劳动人民真实的生存状况和精神境遇。“为人生”文学主张的提出，也针对当时文坛的流弊。茅盾在考察1921年的文学创作时，曾明确指出其在题材上的狭隘，“男女恋爱的小说占了百分之九十八”，“知识界人不但没有自身经历劳动者的生活，连见闻也有限，接触也很少”。④ 从中原贫苦乡村来的徐玉诺，对农民生活有着真切的体验，他的创作多以“兵灾匪祸”为主题，将在血腥残暴的战乱中流离失所、朝不保夕的中原乡民的痛苦和挣扎触目惊心地呈现在读者面前，扩大了新诗的经验范围。徐玉诺的创作无疑是“血和泪的文学”的绝佳样本，他也因此受到文学研究会的极力推崇，自然地也就被归入“为人生”的写实主义的文学脉络中。1922年一场围绕湖畔诗人和徐玉诺的讨论，充分显示出当时新诗的主流价值取向和审美风格。1922年5月诗集《湖畔》出版后不久，在《文学旬刊》第37期上就发表了郑振铎《对于新诗的净言》一文，对汪静之的诗歌进行了批评，与此同时王任叔、郑振铎、叶圣陶纷纷著文推介徐玉诺，

① 姜涛．导言：新诗的发生及活力的展开[M]//姜涛．中国新诗总系(1917—1927)．北京：人民文学出版社，2010：11.

② 姜涛．导言：新诗的发生及活力的展开[M]//姜涛．中国新诗总系(1917—1927)．北京：人民文学出版社，2010：11.

③ 西谛．血和泪的文学[J]．文学旬刊，1921(6)：1.

④ 郎损．评四、五、六月的创作[J]．小说月报，1921(8).

“在接连三期的篇幅中，对《湖畔》的暗中批评与对徐玉诺的大力称道，形成鲜明对照”①，而这也激起了应修人、汪静之的不满。是“血与泪”还是“爱与美”？这不仅关乎新诗创作的题材，还涉及诗歌创作的观念和方法问题，从一个侧面反映出20年代新诗内部的分歧和矛盾。事实上，在早期白话诗的合法性得以确立后，文坛上对于新诗的发展始终存有不同的思路和取向。20年代初期胡适“作诗如作文”的观点不断遭到批驳，白话新诗的浅白直露越来越为人所诟病，对于“诗本体”的诉求已经逐渐成为诗坛的焦点，平民/贵族、直觉/理性、抒情/写实等互为对立的关键词频繁出现在这一时期的诗论之中。

在多种声音的碰撞之下，中国新诗“或沿着善的功利主义方向而走向唯善的偏至，或追着美的鹄的而趋于唯美的偏至”②。而更多时候，这两种倾向是缠绕在一起的，“中国现代新诗就在中国新诗人的艰难抉择中生长，在不断论争中成长”③。即使在文学研究会内部，同样提倡“为人生”的文学，茅盾和叶绍钧“强调观察和描写现实的路径并不相同”，“一个重在对现实完全客观的自然主义式的描摹，一个重在创作主体对现实的交互、直觉式的介入”。④ 叶绍钧坦言受到法国哲学家柏格森的影响，认为直觉是文艺家观察“生命之真际”的重要手段；而茅盾一方面主张写实主义，但另一方面也对西方现代主义文学的引进和介绍投入了极大的关注和热情。可见，现实主义与浪漫主义、现代主义的杂糅、交错，甚至是批评家在二者之间的矛盾、游移都是当时普遍的状况。由此，我们就可以理解叶绍钧、郑振铎等人在具体评价徐玉诺的诗歌时，为什么并没有抓住“血与泪”的主题大做文章，反而从不同角度挖

① 姜涛．“新诗集”与中国新诗的发生[M]．北京：北京大学出版社，2019：212.

② 解志熙．美的偏至：中国现代唯美-颓废主义文学思潮研究[M]．上海：上海文艺出版社，1997：263.

③ 李怡．中国新诗讲稿[M]．北京：中国人民大学出版社，2014：30.

④ 凤媛．从茅盾和叶圣陶的早期文学实践看“为人生”文学思潮的多重面向[J]．山东师范大学学报(社会科学版)，2023(1)：33.

掘出他的诗歌在“写实”以外的艺术特质。郑振铎在《将来之花园》的“卷头语”中强调徐玉诺诗歌的“挽歌”情调，他说“玉诺总之是中国新诗人里第一个高唱‘他自己的挽歌’的人”，“只有真性情的人才能唱这挽歌”；叶绍钧在《玉诺的诗》一文中对徐玉诺的诗歌进行了全面而详尽的分析，在“酸苦的记忆”和“对现实的诅咒”之外，他看出徐玉诺“对于幻梦和死灭，倾心的赞美，热烈的羡慕”，他认为徐玉诺诗歌创作的方法是情绪式的直觉式的，“他并不以作诗当一回事，像猎人搜寻野兽一样。当感受强烈，情绪奋兴的时候，他不期然地写了；写出来的，我们叫做诗”①。这与创造社从生命体验的角度对文学的理解非常相似。

郑振铎和叶绍钧显然已经触及徐玉诺诗歌的某种“现代主义”特质，与徐玉诺同时期的河南诗人于赓虞则更为明确地指出“徐君的诗的作风颇有波特莱尔诗的风味”②。但是这些“特质”和“风味”显然没有受到当时诗坛的足够重视，徐玉诺仍主要是在“为人生”的写实派框架中被解读和接受。究其原因，一方面是由于五四以来对于文学的社会功利性追求仍是中国现代文学的主要表征，徐玉诺诗歌中“血与泪”的一面因为符合时代的主潮而被强化；另一方面在于，在新文学初期，出现一批积极摄取西方现代主义，强调文学的无功利性，并在创作上带有浓郁的主观性、情绪性的文学社团，如创造社、浅草社、沉钟社、弥洒社、绿波社等。他们对于西方现代主义有一定的研究，并且形成了较为成熟的诗歌理论，在文学创作、研究和翻译领域都有突出的成绩。相比之下，徐玉诺对西方现代主义的接受、借鉴没有明显的轨迹可循，也缺少自觉地对于文学创作的理论阐发，这都在某种程度上影响到人们对他诗歌中现代主义质素的开掘。在 20 世纪 20 年代文坛上徐玉诺如彗星般转瞬即逝，1926 年之后他很少写作，逐渐远离文坛，在中华人民共和国成立之后才

① 叶绍钧. 玉诺的诗[J]. 时事新报·文学旬刊，1922(39)：1-2.

② 于赓虞. 读《将来之花园》[M]//解志熙，王文金. 于赓虞诗文辑存(下). 郑州：河南大学出版社，2004：533.

又拿起笔来开始写作。创作生命期的短暂使得徐玉诺在现代文学史上长久处于边缘地位甚至被完全遗忘，他的文学创作尤其是诗歌中所包含的丰富价值和内涵并没有得到充分的挖掘和重视，他的文学史形象也主要被定格在“现实主义”和“乡土”的范围。而他诗歌中那些超越现实层面的“梦幻”“死亡”等生命主题，所流露出来的颓废、虚无的情绪，曾一度作为“思想上的弱点”和“悲观消极的情绪的流露”被加以批评和排斥。① 近年来，在众多研究者的努力之下，不但与徐玉诺相关的作品集、文献资料不断丰富完整，对徐玉诺的研究也不断开拓新的空间，尤其是“他的诗在现实主义与现代派诗艺融合上所表现出来的先锋姿态”②，愈发受到研究者的关注。对这一问题的探讨，不仅有助于徐玉诺文学史形象的丰富、拓展及其文学史价值的提升，对我们探讨 20 年代新诗创作的丰富性和复杂性也有着不可忽视的意义和价值。

一、20 世纪 20 年代文坛对于现代主义的接受

在西方，现代主义是对于启蒙主义现代性危机的深刻反映，以人道主义、理性主义为核心的启蒙主义思想被非理性主义、虚无主义、历史悲观主义所取代，其中弥漫着悲观、虚无、疯狂、绝望甚至死亡气息，审美理想由崇高向丑和荒诞转化。近代以来，在中西文化的大碰撞、大交流之中，现代主义与其他形形色色的西方文艺思潮同时传入中国。早在五四之前，中国知识界先锋如梁启超、王国维、鲁迅等人已经受到西方现代哲学的影响，并且“拿来”为己所用。王国维对文学审美独立性的强调，以及对人生悲剧意义的追问，离不开对叔本华哲学的借鉴和吸收；鲁迅“主要是在尼采和克尔凯郭尔的启发下，看到了近代文明的偏颇，领悟到了个体存在的真义，从而提出了他的文化偏至论和个体本体

① 张永江. 根植于生活深处的“乡土文学”——徐玉诺创作的一个侧面[J]. 河南师大学报(社会科学版)，1981(2)：102.

② 刘增杰. 中原诗坛开路人——序《徐玉诺诗文辑存》[M]//秦方奇. 徐玉诺诗文辑存(上). 郑州：河南大学出版社，2008：1.

论，并提出了他的独特的救国之道”①。五四时期，文坛对于现代主义的介绍、翻译趋于自觉，规模更大，范围也更广泛，在尼采、叔本华之外，柏格森的生命哲学、弗洛伊德的精神分析学受到普遍关注，他们的一些重要著作陆续被翻译出版。而象征主义、唯美主义、表现主义、未来主义、意象派等现代主义流派也都在中国得到了广泛的介绍。在当时，理论家“大都采用了从日本文艺理论家那里袭取来的术语，将现代主义诸流派统称为‘新浪漫主义’”②。五四文坛对新浪漫主义的积极引入显示出中国现代作家与世界文学最新潮流接轨的强烈愿望，鲁迅、郭沫若、胡适、周作人、郁达夫等一大批五四作家从文艺思想到创作实践都受到现代主义文学思潮的深刻影响，创造社、浅草社、弥洒社、绿波社等文学社团更是在创作上大胆实验，带有显著的现代主义倾向。

五四作家对西方现代主义，也有内在精神上的某种契合。正如研究者所指出的那样：“西方现代主义诞生的社会背景和思想根源是日甚一日的社会危机和精神危机，中国五四时期的社会现实和文化语境与其有着太多的相似之处，同是历史与现状、理想与现实的断裂时期，同是新旧文化的冲突、价值重构的双重困惑时期。”③陷身于这种历史的大转折、大崩溃的漩涡之中，中国知识青年的心境是热烈而悲凉的，他们在感伤和寂寞中咀嚼体味个人情感的悲欢，表露出彷徨、孤独、悲观、绝望等不安的情绪，这种所谓的“时代情绪病”，弥漫于五四时期的整个文坛。这使文坛上的知识青年在现代主义的理论学说和文学作品中找到了感觉的共鸣，找到了精神支柱。

尽管如此，由于中西方社会现状和文化发展的极大差异，五四时期在中国占据主导地位的仍是呼唤现代化的启蒙主义文化，这使得中国现

① 解志熙．现代作家的存在探询(上)——存在主义与中国现代文学[J]．文学评论，1990(5)．

② 罗钢．“五四”时期及二十年代西方现代主义文艺理论在中国[J]．中国社会科学，1988(2)．

③ 赵凌河．新文学现代主义思想史论[M]．沈阳：辽宁人民出版社，2006：39.

代作家在接受现代主义时往往存在某种程度的“错位”。他们“都普遍地把非理性思潮当作了一种新的理性来对抗传统封建理性”①，换句话说，他们无法忽视国家民族现实生存的危机与救亡图存的峻急，因此他们对西方现代主义的吸纳也无法完全摆脱理性之思。例如，尼采高喊着“上帝死了”“重估一切价值”，他对于西方传统价值观念的彻底否定带有强烈的反叛色彩，与五四的时代精神是相契合的，他的“超人哲学”迎合了五四时期人们对个性解放的追求，这是尼采受到青睐的重要原因；波德莱尔作为“颓废派和象征主义先锋诗人”被引入中国，在其恶魔主义和颓废精神之中隐含的反抗精神一直为五四批评界所看重，意在形成一种新的精神指引。当然，还有一些其他的原因，如民族传统文化心理等因素也影响着现代作家对西方现代主义的接受。总而言之，在五四时期乃至20世纪20年代，“西方现代主义文艺思想未能以一种独立完整的理论形态进入中国，而只是通过个别的思想母题和思想因素发生影响”②。

以上对五四时期和20世纪20年代文坛对现代主义文艺思潮的接受作出的简单梳理，是我们接下来讨论徐玉诺诗歌的重要基础。徐玉诺于20年代初期进入文坛，作为文学研究会的代表性诗人，他的创作以“乡土”和“现实”而著称，中原乡土社会惨烈破败的生存现状在他的笔下得到了浓墨重彩的展现。这种强烈的文坛印象也对徐玉诺造成了某种遮蔽，因为当我们进入他的文学世界，会发现其创作具有强烈的“内倾性”和“主观性”。他将自己作为独特个体的生存经验和情绪感受投射到诗歌中，荒诞、虚无、死亡成为他诗歌的重要主题。他对世界本真的荒谬性与虚无性的揭示，对人类的生存意义的持续追问以及他的诗歌所具有的强烈象征主义色彩，都显示出与西方现代主义之间的密切连结。

---

① 朱德发，温奉桥. 非理性视野中的现代中国文学[J]. 北方论丛，2003(4)：86.

② 罗钢. “五四”时期及二十年代西方现代主义文艺理论在中国[J]. 中国社会科学，1988(2)：35.

二、“荒诞”“黑暗”“虚无”：现代主义的主题书写

周作人在《寻路的人——赠徐玉诺君》一文中这样写道：“玉诺是于悲哀深有阅历”，“他的似乎微笑的脸，最令我记忆，这真是永远的旅人的颜色”。① “旅人”真是一个贴切的描述，徐玉诺在自己的诗歌中，也曾有过类似的表达：他说“我是时代的游客”(《快放的花苞》)，“异乡的孩子”(《故乡》1—4)，“小小的一只孤舟”(《晚霞》)，这些自我的指涉无疑首先指向了诗人在现实中的生存状态。作为备受文学研究会推崇的诗人，徐玉诺从初入文坛就受到郭绍虞、叶绍钧、郑振铎等人的赏识和提携，然而与这些文学研究会的骨干分子相比，徐玉诺的现实处境着实让人唏嘘。他从开封第一师范毕业后，没有获得稳定的教职，辗转各地靠教书为生，流浪漂泊是他真实的生存状态，贫穷和疾病时常与他相伴；与此同时，徐玉诺既无名牌大学的加持，也没有负笈留学的经历，他与北京、上海的文人圈交集甚少，在文学研究会也似乎只和叶绍钧来往较密，这使得他更像是文坛的一个“游勇散兵”，始终处在边缘的位置。与现实生存的困窘相比，更让徐玉诺感到痛苦的，是他在精神层面上的“失乳”和“流浪”。他在《瘦削的小孩子》一诗中这样写道：“他是精神上失了乳的小孩子；一天一天的瘦削起来了。他不识世故，他觉得世界上一切都是不合式的……”“精神上失了乳”传达出作者的一种“无根”状态，这正是新旧交替、社会转型时期中国知识分子身上一种普遍的精神危机的体现。特别是在五四落潮之后，随着新文化统一战线的分化，曾经高扬的启蒙理想一度受挫，再加上社会环境的压迫，使得年轻人更加陷入彷徨和消沉之中。徐玉诺在开封第一师范学校就读时深受五四新文化运动的影响，也曾积极投身爱国学生运动。五四运动在北京爆发后，开封的青年学生纷纷行动起来声援北京，他曾被推举为河南省学联

① 周作人. 寻路的人——赠徐玉诺君[J]. 晨报副刊·文学旬刊，1923(7)：3.

理事，是河南学生运动的领袖之一。然而正当他满怀激情准备投入更大规模的运动中时，因学联中的不坚定分子被河南督军赵倜属下收买致使学联分化，徐玉诺对此异常愤慨，意欲卧轨自杀以警醒同胞，幸经嵇文甫先生耐心劝导，才打消轻生念头。从学校毕业后的徐玉诺如鲁迅笔下的吕纬甫们一样为现实的生计所困，在各地辗转以教书为生。理想与现实的巨大落差，使得学生时代那种昂扬的斗志已经消失不见，在徐玉诺1921—1923年的许多诗歌中，他将自己定义为一个"时代的游离者"："当历史用各种圈套来罩我的时候，我脱然的跑了；我到了一个花园里；及你看见我，我已是又跑开了。所以我常是不规则的跑着……"(《小诗》)而他这样解释自己奔波不定的根本原因："没有一个主宰在我怀中，占据了一切我所有的，并要我为他牺牲"(《小诗十五首》)。颠覆理性、信仰后在精神上的无所依傍，必然使诗人感到痛苦、焦虑和茫然。他将自己比作滔滔不息的时代浪潮中的"一个小浪"，但是他却并不知道自己的方向："大浪们呵！我们要到什么地方去？什么地方是我们要到的底？大浪一刻不停的流去了。小浪们呵！我们怎么保持我们一闪的生命，作为彼此的相照？小浪一看也不看的翻下去了。"(《杂诗十三首》)我们甚至可以通过诗歌窥见徐玉诺内心巨大的分裂和冲突，他有时表现出直面现实的勇气："来呀，朋友！来来，来！不要踌躇，疑虑；只要我们有勇气，我们只管在这黑暗里走！不要怕，也不要退缩；我们只管在这黑暗里走！"(《杂诗》1—6)诗人有时又陷入消极和颓丧之中："我不相信一个人就是这样活着，但是我的烦恼，疲倦……缠缠绵绵催迫我，使我不愿问这是'为什么了'。""我也再三念起我们青年的祝誓；坚忍，奋斗，进取。但是无可如何——坚忍只在能够坚忍时，已经败灭的火，永远永远不能再燃烧起来了。"(《杂诗十三首》)

如果说这种个体的生存经验带有某种时代性和普遍性，它在同时期许多作家那里都有所流露，那么徐玉诺的特殊性在于，他由孤独个体的"非理性"的生命感受出发，带着无法解脱的灵魂的矛盾和挣扎，去探求人的生存意义和价值。他对于"无聊""苦闷"等生存状态的书写，对于

“荒诞”“虚无”等存在主题的揭示，显示出他在精神内里上与西方现代主义的相通之处。

在徐玉诺大量诗歌中，已经完全跳脱出中原故乡的现实范畴，他的描写对象是“人类”。他将人比作“旅客”，比作“画家”，或者是“猴子”“小羊”“老鼠”“笼中鸟”，其共同特点在于无法掌握自己的命运：

> 旅客上在船上，是把生命全交给机器了；在无边无际的波浪上摇摆着，他们对于他们前途的观察，计划，努力，及希望全归无效。(《船》)
>
> 人类是命运弄熟的猴子……永远让他戏弄着取乐了。(《命运的猴子》)
>
> 听呵，人类！你们是你们祖先的笼中鸟；你们的天天哭笑在你们祖先留给你们的幻想里？/你们没有一个能够，并且肯在百忙的虚幻的工作中，把你们小脸露出笼外，瞧一瞧这无限大的自由世界。(《小诗》)

命运的无可抵抗源于徐玉诺对现实社会动荡中个人生存有限性的悲剧性洞察，在命运面前，人类生存的荒谬与虚无的本质也暴露无疑。徐玉诺这样写道：

> 你看命运能够怎样的戏弄人吧！用一个不规则的黑洞放在人的前面，同戏弄老鼠一样；逼迫着从这个洞里进去，又逼迫着从这个洞里出来；事情更没这个再有趣味了。(《杂诗》1—3)
>
> 小鼠偷偷的跑上了书案；踏进了墨池，又踏上了稿纸，从此洁白的纸面上布满了不规则的麻米不分的鼠的足的墨迹。/这就是人类的历史呵！……点点都带些臭气味。(《杂诗》二首)

人类的历史只不过是一场老鼠的游戏而已，而那些对人生意义的寻求，最终也统统落入虚空，《没意义的人生》《妖镜》等诗歌书写的正是这样的主题。对于生存荒谬与无意义的体认，使徐玉诺陷入焦虑、痛苦和恐慌之中，“没意思”“寂寞”“无聊”“烦闷”成为他诗歌中反复出现的词语：

呵，宇宙间没趣味，再莫过于人生了！(《船》)

宇宙间生物/总是这般没意思——可怜；谁配得厌烦谁呢。(《小诗》)

烦闷遍生在田间杂草中，小魔鬼似的，小狐将跳未跳的瞅着人待在那里；我们只用一动足，一睁眼，他趁机就窜在我们的心中了。(《小诗》)

惟尝到人生苦味的人，对于人生乃真没趣。没有尝到的人/总很有兴的前进；他总觉他以为有味的东西在他前面。(《鬼火》小诗一)

自杀还算得有意义的；没意思的人生，他觉得自杀也是没趣味。(《鬼火》小诗二)

荒诞和虚无几乎是现代主义文学和艺术的共同主题，也是20世纪西方社会危机与精神危机的深刻反映。这一点在存在主义哲学和文学中体现得淋漓尽致，存在主义者认为人生充满了恐怖、厌烦、忧郁，个体是孤独而绝望的，这从根本上来自对生存荒谬和虚无本质的体认。存在主义哲学建立在对人的非理性体验的肯定的基础上，认为只有揭示它们才能显现人真正存在的意义。作为存在主义的重要源头，从叔本华到尼采，无一不强调“意志生命”的重要性，反对理性强调意志也正是19世纪和20世纪西方现代哲学的重要特征。威廉·巴雷特在谈到存在主义时说，其中心议题是“选择把自己置于当代文明最严峻的问题面前接受考验的那个孤独的人，即个人独特的体验”①，那些孤独的、凄凉的、

① 威廉·巴雷特. 非理性的人[M]. 杨照明，艾平，译. 北京：商务印书馆，2004：12.

无着落的时刻正是存在主义哲学重要的出发点，“人只有在经历某种灾难之后，在战争、经济危机和政治动乱使他明白他原以为自己十分安全地置身其中的人类世界是多么脆弱之后，才愿意去了解自己”①。正是因为如此，“很难将这种哲学的重大意义限制在它的发源地”，“它的重大意义是属于世界范围的”。② 在20世纪20年代，中国社会并不具备滋生现代主义的社会基础，彻底的反理性主义也很难被中国作家认同，然而就对“孤独个体”生命意识的追踪和生命意义的探求来说，徐玉诺显然是与西方现代主义相呼应的。

洞悉生命的本质所带来的焦虑和无助感，对徐玉诺而言是难以承受的重负，虚幻的梦成为他的一种重要的解脱方式：“人生最好不过做梦，一个连一个的/折盖了生命的斑点”(《小诗》)。他羡慕失去记忆的海鸥，“假设我没有记忆，现在的我已是自由的了。人类用记忆把自己缠在笨重的木桩上”(《杂诗》)。像所有的浪漫主义诗人一样，他也寄情于故乡田园，在自然山水中寻求心灵的抚慰，然而他又清醒地意识到这只不过是“虚幻的平安”(《春天》)，“世界上一切平安、宁静都是幻影；惟有恐怖是真实、普遍、永在的。在静幽花园，丰美原野里，正要散步，忽然的便有一只使人血管骤缩的，胆战心惊的，黑豆一般的小枪口/对准着——快要开火——你的眼睛”(《永在的真实》)。徐玉诺的一些诗歌中也出现过“上帝”和“天国”，如《人类的智慧》《与愚笨的劳动者》等，但显然他并不是宗教信仰者，那虚无缥缈的存在也无法拯救他。诗人慨叹道：“世界最苦的是失却幻想的人呵!”(《小诗十五首》)在孤独和痛苦中，诗人感到“疲倦而气馁”，黑暗与死亡的阴影开始愈来愈浓地侵蚀着他的思想。他开始热烈地赞颂黑暗之美：

① 威廉·巴雷特. 非理性的人[M]. 杨照明，艾平，译. 北京：商务印书馆，2004：35.

② 威廉·巴雷特. 非理性的人[M]. 杨照明，艾平，译. 北京：商务印书馆，2004：20.

世界再没有比黑暗更深奥更耐爱更全备的处所了；
在那里有人类所要有而且取不尽的东西，
在那里有人类所爱看而且看不穷的美丽，
在那里有人类所要听而且听不到的低微而且浓厚的音乐……
自由莫过于在黑暗中，
快乐莫过于在黑暗中……
罩在人类头上的，将要重重落下的黑暗哟！（《黑暗》）

假若你在黑暗的夜间，你一个人来到这寂寞而且沉浊的密林里；
那比在光亮里更有趣！
……
——黑暗的美丽哟！
只有深蓝的点着繁星的天空，从林隙中看出渺渺茫茫的星光。（《在黑影中》）

诗人宣称自己是黑色斑点的奴隶："你们有多么大的意义与价值；一切主义，一切行为，一切志愿和兴趣，都被你们改变了色彩了！"（《秋晚》）诗人在"无边无际的黑暗"中"得到莫名其妙的平安"（《我的世界》）。"黑色"在徐玉诺诗歌中频频出现，无论是"生活的黑洞"，还是黑灰的宇宙和太阳，又或是"黑暗而又满着泥泞的路"，"黑色"是丑恶现实的隐喻和人类困境的象征。徐玉诺在他的乡村题材诗歌中表现出对黑暗现实的批判和控诉，然而在他1922年之后的诗作中，黑暗却越来越成为诗人的皈依，颓废和虚无完全淹没了他。

除了黑暗之外，徐玉诺还大量频繁地书写"死亡"。"死亡"是人生无法回避的归宿，对"死亡"的认知进一步加深了诗人对于"虚无"的体认。"死亡"在徐玉诺笔下是恐怖而阴森的，"鬼""地狱""坟"等意象被频繁使用。但是，"死亡"有时于诗人而言却成为一种安慰和救赎，他在《生命》一诗中这样写道：“当恶魔重重围住我/把我的气和血全行抽出的时候，亲近我的人都说我已经死了。但我记得，医生用针刺入我的心房时候，我的灵魂是平安的；在另一个地方，得到极浓厚极甜蜜的安慰。”散文诗《死的慰藉》中，诗人用唯美的笔调描写“我”死后的景象，“我”的灵魂像白云一样悠悠地飘过林梢、田园，和妻子朋友做最后的告别，死亡带来的是一种生命的解脱。在《恶花》《教师》《一个诗人的死》等诗作中，诗人极力渲染死亡之美，《恶花》中似乎是描写死神，“她”的容貌异常美丽，充满着极致的诱惑，但是当我提起两足与她亲吻时，却被她唇边放出的有毒的香气毒死了；在《教师》中，诗人幻想死神“有仙鹤一般美丽而且洁白的两翼”，“我们只觉得她的沉静，寂寞”。这些诗作表露出来的唯美/颓废色彩不难让我们看到象征主义、颓废主义、唯美主义这些西方“世纪末”文艺思潮对于徐玉诺诗歌创作的影响。特别是被视为颓废派鼻祖的波德莱尔，自五四时期被周作人、田汉等人介绍到中国，对现代作家产生了重要影响，尤其是20世纪20年代浅草社、弥洒社、创造社、绿波社这些标榜“纯艺术”的文学社团，无一不从波德莱尔那里汲取了艺术创新的灵感。例如与徐玉诺同为河南人的绿波社诗人于赓虞，在其诗歌理论上就显著受到象征主义的影响，醉心于颓废的生命意识的表达，他的一些诗作被看作“波德莱尔式”的，他也因此被称为“恶魔诗人”。

徐玉诺在诗歌理论上极少阐发，但是我们从其诗作中也不难发现波德莱尔的影响。例如在徐玉诺诗歌中也涌入了大量的“丑恶”意象，如墓地、鬼、地狱、骷髅、尸体、废墟等，这些意象符合诗人对“死亡”和“黑暗”的主题表达，更着意渲染着一种怪异神秘、阴森恐怖的气息。《梦》这首散文诗非常有代表性，诗人描写了一场诡异的梦中梦，一开始“我”梦见自己站在讲台，后来被母亲呼唤，转而来到另一个场景。“我”走在一条繁华而又陌生的街道上，牙齿却一个接一个地脱落，“我”连忙跑到医院，推开房门看到一位医生躺在床上，我正要叫他，却发现这医生原来是一具冰冷的尸体。我昏倒在地，醒来后又回到有关现实的“梦”

中。诗人巧妙地用蒙太奇的手法拼贴着两个不同的梦境，显示出怪诞夸张的色彩，而诗中详细描写的“死尸”形态，又渲染出一种阴翳恐怖的气息，整首诗歌的现代主义气息非常浓郁。《尸》与《灰色人》甚至以“尸体”作为诗歌的核心意象，尸体复活、为尸体照相等情节令人匪夷所思，诗人借此表达对丑恶现实世界的尖锐批判以及充满着矛盾和焦虑的内心世界。再例如《废园》这首诗，几乎全部由丑恶或残缺的物象构成，枯死的树、无边的沙漠、废弃的城堡，一群残废丑陋的埋葬者们在角落里日夜不停地唱着葬歌，他们是“永生”的，无数的生命经由他们的手埋葬。在诗人所勾勒的这一幅生命废墟图上，只有死亡是永恒的主题。丑与恶作为一种审美形态大量进入中国现代文学，正是在西方象征主义现代派文学思潮的催生之下发生的。徐玉诺在其创作中对波德莱尔的“审丑”美学进行了具体实践，他在诗歌意象选取上也深受西方文学的影响，带有强烈的“陌生化”和“异域化”色彩。这些诗歌已经完全淡化了社会和历史的“功利性”要求，将“自我的体验”推置到前台，表达着诗人关于命运、死亡的感受与思考，渗透着悲观、颓废的生命态度。

三、徐玉诺诗歌中的荒诞叙事

非理性与存在主义哲学的出现，最终使得“荒诞”成为一种现代性的生存体验，具有了哲学与美学层面的意义，正如加缪在《西西弗斯神话》中所指出的那样，荒诞感是由于人对现实世界的合理期望与现实世界本身不按这种方式存在之间的对立而产生的，人与价值世界的断裂使人的存在失去了意义，人在这个无意义的世界上感到了一种莫名的焦虑、恐惧和绝望。而“荒诞叙事”也成为西方现代主义文学最重要的特征之一，通过离奇的情节，夸张、变形的手法，或者借用梦幻、幻觉的方式来表现荒诞主题，都为作家们所常用。鲁迅被视为中国现代主义文学的奠基者，他与存在主义哲学之间的内在联系，以及他的文学作品中的荒诞意识受到了研究者的普遍关注。鲁迅的小说及散文诗中较多使用了荒诞手法，如在《野草》里有不少篇什是对梦境和幻觉的描写，《故事新编》在中国神话传说、民间故事的基础上进行了夸张和变形，在荒诞不稽中达到一种嘲讽现实、超越现实的目的。徐玉诺的诗歌中也有大量的荒诞叙事，主要表现为以下几种形式：

第一，借助梦境、幻觉展开离奇的情节。散文诗《梦》写了一场离奇的梦中梦，对此上文已有详细描述。特别需要再指出的是，徐玉诺在诗中对于细节的描写极其详细，例如：诗人描写“我”走在大街上，先是掉了一颗牙，后来“不知怎么，那牙就一个一个的都从我口中跳出；我满口没有一个了”。当“我”慌忙走进医院，诗人又详细描写了“死尸”的样貌：“在他那蜡白的面貌上，和似闭未闭的灰色眼睛上，已有许多死的痕迹；死水已从他口中流出来了。”这些描写不仅增强了作品的真实感，同时也加深了荒诞情境的张力，为诗歌注入了一种离奇和诡异的气氛。《燃烧的眼泪》虽没有在诗中点明是梦境或是幻觉，但情节的离奇足以说明了一切。“我”在多年后重回故乡，结果只寻到一些坟墓和碎瓦片，正当我“哭到沉醉没知觉的时候”，“忽然大地从我脚下裂开；我随时也坠落在里面”，“一位白发的母亲正在张着双臂迎接我”。诗人在荒诞梦境中超越生死，重新回到母亲的怀抱，这份情感令人动容，但“坟墓”与“枯骨”的描写又渲染了阴森的氛围。在《失败的赌棍底们》中，一位已经输光了一切的疯狂赌徒居然可以借助一扇门回到自己的记忆之流，找到自己曾经赌赢的那场记忆，然后又幻化为现实。赌徒迷失在自己的幻觉之中，读者也难辨真假。诗人通过这场荒诞的梦营造了恍惚迷离的叙事氛围，揭示了赌徒内心世界的分裂。徐玉诺诗歌中有些离奇荒诞的情节也未必是借助梦境和幻觉展开，例如《灰色人》中为灰色的死尸照相、《尸》中尸体开口说话、狼子噬尸等情节，都让人觉得匪夷所思，带有诡异怪诞的色彩。

第二，通过夸张、变形突破日常规范，刻意制造出矛盾与混乱。《可怕的字》将“我”所读的一首诗中的最后一个字变形为一条“残废不堪的癞狗”，人狗之间就“人生有无趣味”的问题展开了对话。当我用手掌打它时，它“那黑红的脑汁竟溅我一头，一身……”“字”变形为狗，突破了日常现实的常规，挑战了人们的固定思维模式，在诗人设置的这个极为离奇和荒谬的场景中，人与狗的斗争其实就是诗人内心的自我对话，是诗人与“虚无”“颓废”相抗争的生动隐喻。这场斗争最终的结果是诗人一败涂地，而诗歌最后母亲的一句“好难洗下的恶作剧呀!”更是彻底将“我”拖入无底的深渊。《疯人的浓笑》中的“我”是一个“疯人”，身体的每个部分被抽离出来，化身为“我”，表达着它们的感受，“我有一匹头，他虽说止不住的痛，困睡在麻木里，他却美丽极了!”“还有两个耳朵，那里住着无数的音乐家，时时刻刻奏着灵妙的音乐。”整首诗歌完全是“疯人”的呓语，现实世界中的贫穷、灾害、兵匪与“美丽的花园”“洁白的裙衣”“灵妙的音乐”交替出现在他的眼前，“疯人”只能更疯了，沉溺在虚假的精神世界中：“我是再快乐不过的人哟！我什么都不怕……”《死的蕴藉》中诗人让已经死去的“我”变为魂魄，悠悠地飘过林梢、田园……去看望自己的妻子、朋友，向他们告别，提出自己的忏悔。诗人在这种想象的变形中表达了对于死亡的一种向往。

第三，借用鬼神传说或寓言、故事的形式等来表现世界的荒诞。徐玉诺的诗歌中经常表现出对“地狱”和“鬼”的世界的想象和模仿。例如《路上》这首诗就描写了“从地狱到鬼门关那条路上”的情景，尘土飞扬、暗无天日，醉汉、娼妓、土匪、官僚、老师、学生等人都走在路上。他们共同的归宿是“地狱”，诗歌中的“沸油锅”“狼牙树的上峰”分别指代的是“十八层地狱”中的“油锅地狱”和“铁树地狱”。诗人对民间传说中“地狱”的刻画渲染了怪诞诡异的氛围，走在路上的各色人等无疑是对现实世界中人类荒谬行为的模仿。诗人最后描写了人们“争先恐后”下地狱的怪诞景象，这既是对死亡是人类最终归宿的体认，同时也带有反讽的意味，因为“满缸子酱醋里浸渍着的/原不是什么宝贵的生命!”面对黑暗的、混乱的、毫无意义的现实世界，诗人充满了绝望和愤怒。

在类似故事、寓言的表述中，暗示世界的荒谬也是徐玉诺诗歌中比较常见的手法。例如《人的世界》这首诗通篇是以“天”与“地”的对话展开的，在“天”与“地”的“上帝视野”中，人不再是伟大的创造者，而降低为被观察的“客体”，人类最终的归宿是死亡，所有的一切归于虚无，但是人还是无法摆脱欲望的束缚、对权力的渴望，这充分显示出人生存的荒谬性。《没意义的人生》更像一个寓言故事，诗人设置了“一个渴望人生意义的人”，他“带着火一般的眼睛”，“赤着足跑遍了世界”只为寻找一个明确的答案，不同的人对此给出不同的回答，他也去一一实践。但最终却是徒劳的：“人生充满着没意义，他也气馁而且疲倦了。”诗歌通过这个寓言模拟了人们寻求人生意义的过程，不管你付出如何大的努力，听从多少人的建议，但是最后还是一无所获，人生的意义就是这样荒谬。

徐玉诺诗歌中的荒诞叙事首先反映了他与现实社会之间的紧张关系，揭示了诗人内心的孤独、焦虑和绝望。“荒谬”是存在主义哲学的核心概念，当人面对存在的意义已经消失的生存环境时，对目的的本能渴望和没有目的的现实就会发生强烈的冲突，让人产生荒谬感，其生命状态就会转向焦虑乃至恐慌。徐玉诺所处的 20 世纪 20 年代的中国，军阀混战，民不聊生，再加上他个人生命经历中关于死亡的体验、理想的受挫、四处漂泊的求生，都使诗人对意义的诉求不断沦为虚空。当他意识到世界的荒谬本质时，尸体、鬼、墓地、枯骨等光怪陆离的事物涌入到他的诗歌中，借助荒诞叙事，诗人变相地释放出在现实世界中压抑、恐惧、窒息的生命感受，也表现出对精神归宿的一种强烈渴望。诗人想象在大地裂开之后会有地母的迎接，更幻想在死亡之后所获得的彻底解脱……其次，荒诞叙事深化了诗人对人生意义和存在困境的思考。徐玉诺在他诗歌的荒诞叙事中放大了那些在现实生活中不可理解、不合逻辑、荒谬和非理性的元素，并由此构成了一个虚构的艺术世界。这个变形的艺术世界让命运和死亡、空虚和无意义等关于人类存在的哲学思考，以一种具象、生动的方式呈现出来，它既是对现实世界的模拟，又形成了对现实世界的一种艺术性的超越。最后，荒诞叙事显示了徐玉诺在艺术构思上的独具匠心，这充分体现了他作为诗人的巨大艺术才能。徐玉诺用自己的创作证明，他是 20 年代诗坛上一位真正具有创造性的重要诗人。

四、徐玉诺诗歌中的象征主义

徐玉诺诗歌在艺术技巧上的探索也受到西方象征派诗歌的影响。比如说他对意象的重视，他善于通过意象来抒情写意，表现深刻的思想主题。他的诗歌中充溢着大量的意象，总的来说可以分为两类：一类指向诗人所向往的“爱”与“美”，如儿童(小孩子)、花园、树林、鸟儿等，它们共同构建起诗人的“幻想”世界，表达着对故乡和童年永恒的追溯；另一类则反映诗人在现实世界中的孤独、无助、焦灼与绝望，由牢笼、镜、船、夜、墓地、鬼、荒城、废园等构成。“船”是徐玉诺诗歌中一个使用频次很高的意象，例如：“旅客在船上，是把生命全交给机器了；在无边无际的波浪上摇摆着”(《船》)；“未开船呢，等着开船；已开船就要盼望立刻到岸”(《其次》)；“假如人类知道世界如同一只小船一样，一直不停的向着不可知的地漂去……”“一只失了舵的小船在黑暗，暗潮汹涌的海上漂着”(《小诗》)；“太阳已经没有了。海鸥也渐渐不见了。但金光灿烂的晚霞，更慈祥的照在海上，现出幻妙的，荡漾不定的，小小一只孤舟的影子”(《晚霞》)。徐玉诺为他诗歌中的“船”设置了一个特定的场景，它失去了方向，在无边的大海上孤独地漂流，这正是人类命运的隐喻和象征。“墓”在徐玉诺诗歌中也随处可见，它总是与黑暗、黑夜或者枯骨、鬼火这些意象相连，象征着现实世界的丑恶。与“墓”相反，“镜”与“窗孔”通向人类虚幻的想象世界：“镜子”中映照的，“满满都是情人和她的情人，母亲和伊的儿子，野心家思想家和他们所得到所想得到的最后的影子”(《妖镜》)；从“小而镶着黑边的窗孔中”看到的，“是用一方一方的小孩们的幻想造成的”“一条大桥”(《人生的现实》)，许许多多的人们走在上面。人类对未来充满了美好的想象，在现实中升腾起生命的欲望，但在徐玉诺看来，这些都是虚妄的，注定要破灭。因此他把这“镜子”命名为“妖镜”，“从来没有勇士，或热烈的情人敢向那里瞧”，一旦发现最后的虚幻，就不愿再做人了。“镜子”“窗孔”和“墓”

看似通向不同的方向，最后却殊途同归，都指向人类世界的无边黑暗。

徐玉诺善于将同质的意象叠加起来使用，既渲染了独特的氛围，又进一步拓展了诗歌的内涵。他也会有意将不同质的意象并置使用，来深化诗歌的主题。例如在《墓地之花》这首诗当中，诗人一面描写绚烂的春天，一面却又描写了沉寂的坟场，并与“墓下的死者”进行了对话。在对话中，诗人将对美好春天的感受，全部迁移到了“墓下的死者”身上，他写道：“你们的床榻何等温柔，你们的枕头何等安适！年年又为你们的同伴送出香气来。”他由此慨叹：“为什么不宣告了同伴，大家都来到墓的世界?”春光的灿烂并没有令诗人留恋，他反而“慢慢的提着足，向墓的深处走着”。“春天”与“坟场”这一组意象的强烈反差，其字面意思与内在含义的巧妙置换，使得诗人对于诗歌主题的呈示，更富于暗示性，更含蓄蕴藉。在作家巧妙的艺术构思下，即使是单一意象也会给诗歌带来一种意义上的不确定，使其主题显得“朦胧”而“复杂”。例如徐玉诺的名篇《夜声》：

在黑暗而寂寞的夜间，
什么也不能看见；
只听得……杀杀杀……时代吃着生命的声响。

这首诗非常简短，带有强烈的象征色彩，核心意象是“夜”，它与“时代”之间形成一种同构关系。评论者较多看重这首诗所体现出的现实批判色彩，尤其“杀杀杀”三个字，带有一种惊心动魄的震慑感，令人警醒。然而，从另一个角度来看，面对这种肃杀的景象，诗人内心的无奈和悲怆也展露无遗。在时代的巨大阴影下，个人无法掌控自己的命运，面对这种“被吃”的宿命，诗人是绝望而痛苦的。这不禁让人想到鲁迅关于“黑屋子”的著名论断，是毁坏黑屋子、唤醒沉睡的人，还是不惊起他们，让他们不感到就死的悲哀，在这两种选择的矛盾中显示出启蒙者“战斗”与“彷徨”的双重心态。这首诗同样也可以作双重的解读，它在内涵上所呈现出来这种多义性，正是通过象征的手法赋予的，因为“朦胧的意象和被象征的主体感情之间，构成了一种可供读者想象的空间地带，或可以叫做暗示场。我们凭着生活经验和艺术经验，走进这个暗示场，就可以依靠想象去感知作者要传达的情绪和意义。这种感知经验的多少，与理解与把握诗的暗示内涵的多少成正比”①。

谈及象征主义，它与“散文诗”这一诗歌体裁之间的关系值得我们关注。五四时期的散文诗是作为一种新文体被引入我国的，它在形体上比较自由灵活，又打破了音韵的束缚，因此受到许多新诗创作者的推崇。在泰戈尔、波德莱尔、屠格涅夫的影响下，现代散文诗主要分为三种类型：一是以“发现和歌颂生活中的爱与美”为主，二是以“感受现实冲突宣泄内心焦灼”为主，三是具有“崇高美”的散文诗。② 波德莱尔是象征派的开山鼻祖，他也是现代散文诗的创始者。波德莱尔的散文诗主要表现人与现实世界的冲突，在美丑、善恶、真伪的对抗中深入现代人的精神世界，鲁迅、李金发、焦菊隐、于赓虞、高长虹等都直接或间接受到了波德莱尔的影响，他们所代表的正是上面所说的第二种类型的散文诗，这类诗作往往带有强烈的象征色彩。据孙玉石先生考察，鲁迅在1919年夏天所写的《自言自语》是他对散文诗的初尝试，其中不少作品都带有鲜明的象征主义色彩，而且明显看到了《野草》中一些诗篇的雏形。③ 鲁迅于1927年出版的散文诗集《野草》被公认为是中国现代散文诗的顶峰之作，在鲁迅之外，焦菊隐、于赓虞、高长虹等也是象征式散文诗创作的代表诗人，出版了《夜哭》《魔鬼的舞蹈》《心灵的探险》等散文诗集。徐玉诺是新诗坛上最早进行散文诗创作的作者之一，虽然没有

---

① 孙玉石. 中国现代主义诗潮史论[M]. 北京：北京大学出版社，2010：85.

② 冯光廉. 中国近百年文学体式流变史(上)[M]. 北京：人民文学出版社，1999：442.

③ 《自言自语》包括序在内共七篇，它们是：《序》《火的冰》《古城》《螃蟹》《波儿》《我的父亲》《我的兄弟》。分五次连载于1919年8月19日到9月9日的《国民公报》副刊“新文艺”栏内。参见孙玉石.《野草》研究[M]. 北京：北京大学出版社，2010：234.

出过专门的散文诗集，但收录在他的每部诗集中的散文诗数量并不少。徐玉诺的散文诗创作在体式上非常灵活，包括童话寓言体(《紫罗兰与蜜蜂》《花园里边的岗警》《没意义的人生》)、戏剧情境体(《失败的赌棍底门》《梦》《可怕的字》《灰色人》《尸》)、对话体(《人的世界》《我的神》)、哲理感悟体(《妖镜》《命运》《人生的现实》)等。徐玉诺的许多散文诗都带有显著的象征色彩，而且想象新奇，运思巧妙，风格特异。许多研究者在梳理五四以来的散文诗创作时，常常会忽略徐玉诺的贡献，着实是令人遗憾的。

散文诗因其自由灵活的形式而被认为是一种适于抒写心灵或主观情绪的文体，就像波德莱尔在《巴黎的忧郁》的前言中宣称的那样，散文诗是一种自由的律动，它适合于表现灵魂的狂热冲动、遐想的波动起伏以及意识的跳跃颠簸。这些隐秘、晦涩而多变的心理活动，语言很难企及，使用象征主义手法却可以最大程度上去呈现诗人心灵史的复杂。《野草》在艺术上的一个显著特点就是意象丰富，象征色彩浓郁，曲折表达了鲁迅内心世界的矛盾焦虑与激烈斗争。徐玉诺的散文诗也是如此，诗人往往借助梦、死尸、枯枝、墓地等种种意象渲染诡异迷离的氛围，并吸收了暗示、影射、借喻、烘托等手法，去表现内心世界的矛盾与焦虑，我们在前文中所提到的《燃烧的眼泪》《梦》《恶花》《废园》《可怕的字》等许多作品都是如此。通过象征，徐玉诺的散文诗也深刻揭示了人之存在的荒诞、虚无，实现了哲理与诗意的完美结合，例如《妖镜》《人生的现实》《命运的猴子》《没意义的人生》等。象征手法的运用，也使得徐玉诺的散文诗带有明显的晦涩难懂的特点。例如《尸》《疯子院的一角》《寂寞》这样的作品，诗人完全借助意象或者故事来表情达意，陌生化的意象令人费解，叙事也缺乏内在逻辑性，给读者带来了阅读的挑战。

日本学者秋吉收通过研究，认为鲁迅和徐玉诺在散文诗的书写主题上非常接近，例如“死”与“鬼”“黑暗”等，此外，他还通过一些具体作品的比较，认为二人在写作构思上也有相近之处。再加上徐玉诺大量散文诗的创作是在《野草》之前，秋吉得出了“徐玉诺的散文诗创作极有可能对鲁迅的《野草》产生过直接而深刻的影响”①的结论。这虽是一家之言，但将徐玉诺与鲁迅进行比较是一个富于启发性的研究视角。从对“黑暗与虚无”的书写及其中所流露出来的颓废、悲观乃至绝望的情绪来看，鲁迅与徐玉诺的散文诗确有相通之处，而且他们都采用了象征主义的创作手法，在意象的选取上也多有近似之处。然而这种“相通”从根本上说来自他们所共同汲取着的“异域的营养”和“世纪末的果汁”，正如鲁迅在介绍沉钟社的文学青年时所说：“但那时觉醒起来的智识青年的心情，是大抵热烈，然而悲凉的。即使寻到一点光明，‘径一周三’，却是分明的看见了周围的无涯际的黑暗。摄取来的异域的营养又是‘世纪末’的果汁：王尔德(Oscar Wilde)，尼采(Fr. Nietzsche)，波特莱尔(Ch. Baudelaire)，安特莱夫(L. Andreev)们所安排的。”②

单纯从艺术构思和表现力上来看，徐玉诺的一些散文诗甚至完全不逊色于鲁迅的《野草》，但是就《野草》所蕴涵的深广的现实内容，以及鲁迅关于生存哲学体验的深度和思维的丰富复杂性而言，徐玉诺又是无法与鲁迅比肩的。就拿二人的具体作品来试做比较。徐玉诺的散文诗《没意义的人生》创作于1922年，诗中的主要形象是“一个渴望人生意义的人”，“他带着火一般的眼睛”，“赤着足跑遍了世界”。“他的眼睛晕花了，他的足骨磨透了，世界也找遍了，人生还是没意义。”鲁迅《野草》中著名的《过客》一篇写于1925年，它塑造了“过客”这样一个久经跋涉而永不停步的人物形象，尽管他的脚已经走破了，受了伤，还流了许多血，但他依然没有停下。这两个人物形象具有极大的相似性，他们可以被视为是徐玉诺与鲁迅的精神自画像，更象征着人生道路上的“探索者”和“反抗者”，然而作者赋予他们的精神内蕴却有很大不同。徐玉诺笔下的这个人物一开始充满了激情和热望，但在遍寻不着人生的意义的时

① 秋吉收. 鲁迅与徐玉诺——围绕散文诗集《野草》[J]. 汉语言文学研究，2016(1)：79.

② 鲁迅.《中国新文学大系·小说二集》导言[M]//吴福辉. 二十世纪中国小说理论资料(第3卷). 北京：北京大学出版社，1997：343.

候，最终“气馁而且疲倦了”，诗歌所要表现的主题是幻灭与虚空，是人面对世界荒谬本质的一种深切体验。鲁迅笔下的“过客”同样面对着世界的荒诞与残酷，但他却体现出一种倔强的姿态和坚韧的战斗精神，他虽然并不知道前方究竟有什么，但却毅然昂了头，大步走去了。“过客的形象饱蘸着鲁迅自身战斗经历的血泪，寄托了鲁迅坚韧不拔而又苦闷思索的思想情怀”①，在“过客”的身上，更体现了鲁迅“反抗绝望”的生命哲学，即“确认了自我的有限性和世界的荒诞性之后的抗战——绝望的抗战”，并通过“反抗绝望”，“赋予‘我’的‘现在’以一种更为鲜明的意义”。② 正是鲁迅“反抗绝望”的生命哲学的融入，使得“过客”这个形象相较于徐玉诺笔下的“渴望人生意义的人”具有更深刻、更复杂的精神内涵。除了主体人物之外，鲁迅在《过客》中设置的“老翁”“小女孩”这两个人物也是经过精心设计的，同样带有强烈的象征色彩。“老翁”象征着曾经的反抗者但如今已停滞不前，“小女孩”则是美好青年的象征，他们与“过客”构成了人生道路上的三个不同阶段，也象征着三种不同的生命状态。通过他们三个人的对话冲突，《过客》的主题得以进一步拓展和深化。徐玉诺在《没有意义的人生》也设置了“人类的研究者”“老年的哲学家”“小孩们”三类人物形象，他们为主人公提供了关于人生意义的不同答案，但他们与核心人物没有构成对话关系，其象征色彩也比较淡薄。在“反抗绝望”的生命哲学的统领下，《野草》中各篇相互呼应，构建成一个整体性的象征诗学体系。在《秋夜》里的“枣树”、《影的告别》中的“影子”，以及《死火》中的“死火”身上，似乎都可以看到“过客”的影子，而它们又都从不同侧面揭示了在理性与非理性、生命与死亡、希望与绝望、悲观与乐观中挣扎着的、充满悖论的鲁迅的内心世界。如果从西方存在主义哲学的角度去解读徐玉诺和鲁迅，那么徐玉诺更多地强调了孤独个体的“非理性”的生命感受，并由此洞悉人类生存的本质；而鲁迅则

① 孙玉石.《野草》研究[M]. 北京：北京大学出版社，2010：151.

② 汪晖. 反抗绝望[M]. 石家庄：河北教育出版社，2000：270.

在此基础上表现出进一步寻求人生意义的主动性，在反抗虚无的过程中为自己确立了价值。鲁迅把“个体的自觉与民族的觉悟”“个人的自救与民族的复兴”联系了起来，“走出了自我封闭的范围，同时又坚持了个人的自由主体精神”。① 徐玉诺从乡村而来，他的作品从一开始是根植于底层农民生活的，对黑暗现实的控诉和批判也显示了他的战斗热情，然而，时代浓重的黑影及个体生存的困境对于徐玉诺来说是不堪承受的重负，他越来越多地沉溺于个体的经验世界而无法找到真正的出路，正像研究者指出的那样：“徐玉诺的诗虽有反抗精神，但少有深邃思想和强烈精神的淬炼。”②这是徐玉诺的局限，但也是他作为文学家无可复制的珍贵的“个人经验”与“个人风格”。

---

① 解志熙. 生的执著——存在主义与中国现代文学[M]. 北京：人民文学出版社，1999：246-247.

② 枣红马. 挽歌和月亮女神的精神交响——徐玉诺诗学解[J]. 南腔北调，2022(9)：59.

第二章

苏金伞：来自泥土的朴素诗意与融入时代的伟大诗情

第一节　以乡土日常生活为中心的诗学建构

五四以来，中国现代诗人始终以关切而深情的目光注视着乡土大地，但真正能称得上是“乡土诗人”的并不多，苏金伞则是其中当之无愧的一位。苏金伞是河南土生土长的作家，他一生几乎没有离开过河南。他在二十二岁以前，基本是在农村生活的①，豫东大平原给予他土地的滋养，使他和乡村、农民永远保持着一种天然的血肉联系，也给他的诗歌创作打下了扎实深厚的生活基础。在这之后他与农村和农民的联系也从未间断：抗日战争时期，从伏牛山农村到关中平原的流亡生活，使他进一步贴近土地，了解农民的苦难生活和艰苦斗争；1948 年，他从开封奔赴解放区，在正定县城亲身感受土改后农民的新生活；中华人民共和国成立后，他亲自下乡参加土改，分享翻身农民的喜悦；即使在他蒙受不白之冤被下放到大别山改造的年代，也没有放弃对农民和农村生活的关注；20 世纪 80 年代初期，当诗人历经磨难之后重新拿起诗笔，乡村

---

① 苏金伞. 我是怎样写起诗来的[M]//樊会芹. 苏金伞研究. 郑州：河南大学出版社，2017：4.

依旧是他灵感的源泉，并再次迎来了创作的高峰。在苏金伞长达七十年的创作生涯中，乡村和农民始终是他重要的写作对象，用诗人自己的话说："我的诗是反映生活的，主要是反映农村生活。"①苏金伞的乡土诗歌具有显著的现实主义色彩，被视为对半个世纪以来农村社会发展变化历史真实而细腻的描摹，带有浓郁的乡土气息，饱含着对于农民、土地、家园凝重而深厚的感情；而诗人的"身上以至灵魂都浸透了泥土的气息"②。诗人对于"朴素"风格的终生追求，则使他的乡土诗呈现出一种自然、朴实而清新的美学风格。

阅读苏金伞的乡土诗，我们不难发现，对乡村日常生活的书写构成了其核心内容。他善于描绘乡村风情，捕捉农民生活的细节，并挖掘其中所蕴含的审美价值。日常生活不仅是其作品的题材，甚至构成了他乡土诗创作的一种独特视角，他不特意追求史诗性的宏大叙事，也不刻意张扬英雄主义，而是善于将时代的主题和自己的政治倾向融入具体而细微的日常生活场景中，并把农民生活经验、心理体验的真实作为创作的核心。苏金伞的现实主义诗学观正是建立在这种对日常生活的深刻理解之上，而他的乡土诗独特美学风格的形成，也与之密切相关。从日常生活书写的角度去研究苏金伞的乡土诗创作，将会带给我们一些新的启示。

一、乡村日常生活的具体呈现

（一）乡村风俗画与风情画的描绘

1906年，苏金伞出生在河南睢县城东南二十五里的一个小村庄，这里土地贫瘠，又经常遭遇水灾，人们的生活是辛苦而单调的。苏金伞的

① 苏金伞.《苏金伞诗选》序[M]//樊会芹. 苏金伞研究. 郑州：河南大学出版社，2017：11.

② 苏金伞. 我是怎样写起诗来的[M]//樊会芹. 苏金伞研究. 郑州：河南大学出版社，2017：7.

家是一个破落的地主家庭，家里还有田地出租，在村子里还算比较富裕的。但母亲姑姑们整日辛苦劳作不停，父亲也还要自己种地，是一个地道的农民，精通各项农活。在苏金伞的记忆中，乡村的童年生活有着无限的乐趣，比如说“斗鹌鹑”“滚圪垱”“打柴”“踢破鞋摞”等流行的儿童游戏，抑或是在水坑里捉青蛙、挖泥鳅，都让孩子们乐此不疲。每逢集市、庙会，孩子们更是感到兴奋，连乡间的丧葬嫁娶在孩子看来也充满着无限的神秘。村人娶亲时，还是小孩子的苏金伞几次被拉去“压轿”，富有地方特色的传统结婚仪式给他留下极为深刻的印象。儿时的苏金伞还特别喜欢看戏，村里的野台戏一直唱到夜里，“戏台左右点着两盏‘老鳖灯’，随风摇曳”，“戏台上影影绰绰，上下浮动，唱腔也随风婉转，向四外散去”，“意境特别动人”。① 村里偶尔请一台大戏连唱三天，简直就是热闹的狂欢节，更让苏金伞回味不已。除了这些，母亲割谷、纺棉花，父亲扎风筝、打兔子、做农活等日常乡间的生活画面也深深镌刻在苏金伞的童年记忆中。乡间虽然闭塞、落后，但浸润在“应时、取宜、守则、和谐”的传统农耕文明之中，使苏金伞获得一种稳定、宽广、厚实的生命体验，这构成了他一生创作的基础。而那些散落在记忆中，极富地方特色的乡村风俗画和风情画，更成为他的乡土诗作中的重要内容。

在苏金伞的创作早期，这种特点已见端倪。例如发表在1936年8月《大公报》文艺副刊上的《午饭》，就选取了夏日农家一个普通的生活场景作为描写的对象。诗歌以儿童视角展开，“小墩子”在妈妈的催促下去喊爸爸吃饭，“爸在庄外坑沿的树凉下，枕着锄杆睡响觉，鼾声的根盘两肋巴，像一架糜烂的葡萄”。“小墩子”眼里不仅有睡着的爸爸，还细心观察他腋窝下的蚂蚁窝，跳跃在鼻尖上的太阳光，他用美味的食物诱惑爸爸：“妈蒸了一箅子黄槐花，我又摸了三条泥鳅正肥，快起来呀爸，

① 苏金伞. 我的童年[M]//李铁城，苏瑗. 苏金伞诗文集. 郑州：河南文艺出版社，1998：569.

吃饭啦!”这是一幅充满着乡间情趣的风情画，读者的视角跟随“小墩子”体察着田野间的奥妙与新奇，妈妈、孩子与父亲之间的亲情如夏日的清风般流动在诗歌中，而那香甜的槐花和肥美的泥鳅也仿佛在读者的舌尖上留下了永远的余味。1937 年抗日战争全面爆发后，诗人一度平静的生活被打破，随着战事越来越吃紧，他开始了战时的流亡生活。从开封到南阳，再到淅川，后又辗转到了嵩县潭头，河南大学暂时搬迁到了这里，孙金伞也到这里任教并度过了短暂的平静生活。1944 年，在日军的进攻下，洛阳、嵩县相继沦陷，诗人只能在战乱中继续四处躲避、流浪。他目睹广大民众所承受的深重苦难，忍受着与家人分离的痛苦，这一切都化为创作的动力，一大批优秀诗篇陆续涌现。苏金伞曾说，“30 年代以打球为主，写诗是‘搞副业’”①，到了 20 世纪 40 年代则进入了他创作的旺盛期和高峰期。这一时期诗人在创作上完全脱去了 30 年代现代派诗人的影响，现实主义倾向明显增强，但土地和农民仍然是他主要的描写对象。例如他发表在《七月》杂志上的名作《我们不能逃走——写给农民》(1937 年 11 月)，就抒写了农民对土地和家园的深挚情感，以鲜明的爱憎，鞭挞了日军侵略的暴行，字里行间充满了抗战必胜的信心。与抗战初期那些充满着空洞的呐喊和高涨的抗战热情却缺乏对现实生活深入观察的作品相比，苏金伞在这首诗歌中真切入微地呈现了一幅幅乡间生活的风俗画、风情画，例如：“门前的槐树有祖父的指纹/——那是他亲手栽种的；池边洗衣石上有母亲的棒槌印，池里也或有母亲的泪——受了公婆或妯娌们的气。”“地里的红薯快熟了……场上堆着没有打的黄豆/热腾腾的腥香向四面流。”“犁雁和锄杠都被我们的/手掌磨出深深的汗窝，棉油灯夜夜看姑嫂们纺花”。这一切普通、平凡、亲切，却承载着几代人生活的希望，在层层的递进中，诗人表达了对于土地的深刻眷恋：“我们命定了和庄稼一样在土地里生长，挪到别处就会枯黄。

① 苏金伞. 我和新诗[M]//李铁城，苏湲 . 苏金伞诗文集. 郑州：河南文艺出版社，1998：589.

我们不能逃走，不能离开我们的故乡。”在诗歌最后一节，诗人笔锋一转控诉敌人的残暴，与前面美好的乡村风情画描写形成了鲜明的对比，激发了人民反抗敌人、保卫家园的战斗热情。

战争年代，童年记忆中那些丰富的民间风俗也并没有失落，反而作为乡土经验中不可或缺的一部分融入苏金伞的诗歌创作中。例如《看戏》这首诗，诗人着意表现广大农民生存的艰辛，但他没有直接从衣食住行等现实物质层面切入，反而借助“看戏”展开了一对母子之间的冲突。贫穷闭塞的村庄请来一台大戏，这对孩子是多大的诱惑啊！他宁愿不吃不喝也要去看戏，但是母亲却要孩子去砍柴，劝说不动，最后干脆用“武力”来威胁。在热闹的锣鼓声中，孩子“噙着眼泪”迈出了门，等他砍柴回到家，戏已经接近尾声，但孩子也累得睡着了，就这样“戏在门前唱了三天，他竟连一眼也没看”。孩子干着超出自己年纪所能负担的繁重农活，无法享受看戏的乐趣，母亲虽然心疼孩子，但又绝不心慈手软，这一切都是为生活所迫。借助“风俗”书写，诗人不着痕迹地将生存的无奈与艰辛书写到极致，而其中所隐藏着的对于农民深深的体恤之情，无疑增加了苦难书写的情感容量。值得关注的是，在弥漫的硝烟和动荡的岁月中，诗人并没有完全放弃对乡村“美”的发现，他善于将传统民俗融入时代画卷之中，使得他的诗歌在凝重、悲愤、斗争的时代主调之下始终带有一丝温暖和明亮。例如《腊月是结婚的日子》(1943 年)这首诗歌，主体是围绕着乡间结婚的民俗展开的，诗歌前三节的开头都是“腊月是结婚的日子”，分别从不同的场景和细节入手渲染婚礼的热闹氛围：“朽瓤的门楣挂上红绸，门前挤满了车骑。贫陋的乡村，忽然翻出缤纷的彩羽”“连孩子们也都抬着/用竹竿和矮凳制的桥/预习着嫁娶的节仪”。然而在每节诗歌的最后，诗人都抛出了同样一个问题：“但是你，三丑子，为什么/还守着纺轮，悄悄地抽着你的青春?”“但是你，三丑子，为什么/还坐在布机上，用冷梭缆着寂寞?”原来前面热闹的婚俗描写都是为了反衬主人公“三丑子”的寂寞，她本来也是在今天结婚，但是心上人却忽然应征上了战争。诗歌的基调并没有由此陷入低沉，在结尾处“三丑子”充满希望地等待着心上人的归来，她说“刀过仇雠的手最温柔，炮火薰过的胸膛最热纯，战斗养育的爱也最真”，彰显出一种坚定的力量和不屈的勇气。

20世纪80年代，已经年逾古稀的苏金伞在停笔将近二十年后重新开始了诗歌创作，童年的记忆仍如清泉一般汩汩流淌，那些乡村风情画、风俗画经过岁月的过滤，如“金色的世界”般显露出温情而浪漫的诗意：

麦收时节，
一家人都在地里割麦。
布谷鸟、斑鸠
都在头上叫着。
……
一家人掂着镰刀走回家，
镰刀倒是磨得明亮明亮的，
在长长的人影下，
一闪一闪地甩着夕阳……(《麦收时节》)

雨刚停，
池塘里射出满塘芦箭，
蛙声，
压下了树上的鸟喧。
……
耩到地的另一头，
又可以听到鸟鸣，
黄鹂的流转特别好听，
叫的是“吃了粽子过端午”。(《儿时的田野·端午》)

雪落在院子里带荚的棉柴上，
落在干了叶子的包谷秆上，
发出琐碎的似有似无的声音，
只有在梦里才能听清。

雪封住了猪舍，
封住了鸡窝。
鸡睡得正香，
没有任何东西惊动它，
也许会错过了五更。(《雪跟夜一般深·农村之二》)

在20世纪90年代创作的《小轿子和村庄》中，乡村那古老而又热闹的婚俗，只简化为“一支娶亲的队伍”和“一乘小轿”。在冬季的田野，“木棰一下一下敲在天空那面锣上，每一个村庄都听见那锣声”，“一乘小轿，颤悠悠地跳动着，那色彩从来没有这样鲜亮过”。那锣声仿佛是从久远的时空传来，小轿也似乎从历史的峡谷走出，它们浓缩成了一幅画，带着永远鲜活的色彩。诗歌的结尾，诗人这样写道：“轿里一颗心也在跳动，里面有母亲的叮咛，和即将面对的命运。”“村庄也一上一下耸动着，跟小轿保持着同一的节奏。”如果没有了小轿，村庄将无法成为一幅美丽的画面，这也许可以看作诗人对于民俗与乡村之间关系的一种解读，但面对时代的变化，诗人也隐隐透出他对于乡村发展的忧虑。

(二)乡村日常物象的书写

在苏金伞的乡土诗歌中，对乡村日常物象的书写占据了极大的比重。无论是农民的忠实伴侣老牛，田野里活跃着的芦花鸡、蚂蚁、屎壳郎，还是乡间随处可见的油菜花、荠菜、稻草、麻叶、芦花、棉花、向日葵等各类植物，又或者是草帽、汗衫这些农民随身的寻常之物，它们既是乡土世界的重要构成，又寄寓着诗人对农民、对土地的丰富情感。

《眼睛都睡红了》(1942年)是诗人献给伏牛山里的黄牛的一首赞美诗：

槐树荫大又风凉，像一个深湛的池塘。下了工，老牛卧在这里歇晌。

上午/犁了一架山，红色的汗/沉淀成一场酣眠。任凭：槐花落了一脊梁，屎壳郎在肚皮下推车；小芦花鸡/站在角上学叫晌，也没惊动一根睫毛。

而且/从谷田里/奔来一只赤角雷，在路旁爆跳着/要和它牴头，而它还酣睡着未醒呢。

等主人来牵它吃草，它才用尾巴/掸一掸屁股上的灰尘，慢吞吞地站起来，/——眼睛都睡红了。

这首诗堪称是现代田园诗的典范之作，弥漫着浓郁的乡土风情。诗人写老牛，没有写它的辛勤劳作，反而写它的“一场酣眠”。槐树荫“大又凉”，“槐花落了一脊梁”，诗人将休憩的老牛安排在如此美好的地方，一定是希望它能好好睡上一觉。老牛身边的“屎壳郎”“芦花鸡”“赤角雷”则都被拟人化了，它们像调皮的孩子忙忙碌碌，各行其事，但是却都没有能够惊动老牛，可见老牛的确是累坏了。诗人在老牛身上着墨并不多，却刻画出它勤劳、稳重、从容的生动形象，诗歌最后一句“眼睛都睡红了”，更是再一次暗示老牛劳作的辛苦。老牛的形象，无疑是中原农民的象征，诗人赞美老牛，更是赞美像老牛一样的农民，表达自己对他们的尊重和崇敬之情。20世纪40年代，对国家的前途和民族命运的关注使得土地和农民成为诗人们重点讴歌的对象，然而很少能有诗人能够像苏金伞这样描绘出如此真切新鲜的乡间画卷，带着活生生、毛茸茸的生活质感，并从中发掘美好的诗意。

《眼睛都睡红了》创作于战争年代，但更多的表露出诗人对和平时期乡村生活的回忆和渴念，《秋天的小河》《啄木鸟》《两只残废的蟋蟀》《玉蜀黍》《麦》等诗歌则通过对日常事物的刻画展现了乡村凋敝、民不聊生的沉重现实，表达出作者对于战争的控诉和批判。《秋天的小河》(1945年)选择了“小河”和“板桥”两个常见物象，诗人采取拟人的手法将“小河”比作一个姑娘：“两岸的树叶落尽，田禾也刈光了，小河像操作的小姑娘，掠开覆眉的鬓发，露出一双大眼睛。”农人们追问夏日的小河为何“野性大发”冲走了稻田，但又没有“过分地责备她”，因为他们深知“破坏他们生活的/不仅只这条小河”。“板桥”是两岸村庄联结的重要通道，人与人的美好感情由此发生，但可怕的是，“要粮的从板桥上走来，抓兵的也从板桥上走来。人们后悔不该把桥板搭起来，又和灾害紧紧地连在一起。”这首诗写作的背景是在《双十协定》签订后不久，国民党已经开始准备发动内战，诗人从西安返回洛宁的路上，在一个小村庄眼见国民党士兵在抓壮丁。① 抗战刚刚胜利不久，“内战”已然逼近，这不能不激起诗人的愤懑和对农民未来命运的忧虑。然而诗人并没有直抒胸臆，借助“小河”和“板桥”，诗人描绘了农民对美好生活的向往与“人为制造的灾难”之间的强烈反差，压抑着的愤怒与深切的同情潜藏在诗歌之中。《两只残废的蟋蟀》(1946年)中“反内战”的意图更为清晰，但诗人独辟蹊径，从两只小蟋蟀的视角展开叙述，它们是村庄在战争过后唯一的遗留物，“一只被马蹄踏掉了一条腿，一只被弹片烧断了一个翅膀”。两只蟋蟀在大炮的余温中寻求最后的温暖，它们质问炮手“为什么对打仗/有那么大的兴趣”，它们知道在已经死去的成千成万的人民面前，“自己这脆弱的肢体，当然更不算什么”，于是又一起去逃亡了。

借助农民生活中不起眼的物象来刻画农民形象，书写、反思农民的命运，也是20世纪40年代苏金伞乡土诗歌中颇值得关注的一类。《破草帽》(组诗)(1946年)聚焦在“草帽”“汗褂”这些农民的穿戴之物上，草帽是“破草帽”，“遮不住风雨，遮不住太阳，却仍然戴在头上”。草帽还有许多别的功用：“晚上盖馍篮，防备猫来偷嘴；有时籴半升谷子，

① 阎豫昌．苏金伞评传[M]．郑州：文心出版社，1995：159.

没处放，草帽就当作仓库；或者顶在竹棍上，插在新播种的谷田里，不叫老鸹啄食种子。或者路上碰到熟人，坐下闲扯几句空，帽檐就当了坐垫。”如果不是对农民生活的熟稔，作者是无法一一细数草帽的这许多用处的，也正因为如此，草帽虽然普通，“但在庄稼人，已是数一数二的财产”。“汗褂”与“草帽”一样，也为贫穷的农民所看重，“只在走亲戚时才肯穿”，“汗褂烂了，改给孩子穿；又烂了，改做屎布。最后/撕成铺衬/垫在脚底下/一直踏得不剩一条线！”仅仅通过“草帽”“汗褂”，诗人如此真实地呈现出中国农民物质生活极端匮乏的生存现实，他们勤俭节约、物尽其用的“美德”是为贫困所迫，尽管如此，他们的地位却是低下的，“谁都看不起/这破草帽/和戴草帽的人”。组诗中的另一首《泥土》也值得称道，诗人通过三个生活画面描写农民与“泥土”的血肉联系：“热馍掉在地上，皮也不揭，连泥吞下去；腿上磕破一块皮，用指甲挖一点墙头土/按在伤口上，不用包扎；孩子发烧了，/——那是吓掉了魂，把脚印抓回来，压在枕头下，就会马上见轻”。但在诗歌结尾诗人却充满激愤地写道：“但等到饿得倒毙时/却找不到一块隙地/让他们埋葬尸身！”这种强烈的反差，深刻地展现了中国农民一生的悲惨命运。从以上几首诗歌可以看出，苏金伞所选择的乡村日常物象，往往是极其朴素的、细微的，但又常常让读者感到新鲜和别致；作者常常采用极为简单的白描手法，但诗歌的内蕴却又是极为深刻和丰富的。《头发》(1946年)这首诗也是这样，诗人聚焦在“头发”这样一个极为常见却又容易为人所忽视的对象上，诗歌共分三节，分别描述了父亲、母亲和我的头发，所浓缩的是两代人不同的命运。父亲拖着长辫子，忍辱负重走完一生，母亲辛劳一辈子顾不上梳头，头发上落满“面屑”和“灰星”，随手一抓就是“一把乱发和母虱”。父亲和母亲是封建社会老一代农民的代表，他们勤劳善良顺从，到死仍不能改变自己任人欺辱的命运。而“我”的头发变“硬”了，“不服梳理”，但却“叫人看着不顺眼”，更有人推测“我”的内心，说我“太不驯服”。为了不招惹祸端，“我”干脆剃光了头发，但又被看作是“光蛋会”。“光蛋会”是农民协会的简称，是土地革命时期中国共产党所领导的农民运动蓬勃发展的产物，“光蛋会”聚集了许多穷苦农民，在对土豪劣绅的斗争中发挥了积极作用。诗歌中的“我”虽然还没有加入“光蛋会”，但在重重压迫中已经萌生了反抗的意识。诗歌的最后一句：“应该用刀连根割下来!”既显示出“我”反抗压迫的决心，也象征着与老一代农民任人宰割的命运做彻底的决断！这首诗与臧克家的名作《三代》在构思和立意上有异曲同工之妙，《三代》中，臧克家以“土”为中心，仅用三幅简洁生动的画面——“孩子在土里洗澡；爸爸在土里流汗；爷爷在土里埋葬”——就概括了中国世世代代农民的穷苦生活和悲惨命运，但与之相比，苏金伞更加着重去表现农民的斗争和反抗。正如《农人的脊背》一诗中，“脊背”成为农民承受苦难的象征，但诗人也发掘了“脊背”中蕴藏的力量：“这脊背/也有无穷的力量。你看，那满载谷物的大车，象山一般重，一声呐喊，就被掀翻在禾场上。现在/就正用这同样的姿势/来掀翻另一种更为沉重的东西，——那牢牢地压在农民背上的残酷的统治”。

苏金伞乡土诗歌中所表现的日常物象极为丰富，但是真正能进入“意象”层面的并不多，创作于1981年的《蒲公英》则是一首带有象征色彩的作品，诗人所选择的核心意象“蒲公英”来自田间地头，默默无闻但又生命力顽强，诗人借此抒发了自己对农民、对土地的热爱。

伴着农民的脚步，
哪一条土路上，
没长着蒲公英？
当天空响起一串一串春雷，
蒲公英在蜗牛身边，
生出小小的蓓蕾。
当一轮红日，
从丛林中窸窣钻出，
蒲公英开出耀眼的黄花。

夜间繁密的星星，
大颗大颗的露珠，
蒲公英在暗暗繁殖。
沉重的牛蹄和马蹄，
一再把它们踏碎，
不久在蹄窝里又绽出绿意。
冬天盖上一层厚厚的白雪，
雪化了又结成冰，
它们的根在下面微微翕动。

诗人在一开始首先点明了“农民”与“蒲公英”之间的密切关系，接着依照四季的变化，描述了蒲公英生命循环的过程，充分展示了它的生命特质和精神品质——清新刚劲，生命力旺盛，不惧外力的摧毁也不畏严寒的酷冷。诗人最后写道：“蒲公英植根在农民的心上，烂入农民的记忆，又在农民的坟地上生生不息。”蒲公英与农民生死相依，它已然成为农民的化身，世世代代在这片土地上繁衍生息。当然，在这首诗当中我们也能读到诗人自己，抑或是和他一样的知识分子在时代的曲折中共同的命运的印痕。在历经磨难之后，诗人能够再一次拿起笔抒发对农民和土地的深厚情感，就仿佛是再次获得了新生，这份执着、这份情怀令人动容。

诗人晚年创作了大量的乡土诗，在他的笔下，故乡的一草一木仿佛从未褪色，无论是油菜花、泡桐、大麻叶，还是门前的白杨树、石榴花，它们是那么新鲜、纯净、美好，带着童话般的色彩，在诗人想象的世界中自由自在地生长。在某种程度上我们可以说，诗人由此建构了一个理想的诗意的乡村，同时也是一个属于自己的“精神的家园”，在那里诗人可以不断回溯过去，乡村和大地成为永远的“故乡”。

（三）家庭、劳动等日常生活场景的摹写

家庭生活是日常生活的重要组成部分，苏金伞的乡土诗常常能够突

破居高临下的“俯瞰”视野，从家庭内部视角出发，抓住那些最人性化的生活瞬间，对农民日常生活进行真实而生动地摹写。《离家》(1944 年)创作于抗战时期，诗人抓取了农民与家人话别这样一个颇具代表性的生活场景。因为日寇的入侵，诗歌的主人公——一位农民不得不离开家乡，奔赴战场。他对家庭的爱与不舍，体现在临走前的一系列动作中，“从集上背回一筐煤——以后不能再捡柴了。又带回几粒金鸡纳霜，叫正在发疟疾的两个孩子吃了。然后打满一缸水，够一天用的。”当他从窑洞里走出来，孩子们在床上哭着，妻子送出来话别，一家人依依不舍，这幅景象多么令人心酸！诗歌的结尾写他离家后，走在路上，在两旁谷地里听到了蝈蝈儿的叫声，“他后悔不曾捉几只/挂在床头，好在他走后，代替他/安慰孩子的寂寞。”一个父亲对于孩子深沉的爱，在这里得到了最有力的表现。《离家》中所展现的“离别”是战争中无数普通家庭的缩影，面对着“国破家亡”的劫难，每一个人都经历着生命的残酷考验。诗人没有去展现主人公奔赴战场的慷慨激昂，但是却在这样一个“离散”的场景里表达了对于战争更为复杂的感受。《摘棉花》《看戏》《跟妈妈说》都是描写战乱和饥荒背景下农民生存的艰辛，诗人选择“母子”关系作为特殊的切入角度，将家庭日常生活场景作为叙事的核心。例如《看戏》这首诗，是围绕着“看戏”展开了一场家庭风波，最后儿子不得不放弃看戏出去砍柴，因为家里已经穷得揭不开锅；《摘棉花》一开篇用简洁的笔法描述了农民在田间劳作的场景：“孩子爬在地上啃泥土，声音已经哭哑了，妈妈毫不关心地在摘棉花；对于怀中的棉絮，却又如此地溺爱。”妈妈对孩子和棉花的态度形成了鲜明的对比，这不禁让我们联想到萧红在《生死场》上所写的：“母亲一向是这样，很爱护女儿，可是当女儿败坏了菜棵，母亲便去爱护菜棵了。农家无论是菜棵，或是一株茅草也要超过人的价值。”在母子关系矛盾的背后，是诗人对物质极端困窘下农民悲惨命运的深刻揭示。当“我”摘下一个棉花桃塞进孩子手里时，“他马上放在嘴边舔着咬着，痴呆地笑了”。可是母亲却责怪“我”说：“吓，那是作孽的，一个棉花桃要纺几丈线哩！”诗人无意苛责母亲，但是却不禁在诗中发出自己的议论："中国的孩子就是这样地被看待着的""中国的孩子就是这样地容易满足的"，儿童的天真与生活的残酷之间的鲜明比照，表现了诗人对不合理社会的愤怒和抗议，以及对农民的同情。

1948年苏金伞于开封第一次解放时随军入解放区，后又到河北正定县城内的华北大学工作，亲身感受土改后农民崭新的生活。中华人民共和国成立后，苏金伞又从北京回到河南，筹建河南文联，其间他曾随省委派出的土改工作队到洛宁工作搞土改，对农民的生活有了进一步的了解。从20世纪40年代末到60年代初，歌颂农民的新生活成为苏金伞创作的主要内容，他的很多诗作都充盈着革命乐观主义的气息，带有较为浓厚的政治色彩。在谈到这一时期的创作时，苏金伞坦承"歌颂要比讽刺难"①，另外在诗歌的形式上也遇到了困难。他对这一时期的作品并非完全满意，但《三黑与土地》《场边夜话》《扯秧》《歇畔》仍是其中较为成功的。这几首诗均聚焦农民日常劳作的场景，带有浓厚的乡土气息，与昂扬蓬勃的新时代氛围相结合，显出一种别致的韵味。

《三黑与土地》(1948年)是苏金伞的一首名作，这首诗歌表现了土地改革运动以后，做了土地主人的农民翻身的喜悦和情绪高涨的劳动热情。诗歌选取了三黑翻地、耙地、休息这三个劳动场景来仔细加以描绘：

> 三黑就是这样地翻着土地，
> 从东到西，从南到北，
> 每一寸土地都给翻起，
> 每一块土疙瘩都给细细打碎。
>
> 地翻好，又耙了几遍，
> 耙得又平又顺溜，

① 苏金伞.《苏金伞诗选》序[M]//李铁城，苏湲.苏金伞诗文集.郑州：河南文艺出版社，1998：747.

看起来

好像娘儿们刚梳的头。

三黑对待土地如此地细心周到，源于农民对土地的热爱，但更重要的是，这是一块属于自己的土地，他的每一个动作都体现着兴奋的心情和对这块来之不易的土地的珍惜。等到三黑累了坐下来休息，诗人巧妙地通过三黑的联想展开不同时空下的另外两幅生活画面。一幅是“小时候因为逮蝈蝈，常常挨骂，爹娘骂：不好好拾柴火，地主骂：蹚坏了他的庄稼”。而现在，三黑拥有了自己的土地，他可以招呼孩子们去尽情地玩耍，享受童年的欢乐。通过“逮蝈蝈”，三黑的幸福更加具体可感，而新旧时代农民的命运也形成了鲜明对比。另一幅画面是三黑对未来美好生活的憧憬：“明年要跟人合伙”，“让庄稼长得更好，收得更多”，“再买头小毛驴，打完场赶着送公粮；驮着老伴儿看闺女，上东庄”。在三黑的头脑中展开的，是一幅新时代农民的新生活画卷，这也正是诗人所要赞美和歌颂的内容。

《场边夜话》《扯秧》(组诗)主要反映社会主义建设时期农民高涨的劳动热情。《扯秧》在生活素材的裁剪上尤为出色，诗人选择了三个不同的场景，《娘要去扯秧哩》以母亲内心独白的形式展开，反映她急于到田地里参加劳动的心理焦虑；《扯秧》通过两组对话(母亲与女儿、丈夫与妻子)表现了夜间人们集体插秧的盛况；《摸黄鳝》则着重描写一对青年夫妻在秧田里劳作的场景。在这三首短诗中，诗人借助“对话”营造出一种日常生活的现场感，将私人生活与公共劳动紧密结合起来。这一时期苏金伞的诗歌还特别注重对于家庭人伦的书写，如《场边夜话》和《扯秧》中对于青年夫妻的爱情描写，既体现了美好的人性情感，又在“劳动加爱情”的背景下展现了新时代农民积极进取，不甘落后的崭新风貌。《碾米》(1963 年)、《等待》(1963 年)两首诗歌也聚焦于家庭日常生活中和谐、美好的人伦情感，《碾米》开篇为我们展示一幅其乐融融的“农家乐”：“一棵柿树/罩住一个大碾盘。妈妈妹妹在推碾，嫂嫂在簸谷糠。”邮递员送来的一封信打破了这份宁静，原来是驻守在西藏的哥哥送来了消息，一家人围绕来信展开了对话，表达着对于远方亲人的思念。《等待》中的儿媳是一位新型劳动妇女，她吃苦耐劳，积极参加社会活动，经常早出晚归，但诗人并没有着意凸显她的光辉形象，反而将重点放在“等待”的日常生活画面上，凸显了婆媳之间感人至深的亲情。总的来说，苏金伞这一时期的乡土诗着重通过日常生活的书写来表现农民身上勤劳、坚韧、追求进步的优秀品德，诗人以小见大，展现的是整个时代的精神风貌。

二、“日常生活书写”与苏金伞的现实主义诗歌观

“诗服务于政治，诗与现实生活、与‘人民群众’相结合，是当代诗歌观念的核心。”①苏金伞在谈论自己的诗歌创作时也反复强调“诗”与“生活”之间的密切关系，他说：“诗是生活的升华，生活是诗的根”，“有人说离生活越远越好，离政治越远越好，这提法我不能同意”，“写我实际上也反映了社会，反映了时代”。② 在诗人看来，“诗”与“生活”之间的关系其实也就包含了“诗歌”与“时代”、与“政治”之间的关系，这正是他所坚持的现实主义的诗歌观的核心所在。由此出发，苏金伞的诗歌彰显出一种鲜明的“时代性”，他一直在与现实直接对话，时代的每一次动荡都会波及他那敏感的神经，正如有研究者评价的那样：“真实、细腻、形象地描摹了半个多世纪以来农村社会发展变化的历史，这是苏金伞农村诗作的第一个显著特色。”③因此，苏金伞对乡村日常生活的书写尽管都是一些微观画面，但却都与大时代紧密相连，所谓的“日常生活”乃是随着时代的变化而不断变化的，而作者的思想感情也“随着革命

① 洪子诚. 中国当代文学史[M]. 北京：北京大学出版社，1999：57.

② 苏金伞. 黄河与诗[M]//李铁城，苏湲. 苏金伞诗文集. 郑州：河南文艺出版社，1998：762.

③ 许凤才. 时代的画卷 泥土的芬芳——苏金伞新诗研究之一[M]//樊会芹. 苏金伞研究. 郑州：河南大学出版社，2017：150.

浪潮的高涨与低落而起着变化”①。在20世纪40年代的战争背景下，诗人没有回避残酷的现实，真实呈现出农村的凋敝和下层人民的苦难。那首著名的《我们不能逃走——写给农民》以具体可感的艺术形象表达着农民对于土地和家园的眷恋，洋溢着抗日的战斗激情。在诗人进入豫皖苏解放区后，他写下了许多反映翻身农民新生活的诗歌，如《三黑与土地》《送鞋》等。成为土地主人的农民充满喜悦地下地劳动，村妇会主席赶着小毛驴为解放军战士送鞋，这些都是诗人对于新时代下农民日常生活的新发现。50年代诗人在政治上受挫，被迫下放，诗歌的产量也大幅下降，但是严峻的生活并没有磨灭诗人的诗情，农村改造的体验反而让他对于人民公社化运动时期的农民生活有了最直接的体验。《场边夜话》《扯秧》等作品聚焦在农民割麦、扯秧等日常劳动场景上，展现出他们高涨的劳动热情和不甘落后、互相帮助、共同进步的新风尚。在这些作品中，诗人对于日常生活诗意的发现，来自对崭新的社会制度的体认，对未来美好而热烈的憧憬。

然而，苏金伞对于文学与政治的关系的理解，又不是僵化的和机械的，他反对文学的“政治化”和“工具化”倾向，在谈到自己20世纪20年代末初入文坛的创作时，他曾经这样说道：“当时曾有一阵普罗文学出现，把文学作品作为直接宣传的工具，也有标语口号式的诗歌。”②“我虽然有‘左倾’思想，而且还加入了中国共产党，但我并不同意‘左’的文学言论和作品”，“我对诗还是有看法的，即不同意浅露地直接宣传，而是主张艺术性应该强一些”③。“主张诗要有含蓄，有嚼头，有余味”④，

① 苏金伞.《鸮鸪鸟》后记[M]//樊会芹. 苏金伞研究. 郑州：河南大学出版社，2017：3.

② 苏金伞. 我开始写诗的时候[M]//樊会芹. 苏金伞研究. 郑州：河南大学出版社，2017：14.

③ 苏金伞. 路要自己去开创(文学之路)[M]//樊会芹. 苏金伞研究. 郑州：河南大学出版社，2017：24.

④ 苏金伞. 我开始写诗的时候[M]//樊会芹. 苏金伞研究. 郑州：河南大学出版社，2017：14.

这是苏金伞对于诗歌艺术原则的一贯坚持。如何实现这一主张呢？诗人对于“生活”的深刻理解是其中的关键所在，苏金伞格外强调“生活基础”之于作家的重要性。在他看来，“一个写诗的人，能不能写好，就看他的生活基础如何。这种生活基础，是从小打下的，早已化为血肉，渗入自己的灵魂。”①这种“生活基础”对于苏金伞而言就是他长期在农村生活中的浸染，他对于“农民的气质，农村的色调，以及农民的要求和心理状态”②的了解。这决定了作家在写农民生活时，是否能用他们熟悉的形式，用他们的感情和思想来观察他们。例如《摘棉花》这首诗当中，当“我”摘下一个棉花桃递给啼哭的孩子用来表示安慰时，母亲却责怪道：“那是作孽的，一个棉花桃要纺几丈线哩!”就通过这样简单的一句话，诗人把母亲的形象写活了，因为他是站在母亲的角度去体会在物质的极端缺乏之下，一个棉花桃的重要性。诗人通过这样一个生活片段，含蓄而又生动地表现了农民生存的艰辛，而对于孩子的怜爱、对于母亲的体恤，以及对于现实的控诉和批判，都隐而不发地包含在这幅日常生活的画面中了。苏金伞还重视对生活的提炼和升华，他说：“诗，当然植根于生活，源于生活，但不是照抄生活，不是再现生活，不是组装生活；而是在生活中浸染，在生活里溶解，在生活里酿造，把生活化为自己的肌肉，化为自己的神经，化为自己的思想，沉淀成自己的梦。”③在苏金伞看来，诗人的思想、诗人的神经、诗人的肌肉，对于诗的产生都至关重要，但是它们不能作为一种外加的东西附着在诗上，它们必须化作自己真实的生活感受和生命体验。

正是这种对于“生活”的理解，使得苏金伞在他的乡土诗创作中极

① 苏金伞．我是怎样写起诗来的[M]//樊会芹．苏金伞研究．郑州：河南大学出版社，2017：5.

② 苏金伞．我是怎样写起诗来的[M]//樊会芹．苏金伞研究．郑州：河南大学出版社，2017：4.

③ 苏金伞．论诗“短见”[M]//樊会芹．苏金伞研究．郑州：河南大学出版社，2017：62.

少直抒胸臆，廉价地发泄情感或者传达某种政治立场，而是力图通过生活中贴近普通农民的人和事表达自己的政治倾向和思想立场。在抗日战争时期，苏金伞主要生活在国统区和沦陷区，他和当时许多的知识分子一样，离开了校园和窗明几净的书斋，过着持续流亡的生活。他没有亲身经历过战场上的激烈战斗，在战乱流离中，他更加熟悉的还是农民的苦难和抗争。因此，他极少正面描写战争，也很少展现英雄主义，更多是通过对农民日常生活的书写来表达着抗日的主题。例如写于1937年的《我们不能逃走》，这虽然是一首“救亡”主题的诗歌，且在整体基调上是昂扬激愤的，特别是诗歌结尾诗人呼吁着：“我们不能逃走，要拿起家伙跟这些鬼子拼一拼!”但是整首诗歌的主体部分却是诗人调动起他丰富的乡村经验为读者所描绘的一幅幅乡村日常生活的风情画，“我们命定了和庄稼一样在土地里生长，挪到别处就会枯黄。我们不能逃走，不能离开我们的故乡。”这种对于土地和家园的深深依恋之情是最能够打动读者的，也是这首诗的艺术魅力所在。创作于1944年的《离家》这首诗，是以一个离开自己的家庭奔赴战场的战士的口吻写的，诗歌对于家庭日常生活的描写细致入微，展现了主人公对妻子、对孩子的依依不舍，也写出了他离家时候内心的复杂情绪：一方面义无反顾地投入战斗，但另一方面却也因为无法预知的未来而感到茫然。这位农民的形象是具体可感的、真实而生动的，正像评论家所说的那样：“诗人不从概念出发，不唱高调，不唱抗战八股，只是抓住一个普普通通的农民，探索他那优美的灵魂”①。这首诗歌可贵的地方还在于它融合了苏金伞在日寇入侵时被迫与家人分别，逃难流亡的真实经历②，这既是个体的经验，又是战争时期千千万万家庭共同的经验。孙犁在谈到《荷花淀》的创作时的一番话或许同样可以代表苏金伞的

① 吴奔星. 一首被失落的诗——读苏金伞的《离家》[M]//樊会芹. 苏金伞研究. 郑州：河南大学出版社，2017：135.

② 苏金伞. 创作生活回顾[M]//樊会芹. 苏金伞研究. 郑州：河南大学出版社，2017：47.

心声："我写出了自己的感情，就是写出了所有离家抗日战士的感情，所有送走自己儿子、丈夫的人们的感情。我表现的感情是发自内心的，每个和我生活经历相同的人，就会受到感动。"①在 20 世纪五六十年代的时代急流之下，许多诗人表现出强烈向政治现实迫近的姿态，对于文学与政治关系的僵化理解，使得现实主义在他们那里沦为热情而肤浅的颂歌。特别是 1958 年的"新民歌运动"，虽然出现了大量反映农民劳动生活的诗歌，但浮夸、廉价浪漫主义盛极一时，使这些作品完全失去了真实性和艺术性。对于文学和政治之间的矛盾，诗人有着深切的体会，他说："在相当长的一段时间里，是不许通过'自我'来抒发感情的，因此凡是诗里有'我'字的地方都必须写成'我们'。从作品里抽掉了(或者削弱)了抒情个性和真情实感，所以总是不能使人感动。"②但他也认为："有时有些事物和人真正感动了自己，感情真正出自于肺腑，也能写出真正的诗来。"③从《场边夜话》《扯秧》等他个人认为较为成功的诗作来看，在描绘农民日常劳作的场景时，诗人仍是以个体或家庭为核心，热火朝天的集体劳动作只是作为大背景出现。诗人注重对人物身上"时代性"的挖掘，但同时也书写了乡村社会亲密的人伦情感。例如《场边夜话》《扯秧》中对"劳动中的爱情"的描写，既是人性化情感得以表现的最大限度，同时也充分显示出广大农民在社会主义建设中高涨的劳动热情和不甘落后、追求进步的崭新面貌。这些诗歌的写作素材都来自苏金伞被划为"右派"后在农村接受劳动改造时的亲身经历，虽然身处逆境，但是诗人仍然从辛苦劳作的农民身上发现了美，诗歌中洋溢着热烈清新的气息，饱含着人性的温情。其作品与那些单纯赞美政治、拥护运动，抱

① 孙犁. 关于《荷花淀》的写作[M]//孙犁. 孙犁全集：第 5 卷. 北京：人民文学出版社，2004：56-57.

② 苏金伞.《苏金伞诗选》序[M]//樊会芹. 苏金伞研究. 郑州：河南大学出版社，2017：11.

③ 苏金伞.《苏金伞诗选》序[M]//樊会芹. 苏金伞研究. 郑州：河南大学出版社，2017：11.

着功利的目的去为政治服务的创作大相径庭。苏金伞的女儿苏湲在回忆父亲时曾这样谈到："当你翻开他的历史，仔细研读他的思想，他的文艺观，研读他的人格时，便会发现他的思想和当时社会上的极'左'思潮是格格不入的。"①通过阅读他的乡土诗，我们对这一点的感受更为明显。

值得注意的是，不管在哪一个创作阶段，苏金伞都有一些乡土诗呈现出"田园"的意境，带有显著的浪漫主义色彩。例如《眼睛都睡红了》这首诗，通过对乡村优美风景的描绘，对老牛、"屎壳郎"、"芦花鸡"、"赤角雷"等动物拟人化的书写，描绘了一幅美丽、静谧、和谐、充满生机的田园图景。在抗战的背景下，它与文学的主潮显得格格不入，但是却颇受关注和肯定。牛汉在谈到这首诗时说："抗战之后，诗坛充满了情调高昂的战歌，偶有学院气较重的诗，大都抒发个人的苦闷和焦虑，也能曲折地显示出一些时代的艰苦。……《眼睛都睡红了》这样朴素而新鲜的诗极少见到……我觉得可以写出这样有生活情趣的朴素的诗，一定是一位个性很强的诗人。当时只有艾青等少数诗人写这样朴素的诗，不去迎合什么，也没有高雅的语言，但情感绝不低沉。"②再比如 20 世纪 60 年代诗人写作的《歇畔》(1962 年)这首诗，撷取一对姐妹在薅秧间歇玩耍时的生活片段。诗歌从儿童视角出发，以姐妹二人的对话形式展开，带着天真活泼的情趣。特别是在诗歌的结尾，诗人在充满童趣的对话中巧妙地展现了田野里稻子丰收的景象：妹妹站起来对着稻禾："怎么也不让坐一坐？也许再过几天，推开房门不让我们睡觉？"姐姐在一阵笑声里接着说："你不见咱家屋后的竹竿，隔墙把竹笋戳进屋子里/要顶起我们的床板？"稻禾、竹笋在诗人笔下都被赋予了活泼的生命，情趣盎然，与劳动丰收、欣欣向荣的景象融为一体。在时代的

① 苏湲. 怀念父亲苏金伞[M]//樊会芹. 苏金伞研究. 郑州：河南大学出版社，2017：80.

② 牛汉. 诗，苏金伞和我[M]//樊会芹. 苏金伞研究. 郑州：河南大学出版社，2017：76.

暴风骤雨中，诗人从最平凡、最质朴的乡村日常生活中捕捉到了诗意，无论是乡野的情趣还是生命的美好，其中都包含着人对土地，对故乡的永远憧憬。正如台湾(南阳籍)著名诗人痖弦说的那样："思乡的时候，把你的诗拿来读一读，就像回到了故乡"。苏金伞的诗成了"漂泊游子治疗怀乡病的良药"①，这正是他的一些优秀诗作具备"超越性"的最好证明。

坚持自己对"生活"的理解，始终带着对人的关切，这是苏金伞建立在"日常生活"基础之上的现实主义诗论和乡土诗创作留给我们的宝贵启示，这样朴素的见解，真正落实到具体的文学创作中，其实并非易事。

三、语言与修辞——日常生活书写的艺术形式

与苏金伞乡土诗的日常生活书写相得益彰的，是他在语言上的独特风格：平实、自然、不加雕琢，用他自己的话说就是："坚持用生活中的语言写诗，不矫揉造作，不故作深奥，使人感到晦涩难懂。"②所谓"生活中的语言"，在苏金伞看来，是"生活中日常应用的口语"③"是从生活中提炼出来的带有农民生气的我自己的语言。"④在有方言差异的社会，人们开口说话总是使用某一种方言，因此，方言从某种程度上说就是活跃在人们口头的语言。大量的方言口语入诗，是苏金伞乡土诗创作的一个突出特点，具体的例子更是不胜枚举，例如：

妈蒸了一箅子黄槐花，我又摸了三条泥鳅正肥，快起来呀爸，

---

① 王幅明. 苏金伞：烂入农民记忆的乡土诗人[M]//樊会芹. 苏金伞研究. 郑州：河南大学出版社，2017：92.

② 苏金伞. 我和新诗[M]//李铁城，苏湲. 苏金伞诗文集. 郑州：河南文艺出版社，1998：594.

③ 苏金伞. 路要自己去开创(文学之路)[M]//樊会芹. 苏金伞研究. 郑州：河南大学出版社，2017：25.

④ 苏金伞. 我开始写诗的时候[M]//樊会芹. 苏金伞研究. 郑州：河南大学出版社，2017：15.

吃饭啦！(《午饭》)

妈妈掂起一根床掌子，在他头上威吓着："死嘴黏牙的东西，还不快去！这床掌的滋味，你是尝过的！"(《看戏》)

现在我要看爸的梦在做啥，要是爬越土坷垃，我将猜他梦登高山。但除了槐虫打秋千，坯痕下觅穴的蚰蜒，别的啥也没看见，也许教知了翅驮上了远天。(《午饭》)

"箅子""掌子"都是农民生活中常见的器物，"土坷垃"是土块的俗称，"蚰蜒"即百足虫，一般生活在阴湿的地方，它们在中原农村也都随处可见。这类方言词汇在苏金伞的诗歌中数量不少，涉及农民的日常起居和乡风习俗，带有极强的地域特色。还有一类方言词汇起到增强表现力、突出语意的作用，也贴切地传达了中原农村的民情民风，包括形容词、动词、副词、语气词等，如：

还有土地——那位老乳母，她抚育过我们无数代的祖先，又哺育我们和儿孙，一年四季不识闲，忙着张罗棉麻和粱米……(《我们不能逃走》)

或者顶在竹棍上，插在新播种的谷田里，不叫老鸹啄食种子。或者路上碰到熟人，坐下闲扯几句空，帽檐就当了坐垫。(《破草帽》)

"不识闲"在河南方言中是闲不住的意思，形容人非常勤快；"喷空"也是河南特有方言，指聊天、说闲话，诗人在这里化用了其中的"空"字，"闲扯几句空"也带有了一定的方言色彩。

朽瓤的门楣挂上红绸，门前挤满了车骑。贫陋的乡村，忽然翻出缤纷的彩羽。(《腊月是结婚的日子》)

荞麦地里/还有两个蝈蝈儿在叫唤，"吱吱吱……"/叫得人心里

痒抓抓的好喜欢。(《三黑与土地》)

大路边那棵老榆树/不久就生出榆钱。为这棵树，我跟那个男娃子吵了一架。他说他先占住了，谁也不能上去钩榆钱。哪有米没下锅就抢勺子的，恁强梁干啥呀！(《跟妈妈说》)

那就括利不吃饭吧，饿一两天，我倒是不在乎的。(《看戏》)

“瓤”在河南方言中有多重意思，这里引申为松散不结实，用来形容门腐朽的严重程度。“强梁”是古语，在河南方言中常见，一般指某人在为人处世上爱占便宜、捞点好处，或者在某件事上必须让别人服从他的观点。“括利”意指“干脆明了”，主要形容人的性格爽快、仗义。另外，还有“恁”“乖”“哩”等河南方言中的语气词，也时常穿插在苏金伞的乡土诗歌中。

对方言的广泛使用，显示出苏金伞对农民生活的熟悉程度，也为他的诗歌增添了浓郁的地方文化色彩和乡土生活的韵味。苏金伞的诗歌语言朴素、自然、生动，也与他对方言的恰当使用也不无关系。他正是以“大众口语”作为基本材料，不矫揉造作，也不刻意雕琢；既没有酸溜溜的学究气，也没有小市民的油腔滑调。从上文的分析也可以看出，苏金伞在使用方言时也并非完全照搬，一味追求通俗性，而是对其进行了艺术的加工提炼，他善于将方言中那些富有生命力、表现力的词汇借来进行创造性的转化，融入自己的诗歌语言系统之中。正如研究者所总结的那样：“有人称苏金伞是‘泥土诗人’，这不应单指他的诗与农村生活更为接近，也应指他的语言能为每一个普通中国人所理解。他诗歌的‘土腥味儿’不是别的，正是中华民族世代于此生息的华夏泥土气息。在这方面，苏金伞在新诗史上占据着属于他自己的地位。”①重视对农民日常生活细节的书写，追求“朴素自然”的文学风格，也使得白描成为苏金伞

① 张俊山．论苏金伞诗歌语言及其诗意生成机制[M]//樊会芹．苏金伞研究．郑州：河南大学出版社，2017：172.

乡土诗创作中一种常见的表现方法。所谓白描，即用朴实简练的文字刻画环境和人物，不重修饰与渲染烘托。苏金伞擅用白描的方法去描摹物体，例如《破草帽》(组诗)中，诗人就是通过对草帽、汗褂、泥土这些“物”的描写，塑造出勤劳善良但却贫穷卑微的农民形象。诗人没有去具体描写草帽的材质与形状，而是着重写它的多种用途：“遮不住风雨，遮不住太阳，却仍然戴在头上。”“晚上盖馍篮，防备猫来偷嘴”“有时杂半升谷子，没处放，草帽就当作仓库”。诗人所使用的语言极为简洁通俗，几乎没有任何修饰，但是却体现出他对于农民生活的熟稔。诗人写汗褂，重点写了它“烂”的过程：“汗褂烂了，改给孩子穿；又烂了，改做屎布。最后/撕成铺衬/垫在脚底下/一直踏得不剩一条线！”看似是平常的细节，诗人着墨也并不多，却强烈地表达出作者对农民悲惨命运的愤怒和控诉。用最平常的事物和简练的文字，反而达到一种极具感染力的艺术效果，这两首诗歌为我们提供了最佳的艺术典范。

在直接刻画人物形象时，苏金伞也常常使用白描的手法。例如《头发》和《台阶上》两首诗歌，塑造了祖父、父亲、母亲等老一辈农民的形象，诗人或者用白描的手法放大外貌细节，如写母亲的头发：“上面落满了/磨面时荡出的面屑/和烧锅时/飞出的灰星子。且又最易脱落，用手一挠，就抓下一把乱发和母虱。”不用很多笔墨，只寥寥几笔就勾勒出鲜明生动的人物形象。或者抓住一两个关键的生活场景加以“复现”，如“在我的记忆里，父亲的头发，还拖着一条长辫子。祖父常用脚，踏住那辫子，拼命地拳击。城里来的差人，又把那辫子/吊在树上，用鞭子抽打着/要钱粮。但他的辫子并没有掉，一直拖进棺材，还那么粗大。”这些描写看似随意，但是却是经过诗人精心的裁剪和拼贴，在不动声色中强化了悲剧的意味。白描手法用于叙事，在苏金伞的乡土诗歌中也有不少佳例。例如《离家》这首诗，通篇围绕一个农民战士告别家人上战场的过程展开。诗人几乎是平铺直叙，将他的各种动作，从背煤、喂药、打水到话别、离家一一加以描述和记录，给人一种身临其境之感。诗人没有使用任何的修辞方法对这一场景加以烘托渲染，叙述的本身就已经成为一种描写，诗人对于战争的复杂感受包含在叙述的过程中，它是难以用语言去完全表达的。在这首诗歌中，白描的叙事手法不仅带来了真切、朴素、自然的艺术风格，更重要的是用生活本身的复杂性扩充了诗歌的内涵。

正像许多研究者都已经指出的那样，苏金伞的乡土诗虽然朴实但却绝不平淡。苏金伞对于乡村日常生活的书写，往往从细微处入手，既有客观的描绘，又常常借助拟人、比喻、象征等方式赋予它们生动的色彩，由此彰显出农村生活的独特韵味与情趣，并带着给读者丰富的审美体验。拟人在苏金伞的乡土诗创作中被广泛使用，那些布满在他的诗歌中的各类乡村日常事物，正是通过“拟人”脱离其“日常性”，在诗人主体情感的化合作用下，进入“诗性”的范畴。这类例子在其诗歌中比比皆是，如：“芦花是浪子，把得来的一片暖明，随手抛掷在原野，又因风飞散天涯。只有棉絮是忠实的守护者，它把所有的阳光，都装在它的衣怀里”(《芦花和棉絮》)；“柿子吃饱了阳光，袒着圆红的肚脐，流着黏香的口涎”(《钟声》)；“小河像操作的小姑娘，掠开覆眉的鬓发，露出一双大眼睛”(《小河》)。我们前文提及过的《眼睛都睡红了》，是一首典型的田园诗，但是诗人几乎没有描写自然风景，而是通过拟人的手法，赋予老牛、屎壳郎，芦花鸡，赤脚雷这些乡间田野上随处可见的动物以新鲜活泼的生命，老牛稳重、从容，小昆虫们顽皮、吵闹，它们之间形成了比照，既凸显了老牛的主体形象，也表露出乡野的无限生机。因为拟人手法的巧妙运用，苏金伞的田园诗与那种传统的以表现乡村安静、美丽的田园诗形成了不同的风格。

苏金伞有的诗歌甚至通篇都是以拟人的方式来展开，例如《小河》一诗把“两岸树叶落尽，田禾也刈光了”的小河比作一个害羞而懵懂的小姑娘，在农人和她之间展开了对话，“小河”的无知更衬托出因国民党发动内战而对农民生活造成的破坏。《斑鸠》这首诗以“斑鸠”作为主体形象，通过“呼”“唤醒”“松一松”等一系列动作体现了它的超能力，又赋予嫩芽、春雷、草芽以新鲜的生命力，为我们描述了一幅冰雪消融、春雷滚滚、乡野大地万物复苏的美好景象。这首诗歌创作于抗战时期，作者虽处在流亡之中但却对胜利充满了信心和希望。在诗人写于20世纪80年代初期的《大麻叶》中，被赋予生命的“大麻叶”成为新农村变化的见证者和体验者，诗人以“大麻叶”的感受和状态来结构全篇，“大麻叶还在路边做梦”“大麻叶睡得正浓”“大麻叶有些纳闷”“不要问了，大麻叶”成为每节诗歌的开头，诗歌虽然没有正面去描写农村劳动的场景，但却从侧面生动展现了农民热情高涨的劳动与舒展蓬勃的生命状态。由此来看，拟人手法的使用，不仅赋予“日常生活”以诗意，也使得诗人的写作意图和政治观念以更含蓄、隐晦的方式表现出来。

比喻、拟物等修辞手法在苏金伞的乡土诗创作中也发挥着重要的作用。苏金伞的比喻非常有特色，本体和喻体都是来自农民的日常生活，他能够捕捉到其中最典型、最富特征性的细节，并抓住事物之间最本质的、必然的联系。例如：

太阳的脾气变得好多了，善良得像一头母牛，到处伸着舌头舔舐着。(《芦花和棉絮》)

农民一有了土地，就把整个生命投入了土地；活像旱天的鹅，一见了水就连头带尾钻进水里。(《三黑和土地》)

乳桐的叶子飞速生长，贪馋地吸啜着温暖的阳光，就像初生的牛犊，衔着水桶般的母奶不放。(《桐叶》)

农民熟悉大地的心，就像熟悉他们的红薯窖；里面一定有个温室，正在把春天孵抱。(《雪跟夜一般深》)

这样的比喻建立在诗人充分观察生活的基础之上，不是他凭空想象的，这与他一直以来所提倡的作家要在生活中积累语言、寻找素材的主张是一致的。但是苏金伞对比喻、拟物等修辞手法的使用也常常与夸张、想象等手法结合起来，进一步增强其表达效果。例如在《村女》这首诗中，诗人这样描写“早晨”“上午”“黄昏”三个不同时间内的乡村景色：

“早晨，/麻雀刚啄碎夜的躯壳，露出黎明的鲜肉。”“上午，布谷鸟抛掷着窒息性的呼声，麻叶垂着大耳朵打盹；杨树在午梦里私语。”“黄昏像骆驼的脚步，迟缓地踱下山冈，脖子上挂着小铃铛……”“夜的躯壳”“黎明的鲜肉”既符合麻雀“啄”的动作，同时也是一种巧妙的拟物手法的运用，这里面结合了诗人奇特的想象，就像他把“黄昏”比作“骆驼的脚步”，这里面的联想已经超越了特定的时空。《太阳》这首诗在描写太阳、山脉、大河这些自然景物时，广泛使用了拟物手法，但这里面又结合了奇特的想象，带有夸张和变形的色彩，例如将“山”比作一个庞大的“活体”，“蜿蜒着庞大的肢体/重迭着环节/向前蠕爬/用金色的脖子/在太阳上/擦痒”，大河是被星星喂“肥”的，“朦胧地滚出烟雾/用红亮的大舌头/舔太阳”。这些已经超出了人们的日常生活经验和理性的逻辑思维，甚至呈现出“现代主义”的意味。《需要一场透雨》写于 20 世纪 80 年代初，诗人这样描写在充满希望的田野上盛开的“油菜花”：“在太阳的睫毛上，沾满了油菜花的花粉，于是整个世界，到处闪着金色的眼睛。盛开的油菜花，白天响着蜜蜂的翅膀；晚上撕扯着成团的萤火，以至扯下许多星星。”在密集地使用拟物手法的同时，诗人又发挥他那令人惊叹的想象力，在太阳、花粉、金色的眼睛之间进行奇特而合理的联想，创造出独特的表达效果。值得注意的是，苏金伞诗歌艺术中的变形和夸张只存在于局部，从整首诗的创作来看，诗人还是为它们限定了一个现实的框架，这就显示出了与现代主义的根本区别。

最后来谈谈象征。纵观苏金伞的诗歌创作历程，“含蓄、有深意”是他一贯的艺术审美理想，但他又不赞成“写诗故意朦胧迷离，叫人看不懂”①，这与他所追求的“朴实无华、带有泥土气息”的风格又是不相符的。因此，在苏金伞的乡土诗歌中，他对象征手法的使用是比较谨慎的。如前文所述，他的乡土诗中有大量日常物象存在，但是多数并不承

① 苏金伞. 我是怎样写起诗来的[M]//樊会芹. 苏金伞研究. 郑州：河南大学出版社，2017：6.

载过于复杂的内涵和深意。但《农人的脊背》《头发》《玉蜀黍》《蒲公英》等诗歌确实带有强烈的象征意味，它们从朴素常见的乡村事物入手，既有生动的形象，又蕴含深刻的哲理，既耐人寻味，又无晦涩之嫌。这几首诗歌在前文都详细分析过，在此就不再赘述了。

苏金伞在总结自己的诗歌创作经验时曾说："形式多样化，要不断地探索和创新，不能固滞僵化，自造框框。"①他的乡土诗创作以现实主义为主要风格，同时又融入了现代主义的表现手法，诗人一直保持着一种开放的创作姿态，在不断的实践中形成了自己的艺术个性。尤其是在诗人晚年，仍然迸发出强烈的生命情感和惊人的艺术创造力，这与诗人的开放姿态不无关系。

第二节　20 世纪 30—40 年代臧克家与苏金伞乡土诗创作比较研究

臧克家与苏金伞是同时代的诗人，臧克家 1905 年出生于山东省诸城县臧家庄，苏金伞 1906 年出生于河南省睢县城东南周营村，20 世纪 20 年代初期两人在山东省立第一师范学校和河南第一师范就读时，广泛接受了五四新思想和新文化的影响，且在新文学的熏陶下开始尝试新诗的写作。从 20 年代中后期到抗战爆发前，是两人创作的最初阶段。这一时期臧克家凭借《烙印》(1933 年)、《罪恶的黑手》(1934 年)两部诗集的出版成为文坛令人关注的青年诗人，而苏金伞也在《现代》杂志、《大公报・文艺》上发表了一系列有代表性的诗歌。乡土题材是两位诗人共同的创作重心所在，在他们的笔下，真实呈现了 20 世纪 30 年代北方农村破败凄凉的现实与旧时代中国农民的悲惨命运，为诗坛带来一股清新坚实的现实主义的诗风。抗日战争时期，是两位诗人创作的成熟期和丰收期，他们虽有各自不同的活动轨迹，创作的倾向也不尽相同，但却都

① 苏金伞. 我是怎样写起诗来的[M]//樊会芹. 苏金伞研究. 郑州：河南大学出版社，2017：21.

延续着前一时期对于农民和土地的热切关怀。战争中深入前线、辗转流徙的经历加深了他们对于国统区农民严酷生存现实的了解，他们从自己最熟悉的生活领域出发，对依然呻吟、挣扎在饥饿和死亡的威胁之中的农民生活现实进行了真实描绘，同时也发掘了在泥土上劳作生息的农民身上质朴的美和勤劳坚韧的品格。正是因为两位诗人的创作始终根植乡土，紧贴农民的命运，饱含鲜明的爱憎，臧克家一直有“泥土诗人”“农民诗人”的美誉，而苏金伞也被评论家称为“乡土诗人”“泥土诗人”。两位作家在乡土诗的具体创作上也有不少共同点，如都善于捕捉乡村生活中的风俗画和风情画，将农民的语言融入诗歌写作，他们都追求诗歌的含蓄和蕴藉，在坚持现实主义创作原则的同时又主张广泛借鉴古今中外诗歌的不同表现方法和艺术形式。但由于两位诗人各自不同的生活经历，以及在诗歌艺术道路上的不同传承和探索，他们的乡土诗又呈现出各自鲜明的特点。比较两位诗人在 20 世纪 30—40 年代的乡土诗创作，其意义是多方面的：首先，两位诗人没有一味迎合文坛主潮而从自己熟悉的生活经验出发推进了现实主义创作的深化，这有助于我们对于 20 世纪 30—40 年代诗坛现实主义创作进行深入观察和思考；其次，通过比较，两位诗人的创作特点和艺术风格将更为明晰，有助于深化其诗歌创作研究；最后，从两位诗人的乡土诗创作中总结的宝贵艺术经验，对于当下乃至今后的诗歌创作具有重要借鉴意义。

一、早年的农村生活经验建立了两位诗人与农村、农民的血肉联系，为其创作打下了扎实深厚的基础

臧克家出生于一个破落地主家庭，然而在他的自述中，他与底层穷苦劳动人民的接触更多：“我和穷孩子一道玩，我们和穷人之间，没有一条界线。”“在泥里土里风里雨里，作为野孩子队伍里的一员，我十四岁以前几乎没有离开过乡村一步。”①在臧克家的童年记忆中，他“最最

---

①　臧克家. 我的诗生活[M]//冯光廉，刘增人. 臧克家研究资料(上). 北京：知识产权出版社，2010：54.

亲爱的、关系最深”的两个农民是佃户“六机匠”和长工“老哥哥”，对于“老哥哥”，他甚至感觉“比祖父还亲”①，而“六机匠”则被诗人视为“蒙师”—“把诗的苗子插在了我的心的田地上”②。臧克家不仅在回忆童年生活时对这两位“亲人”多有描述，后来还专门写了散文和诗歌来纪念他们。苏金伞的家也是一个破落的地主家庭，家里还有田地出租，在村子里还算比较富裕的。但母亲姑姑们割谷纺花，整日辛苦劳作不停，父亲也还要自己种地，是一个地道的农民，精通各项农活。苏金伞在描述自己的童年生活时说：“十二岁以前，完全在农村中生活，一步也没有离开过家和我的那个小乡村——豫东大平原上的一个只有几十户人家的小村庄，每一户人家，从老人到婴儿，我都熟悉；每一家我都去玩过。”③小小的乡村虽然贫穷闭塞，但在诗人的记忆中，却也有着无限的乐趣，比如说“斗鹌鹑”“滚圪垱”“打柴”“踢破鞋摞”等流行的儿童游戏，抑或是在水坑里捉青蛙、挖泥鳅，都让孩子们乐此不疲。每逢集市、庙会，孩子们更是感到兴奋，连乡间的丧葬嫁娶在孩子看来也充满着无限的神秘，这些在苏金伞的回忆文章中都有着详细的记录。

早年的农村生活经验，对于两位诗人今后的创作都产生了至关重要的影响，首先就是培养了他们和农民之间的血肉亲情。如臧克家在他的许多文章中热烈地反复倾诉着自己对农村和农民的热爱和赞美：

> 我爱乡村，因为我生在乡村，长在乡村；我爱泥土，因为我就是一个泥土的人。④

① 臧克家. 甘苦寸心知——谈自己的诗《老哥哥》[M]//冯光廉，刘增人. 臧克家研究资料(上). 北京：知识产权出版社，2010：135.

② 臧克家. 我的诗生活[M]//冯光廉，刘增人. 臧克家研究资料(上). 北京：知识产权出版社，2010：52-53.

③ 苏金伞. 我是怎样写起诗来的[M]//樊会芹. 苏金伞研究. 郑州：河南大学出版社，2017：4.

④ 臧克家. 我的诗生活[M]//冯光廉，刘增人. 臧克家研究资料(上). 北京：知识产权出版社，2010：54.

> 我就是在这样的乡村里，从农民的饥饿大队中，从大自然的景色中，长成的一个泥土的人。①
>
> 像一个人只有一颗心，一次爱一样，我把整颗心，全个爱，交给了乡村，农民；所以，我不能再爱城市了。②

臧克家以自己是个“农民诗人”而感到自豪，他说：“我的脉管里流入了农民的血……我在多少枝笔下，成了‘农民诗人’了(我多么高兴接受这一顶冠冕)!”③这种紧密的情感连接使得作家对于农民的悲苦感同身受，并以其发自内心深处的平民精神关注着他们，如臧克家所说：“我出生在农村，生长在农村，热爱大自然风光，对穷苦的农民有深厚的情感，为他们的受难而悲愤，为他们的命运而控诉不平，这成为以后写作的主要力量和源泉。”④苏金伞也表达过类似的观点：“到生活中去，接触群众多了，把群众的喜怒哀乐变成自己的血肉，化入自己的记忆。这种记忆，日记越久，沉淀得越深，酿造得越纯。这就是酿诗的酵母菌”⑤。正是这种与农民同呼吸、共命运的自觉意识，使得诗人能够沉入历史的深处和社会的底层，深刻地表现下层人民的苦难和不幸；而对于土地的深深眷恋，与农民情感的紧密相依，也使得两位诗人在对农村和农民的书写中获得了一种生命和精神的慰藉。

其次，乡土经验为他们的创作提供了大量鲜活而生动的创作素材。

---

① 臧克家.《十年诗选》序[M]//冯光廉，刘增人. 臧克家研究资料(上). 北京：知识产权出版社，2010：200.

② 臧克家.《十年诗选》序[M]//冯光廉，刘增人. 臧克家研究资料(上). 北京：知识产权出版社，2010：201.

③ 臧克家. 我的诗生活[M]//冯光廉，刘增人. 臧克家研究资料(上). 北京：知识产权出版社，2010：54.

④ 臧克家. 总结不是终结——《文集》小序[M]//冯光廉，刘增人. 臧克家研究资料(上). 北京：知识产权出版社，2010：286.

⑤ 苏金伞. 我是怎样写起诗来的[M]//樊会芹. 苏金伞研究. 郑州：河南大学出版社，2017：6.

阅读臧克家和苏金伞的乡土诗，有一个共同的强烈感受就是浓郁的乡土气息，这与他们熟悉乡村生活，善于从一些日常生活场景中发掘诗意有很大关系。例如臧克家的诗歌《村夜》，对农民临睡前生活画面进行了细致描写："太阳刚落，大人用恐怖的故事，把孩子关进了被窝，再捻小了灯，强撑住万斤的眼皮，把心和耳朵连起，机警地听狗的动静。"诗人展示给我们的是30年代在社会动荡中已不再宁静的农村生活，大人与孩子都处在恐怖之中。《元宵》仅凭一个画面："多少儿童，手把住大门，望穿了一条黑巷，大人合起感伤的眼睛，一片荣华在脸前浮荡"，就勾勒出"枯瘠的乡村"萧索荒凉的景象。《年关雪》放大了农民房屋的细节："雪，压弱了穷人屋顶的炊烟，撒一道拦门的白灰，放愁债人一丝心宽；门前踏乱了要账人的脚印，雪也锁不紧要命的年关"，将其悲惨而又无助的命运表现得淋漓尽致。此外，还有《拾花女》《卖孩子》通过"摘花（棉花）少女晚归""母亲卖孩子"这样一些具有典型意义的乡土生活场景高度浓缩着农民凄惨的生活现实，而《场园上的夏晚》《社戏》则通过对太平年代乡村"夏夜乘凉"和"看戏"的风俗画卷的描绘，展现另一种乡土生活的韵味。对乡村日常生活的书写更是苏金伞乡土诗歌的核心内容，他善于描绘极富地方特色的乡村风俗画和风情画，例如《腊月是结婚的日子》（1943年）这首诗歌，主体是围绕着乡间结婚的民俗展开的，乡土气息十分浓郁。而《摘棉花》《看戏》《跟妈妈说》这些诗歌均是通过截取农民日常生活、劳作的某一段场景来展现战乱和饥荒背景下农民生存的艰辛，诗歌以对话的形式展开，极富生活意蕴。此外，苏金伞还特别善于对乡村日常物象的"精雕细刻"，在《午睡》《眼睛都睡红了》《玉蜀黍》《麦》《头发》《破草帽》（组诗）等诗歌中，无论是农民的忠实伴侣老牛，田野里活跃着的芦花鸡、蚂蚁、屎壳郎，还是乡间随处可见的油菜花、稻草、麻叶、芦花、棉花、向日葵等各类植物，又或者是草帽、汗衫这些农民随身的寻常之物，都是其笔下乡土世界的重要构成，寄寓着诗人对农民、对土地的丰富情感。无论是臧克家还是苏金伞，这种对乡村日常生活的细微体察均来自他们长期农村生活的经验，这种经验是鲜活而真实的，赋予他们的作品以一种“土气息，泥滋味”。

在臧克家和苏金伞的一些乡土诗中，还塑造了让人印象深刻的农民形象，深入地揭示了中国农民的性格与心理，这建立在他们长期农村生活的经验之上，反映出他们对农民的熟悉和了解。例如臧克家以与自己交往密切的“老哥哥”和“六机匠”为原型，写下的《老哥哥》和《六机匠》两首诗就是非常典型的例子。《老哥哥》没有展开写“老哥哥”可怜可悯的一生，“只取了风烛残年被驱逐出门的这一场景”；《六机匠》则采用了工笔细绘的方式，详尽展现了一位贫苦农民的凄惨一生。在这两个底层农民身上，浓缩了封建社会、半殖民地半封建社会中无数农民的共同命运。作者对他们用情至深，为他们的悲剧愤愤不平，正是有了这样的情感基础和对农民命运的深切体会，臧克家才能够写下像《老马》《三代》这样的传世经典。而苏金伞的《台阶上》《头发》等诗歌中也融入了父辈们真实的生活经历，诗人所流露出的感情是真挚而感人的。

最后，两位诗人在性格和气质上有乡土文化的遗留。相较于苏金伞，臧克家在20世纪30—40年代的生活经历更为复杂，在城乡两种文化的比照中，诗人显然更倾心于乡土文化，在他看来，自己的审美倾向与性格的生成都离不开泥土：“乡村的风景，使我永远爱‘柳梢上的月明’，乡村的生活，使我顽强，朴实，几乎是固执。”①像许多终其一生都在不断地回溯故乡的作家一样，他始终强调自己的“乡下人”身份：“我是一个乡下人，性格上粘结着浓厚的农民性”。② 回顾诗人在20世纪30—40年代的创作道路，不论是创作初期“一句句，一字字的磨出来，压榨出来的”苦吟主义，还是“从棘针尖上去认识人生”的坚忍主义，都可以看到臧克家在精神上、性格上与农民之间的深刻联系。

苏金伞也认为自己的性格与长期农村生活之间有密切联系，他说：

---

① 臧克家.《十年诗选》序[M]//冯光廉，刘增人. 臧克家研究资料(上). 北京：知识产权出版社，2010：200.

② 臧克家. 关于《泥土的歌》的自白[M]//冯光廉，刘增人. 臧克家研究资料(上). 北京：知识产权出版社，2010：186.

"我这个人，生在农村，长在农村，性格老实单纯，年轻时傻气十足。"①而他的独特创作风格的形成，在诗人看来，也是由性情使然，由自己长期的农村生活决定的："诗贵朴素，我终生追求的就是这两个字。因为我土生土长，身上和灵魂都浸透了泥土的气息。一切华丽的外衣对我都是不相称的。而且我根本不会用彩色的羽毛炫饰自己。这是一个人的性情，作假也作不来的。"②

二、乡土写实："时代性"追求与重视"个人生活经验"的辩证统一

作为坚持现实主义创作原则的诗人，臧克家与苏金伞的诗歌都具有鲜明的时代性特征，所反映的社会内容也相当广阔与丰富，"以诗情为大时代摄影"③的臧克家对于中国现代诗坛的独特贡献之一，"就是对现代中国社会生活所进行的全景式的、全方位的抒写与概括"④，而"真实、细腻、形象地描摹了半个多世纪以来农村社会发展变化的历史，这是苏金伞农村诗作的第一个显著特色"⑤。在时代的风云和历史的潮流之中，他们的乡土诗歌始终根植于底层农民的生存境遇，展示出批判现实、抨击黑暗、歌颂劳动人民美好品质的伟大力量。与此同时，两位诗人又始终重视"生活经验"在创作中的重要性，努力以亲身的经历和真实情感为出发点，在时代与自我思想情感的相互作用中酝酿诗意。

---

① 苏金伞. 我开始写诗的时候[M]//李铁城，苏爰. 苏金伞诗文集. 郑州：河南文艺出版社，1998：578.

② 苏金伞. 我是怎样写起诗来的[M]//樊会芹. 苏金伞研究. 郑州：河南大学出版社，2017：7.

③ 臧克家. 臧克家长诗选. 写在卷头[M]//刘增人. 臧克家序跋选. 青岛：青岛出版社，1989：89-90.

④ 江锡铨. 生活苦吟：1930—1940年代臧克家诗歌艺术论[J]. 中国现代文学研究丛刊，2011(2)：16.

⑤ 许凤才. 时代的画卷 泥土的芬芳——苏金伞新诗研究之一[M]//樊会芹. 苏金伞研究. 郑州：河南大学出版社，2017：150.

1933年，还在国立青岛大学就读的臧克家，在诗坛前辈闻一多、王统照的资助下出版他的第一本诗集《烙印》。《烙印》中的许多诗作，是以农村和农民生活为题材，比如《难民》描写了灾荒之年流落异乡、无处栖身的难民群体，《老哥哥》写一位勤劳善良，但却不得善终的乡下长工的悲惨命运。《贩鱼郎》《炭鬼》《补破烂的女人》《洋车夫》《拾落叶的姑娘》《神女》《当炉女》《小婢女》等诗歌，则构成了一个较为广泛的底层人物形象系列，他们从乡村流落到城市，在“可怜的黑暗角落”里过着非人的生活，为了生存苦苦挣扎。特别是那首著名的《老马》，以象征的手法写出了旧中国农民的悲惨命运，也深入刻画了他们勤劳质朴、忍辱负重的坚忍性格。《烙印》出版后，很快引起了评论界的广泛关注，茅盾、老舍、韩侍桁等均著文予以褒扬，诗人也被誉为“一九三三年文坛上的新人”。茅盾称赞“《烙印》的二十二首诗只是用了素朴的字句写出了平凡的老百姓的生活”，“全部二十二首诗没有一首描写女人的‘酥胸玉腿’，甚至没有一首歌颂恋爱。甚至也没有所谓‘玄妙的哲理’以及什么‘珠圆玉润’的词藻！”并且认为，“在目今青年诗人中，《烙印》的作者也许是最优秀中间的一个了”①。茅盾的观点极具代表性，《烙印》最受肯定之处，在于作者“不肯粉饰现实，也不逃避现实”的生活态度，“眼睛向下”的平民视角以及他所具备的坚实的生活基础。1934年10月，臧克家的第二部诗集《罪恶的黑手》出版，诗人延续着他的现实主义创作原则，创作视角也有所拓展，然而对于乡村的破败及农民的苦难书写仍是其中的重要内容，如《答客问》模拟一个刚从乡村里来的人的口吻，如实地描述了农民在“兵灾”和“水灾”交替下的“生活现状”：“凭着五谷还不出钱来，不是闹兵就是闹水灾，太阳一落就来了心惊，头侧在枕上直听到五更，饥荒像一阵暴烈的雨点，打得人心抬不起头来，头顶的天空一样是发青，然而乡村却失去了平静！”《村夜》对农民临睡前的生活画面进行了细致描

① 茅盾．一个青年诗人的《烙印》[M]//冯光廉，刘增人．臧克家研究资料（上）．北京：知识产权出版社，2010：385.

写："太阳刚落，大人用恐怖的故事，把孩子关进了被窝，再捻小了灯，强撑住万斤的眼皮，把心和耳朵连起，机警地听狗的动静。"诗歌真实呈现了 20 世纪 30 年代的北方乡村在自然灾害、饥荒、难民潮以及土匪猖獗活动等多重因素的影响下，已经失去了往日的宁静，人们在心理上陷入恐惧和不安之中。"临清时期"是臧克家生命史上的"黄金时代"①，也是他创作的一个重要阶段。切身的生活体验，使他对运河两岸农民的生活有了一定了解，在《拾花女》《年关雪》《卖孩子》等诗歌中，他抓住贫女摘花(棉花)、卖儿鬻女、年关躲债这样一些"典型"的生活场景加以描绘，对处于水深火热中的农民的现实处境有着真切的展现。诗人往往从一些生活细微处着手，例如《年关雪》这首诗放大了农民房屋的细节："雪，压弱了穷人屋顶的炊烟，撒一道拦门的白灰，放愁债人一丝心宽；门前踏乱了要账人的脚印，雪也锁不紧要命的年关。"虽然没有直接写农民贫穷，却把年关将至其悲惨而又无助的命运表现得淋漓尽致。《卖孩子》以一位母亲的口吻展开，细腻刻画其既舍不得孩子，但又狠心将孩子卖掉的复杂心态，饥荒迫使骨肉分离的惨痛悲剧，使诗歌情感的浓度达到了极致。"临清时期"的臧克家虽然生活相对安定，但他敏锐地感知着时代的变化，1935 年 7 月，山东境内的黄河多次发生溃决，造成严重灾害，臧克家以此事件为背景写了《水灾》一诗，记叙了农村遭受水灾后的惨状和农民的悲惨生活；《中原的胳膀》一诗以"九一八"事变后东北沦陷为大背景，生动回忆了民国时期关内农民"闯关东"的经历。诗人以抒情的笔触描写着关东的美丽富饶，在"悲伤中原一身是血，生生地被割去了这一条胳膀!"的慨叹中表达出自己的悲愤之情。

20 世纪 30 年代的中国北方农村一方面是自然灾害频仍，饥荒时有发生，逃荒农民不计其数，流离失所，另一方面是国民党政治腐败，战乱不断，再加上东北沦亡，民族危机日渐严峻，这使得许多乡村陷入凋

---

① 臧克家. 我的诗生活[M]//冯光廉，刘增人. 臧克家研究资料(上). 北京：知识产权出版社，2010：85.

敝、混乱之中，农民处在水深火热之中。针对这样的现实，30 年代诗坛上占有重要地位的现代派和左翼诗派做出了不同的反应，现代派诗人身处在都市与乡土、传统与现代的夹缝中，侧重于对个人精神世界的探索，对动荡而又残酷的社会现实更多采取抽象、概括和提纯的方式；中国诗歌会诗人承续了早期无产阶级诗歌的传统，要求诗歌紧贴大时代的“急风狂雨”，在自觉表现工农大众及其斗争的同时，强调诗歌对无产阶级革命运动的直接鼓动作用。对于这两种创作倾向，臧克家都是有所不满的，他说：“对于当时在诗坛上散布颓废气息的‘新月派’‘现代派’诗，我看不惯，对于那些思想内容虽然很好而表现力低弱或者口号化太重的诗篇，我也感到不足。我尽可能地使自己的作品精炼含蓄而不流于一般化。”①“抱着”想给新诗一个有力的生命的“野心”②，臧克家采取了一种朴素的现实主义的创作方针：“第一要尽力揭破现实社会黑暗的一方面”，“再就是写人生永久性的真理”③。他早期的两本诗集《烙印》和《罪恶的黑手》都贯彻了他的这一创作宗旨。也正因为如此，朱自清认为一种“有血有肉的以农村为题材的诗”是从臧克家开始的，与之相比，五四时期新诗人“对于劳苦的人士生活知道的太少，只凭着信仰的理论或主义发挥，所以不免是概念的，空架子，没力量。”④而朱自清的批评不仅限于新诗坛，如果拿臧克家的诗歌与 20 世纪 30 年代那些苍白空洞、远离人民、脱离现实的诗歌相比，其现实意义就更加凸显了。

与臧克家一样，苏金伞早期的创作，也受到新月派、现代派诗人的影响，他的一些诗作注重辞藻的华美，带有唯美浪漫的情调。在“摹仿”

① 臧克家.《烙印》新序[M]//冯光廉，刘增人. 臧克家研究资料(上). 北京：知识产权出版社，2010：132.

② 臧克家.《烙印》再版后志[M]//冯光廉，刘增人. 臧克家研究资料(上). 北京：知识产权出版社，2010：130.

③ 臧克家.《烙印》再版后志[M]//冯光廉，刘增人. 臧克家研究资料(上). 北京：知识产权出版社，2010：129.

④ 朱自清. 新诗的进步[M]//冯光廉，刘增人. 臧克家研究资料(上). 北京：知识产权出版社，2010：296.

的阶段过后，苏金伞努力追求自己的风格，即“试图用乡土语言表现朴素的形式”①，他《出狱》《午饭》《乱坟岗》等诗作已经显示出真实、朴素、含蓄的创作风格。苏金伞对20世纪二三十年代普罗文学和左翼文学中那种“标语口号式”的文学也表示了不满：“当时曾有一阵普罗文学出现，把文学作品作为直接宣传的工具，也有标语口号式的诗歌。”②“我虽然有‘左倾’思想，而且还加入了中国共产党，但我并不同意‘左’的文学言论和作品”，“我对诗还是有看法的，即不同意浅露地直接宣传，而是主张艺术性应该强一些”。③ 苏金伞所表达的这些诗歌创作观念，与臧克家非常接近，但是在30年代，他是“以打球为主，写诗为辅”，作品数量不多，诗艺也尚未成熟，自然无法与臧克家相比拟。然而，臧克家、苏金伞在30年代所经历的这种向着现实主义的创作转向，在当时追求思想进步、关注现实的青年诗人中无疑是具有普遍性的。臧克家与苏金伞均出生于农村，在学生时代深刻接受了五四反帝爱国运动的影响，之后他们又亲身经历了大革命的潮起潮落。臧克家从济南奔赴武汉，考入“中央军事政治学校”(黄埔军校第四期的继续)，参加了讨伐夏斗寅的战斗，在武汉革命失败后，他几经曲折才得以虎口脱险。回到家乡后，又遭国民党反动势力追捕，只得再度出走，亡命东北，后于1928年辗转回到济南。北伐战争爆发时，苏金伞在河南体育专门学校读书，他亲身经历由于蒋介石叛变革命而带来的政治上的“低气压”，深感愤慨，并于革命低潮时期加入共产党。④ 入党后他因为积极参加活动而被捕入狱，经过一年多的“铁窗生涯”，至1929年8月才被释放。这样

① 苏金伞. 创作生活回顾[M]//李铁城，苏湲. 苏金伞诗文集. 郑州：河南文艺出版社，1998：636.

② 苏金伞. 我开始写诗的时候[M]//樊会芹. 苏金伞研究. 郑州：河南大学出版社，2017：14.

③ 苏金伞. 路要自己去开创(文学之路)[M]//樊会芹. 苏金伞研究. 郑州：河南大学出版社，2017：24.

④ 苏金伞. 创作生活回顾[M]//李铁城，苏湲. 苏金伞诗文集. 郑州：河南文艺出版社，1998：632.

的经历使得臧克家和苏金伞对于30年代激烈的阶级矛盾和民族矛盾有着深刻的认知，反动军阀的倒行逆施激起他们的愤慨，他们深切体会了“民生之多艰”，对广大穷苦百姓的悲惨遭遇抱着深深的同情。因此，他们的诗歌没有走向虚无缥缈的浪漫情思，或仅仅停留在自我的狭小世界，而是带着鲜明的时代意识和强烈的社会责任感，寻求对社会现实生活的呈示与批判。但与此同时，无论是臧克家还是苏金伞，在坚持现实主义创作原则的同时，又反对把诗歌完全变成政治宣传的工具，他们强调“生活经验”第一性，强调艺术想象必须以生活体验为依托，这成为他们现实主义诗论的核心内容。两位诗人在40年代的乡土诗创作，仍然坚持“时代性”与“个人生活经验”的辩证统一，但是其探索也经历了曲折的过程。

1937年卢沟桥事变爆发后，臧克家响应“文章下乡，文章入伍”的口号，走出书斋深入战争。他于1937年底加入了第五战区司令长官李宗仁在徐州筹建的青年军团，后又赴台儿庄前线进行采访，从1938年初到1942年夏，他随军辗转在河南、湖北、安徽等地，主要从事抗日文艺宣传工作。此间，臧克家创作颇丰，先后出版了《从军行》《泥淖集》《呜咽的云烟》《淮上吟》《向祖国》等多部诗集。这一时期臧克家的乡土诗数量较少，大部分诗歌是直接描写抗日斗争，讴歌抗日军民的伟大爱国精神和英勇抗敌的事迹。1943年6月由桂林今日文艺出版社初版的《泥土的歌》，与之前的创作不同，是一部完全以乡村和农民为描写对象的诗集，诗人将其与《烙印》列为“一双宠爱”①，可见对其喜爱的程度。臧克家曾经详细谈到他写作《泥土的歌》的契机：1941年夏天，他从“豫鄂皖边区”到河南叶县参加“三一出版社”的工作，住在一个名叫“寺庄”的乡村。② 这里还没有受到战争的侵扰，保留着北方乡村的原始风貌，

① 臧克家.《十年诗选》序[M]//冯光廉，刘增人.臧克家研究资料(上).北京：知识产权出版社，2010：204.

② 臧克家.关于《泥土的歌》的自白[M]//冯光廉，刘增人.臧克家研究资料(上).北京：知识产权出版社，2010：187-188.

农民生活的状况及风俗习惯都与臧克家的故乡差不多，诗人的乡情被触动了，在强烈的情感冲动下开始了创作。诗集只写了上半部分，为了抗议国民党军队对进步文艺活动的镇压，臧克家和几个青年朋友一起到达重庆，后移居歌乐山，那里的青山绿水再度激发诗人的创作灵感，他最终完成了《泥土的歌》。《泥土的歌》在内容上比较驳杂，以《地狱和天堂》《海》《钢铁的灵魂》为代表的诗歌，强烈地抒发着诗人对于泥土、乡村和农民的依恋与热爱；在《夏夜》《诗叶》《沉默》《社戏》《他回来了》等诗作中，作者精心描绘着乡村自然的美景和民风民俗，他陶醉于乡村的泥土气息，赞美农民的淳厚质朴。但是诗人并没有回避现实中农民的苦难，在《穷》《寒冷的花》《鞭子》《坟》《死水》《黄金》《昙花》《三代》《生活的图式》等多数诗歌中，诗人着重表现的依然是“旧式农村的悲惨和死寂”①。例如《穷》和《寒冷的花》，诗人用近乎白描的笔法写出了农村的破败与荒凉，表现农民缺衣少穿，忍饥挨饿的生活惨状：“屋子里/找不到隔宿的粮，锅，空着胃，乱窜的老鼠/饿得发慌；主人不在家，门上搭把锁，门外的西风/赛虎狼”；《黄金》《笑的昙花》写农民满怀希望，辛苦劳作但最终却一无所有：“收获——镰刀割下个/希望的金果，农人脸上/有了笑/笑/也只是昙花一朵”；《鞭子》则借毛驴表现农民被鞭笞被剥削的悲惨命运。《坟》以浓缩的笔法写出了一个普通农民的一生，他生前在田地里累死累活，死后便埋葬在地头，只是在“他开垦过的草阡上，添了一堆黄土”。诗歌的结尾出其不意地写“黄昏拢过来，他要破土而出，拉住个人，谈谈心”，渲染了农人死后的寂寞与荒凉，其中倾注着诗人真挚而深厚的感情。《三代》是一首简短的小诗：“孩子在土里洗澡，爸爸在土里流汗，爷爷在土里埋葬。”诗人仅用三幅画就展现了农民依“土”而生的真实生存状态，浓缩了中国农民几千年的悲剧宿命。与《老马》相比，这首诗概括力更强，悲剧的意味也更为深长，具有质朴、简

① 臧克家．关于《泥土的歌》的自白[M]//冯光廉，刘增人．臧克家研究资料（上）．北京：知识产权出版社，2010：189.

洁、冷峻、深刻的艺术特色。

在抗日战争背景下，《泥土的歌》几乎没有描写农民的觉醒、战斗和要求翻身解放的坚定意志，而是专注于表现旧时代农民悲惨的生存现实，这是这本诗集在出版后引发评论界批评的重要原因。然而正如臧克家所说的那样，尽管20世纪40年代解放区已经推翻反动统治，建立了人民政权，而且出现了新型农民，但就国统区大多数农民而言，他们仍然承受着残酷的经济剥削和沉重的政治压迫，呻吟、挣扎在饥饿和死亡的威胁之中，“我所看到的，接触到的农民生活和他们的形象，和几十年前我在故乡所看到、所感受到的农民生活和他们的形象，几乎毫无二致。他们的这种苦难生活，由于封建社会的停滞性，甚至可以推上去百年千年”①。臧克家坚持从自己熟悉的生活经验出发进行文学创作，这体现了他忠于生活、尊重历史的严谨的现实主义态度。

苏金伞从1926年就开始发表诗作，但是直到20世纪40年代才进入他创作的旺盛期和成熟期。1937年全面抗战爆发后，诗人一度平静的生活被打破，随着战事越来越吃紧，他开始了战时的流亡生活。从开封到南阳，再到淅川，后又辗转到了嵩县潭头，河南大学暂时搬迁到了这里，孙金伞也到这里任教并度过了短暂的平静生活。1944年，在日军的进攻下，洛阳、嵩县相继沦陷，诗人只能在战乱中继续四处躲避、流浪。他目睹广大民众所承受的深重苦难，忍受着与家人分离的痛苦，这一切都化为他创作的动力，一大批优秀诗篇陆续涌现。苏金伞曾说，“30年代以打球为主，写诗是‘搞副业’”，到了40年代则“以诗创作为主，打球成了谋生的手段”。② 这一时期诗人在创作上完全脱去了30年代现代派诗人的影响，现实主义倾向明显增强，土地和农民成为他主要的描写对象。

---

① 臧克家．关于《泥土的歌》的自白[M]//冯光廉，刘增人．臧克家研究资料(上)．北京：知识产权出版社，2010：192.

② 苏金伞．苏金伞诗文集[M]．郑州：河南文艺出版社，1998：589.

与臧克家一样，苏金伞在国统区和沦陷区所目睹的是国破家亡、战乱频仍背景下民不聊生的悲惨现实，尤其是穷苦的农民，不仅遭到日军的掠夺侵扰，还要忍受国民党溃兵的抢劫和威胁，再加上自然灾害的破坏，更加剧了他们的生存困境。1942年，由于旱灾和蝗灾，中原农作物产量急剧下降，而国民党还要强征军粮，使得老百姓陷入到严重的大饥荒之中，尸横遍野，满目疮痍。《雨后》一诗正是以此为背景，诗人借助"我"的视角，描述了"一辆尸车，在泥间蠕动"的凄惨景象，虽然没有对此详加展开，但在诗歌的结尾，诗人写道："但播种人们呢？已被尸车载去，只有在墓穴里，做着丰收的梦。而我和燕子——这灾荒的幸存者反而做了田野的主人。"讽刺之中所蕴含的同情和愤怒之情不言而喻。《摘棉花》《看戏》《跟妈妈说》都从农民日常生活的片段入手，重在表现物质极端匮乏下农民生存的绝望与挣扎，无论是母亲重视一个棉花桃胜过于自己孩子的畸形现象，还是饥饿时期人们靠"挖野菜、钩榆钱"充饥的悲惨画面，都极为真切地让读者感受到诗人笔端饱蘸的情感——对于苦难深重的中国农民的同情，在"中国的孩子就是这样地被看待着的""中国的孩子就是这样地被满足"的诗句中，诗人的无奈与愤怒也已经到达了顶点。抗战时期普通农民家庭的"离散"之苦也在苏金伞的诗歌中有深刻的反映，例如《离家》这首诗，诗人写了一位即将奔赴战场的农民，他在临走前"从集上背回一筐煤——以后不能再捡柴了。又带回几粒金鸡纳霜，叫正在发疟疾的两个孩子吃了。然后打满一缸水，够一天用的。"他对家庭的爱与不舍都通过这些细节呈现出来了。诗歌的结尾写他离家后走在路上，在两旁谷地里听到了蝈蝈儿的叫声，"他后悔不曾捉几只/挂在床头，好在他走后，代替他/安慰孩子的寂寞。"一个父亲对于孩子深沉的爱，在这里得到了最有力的表现。诗歌并没有刻意展现主人公奔赴战场的慷慨激昂，而通过家庭日常生活场景表现了战争的残酷与个人的牺牲。

抗日战争胜利后不久，国民党又发动了"内战"，这不能不激起诗人的愤懑和对农民未来命运的忧虑，《坦克车游行》《两只残废的蟋蟀》《冰雪季》《碉堡》《秋天的小河》《玉蜀黍》《麦》等诗歌均反映了解放战争时期的乡村现实。《坦克车游行》《碉堡》描写了坦克车驶入乡村，碉堡控制道路的现实景象；《冰雪季》对处于寒冷和饥饿中的农民悲惨生活进行了细致描写，对炮弹和坦克车向着平民攻击的行为表示愤慨；《两只残废的蟋蟀》则独辟蹊径，以两只小蟋蟀的视角展开叙述，对战争中陷入凋落的乡村进行整体观照。诗歌对于村庄的描写虽然只有寥寥数语："前天炮火把这村庄轰平，土炕和灶火也都倒塌了"，"村中居民已没有一个，连平常熟悉的猫鼬声，也都听不见了"，但是却体现出战争对于农民生活的严重破坏。两只蟋蟀是村庄在战争过后唯一的遗留物，在大炮的余温中寻求最后的温暖，诗人借它们之口质问炮手："为什么对打仗/有那么大的兴趣"，凸显了诗歌的"反战"主题。《玉蜀黍》《麦》《秋天的小河》等诗歌没有正面描写战争，而是通过对乡村日常事物的书写来反映农民生存处境，含蓄地表达作者对于内战的态度。《玉蜀黍》以田间被掰掉穗子、仅剩空壳的玉蜀黍作为描写对象，它"像失掉了婴儿的母亲/在冷风里颤抖"，它以后还会被连根拔去，"用以煮烧自己所生出的穗米"。"玉蜀黍"显然带有象征的意味，诗人借助它展现了被压榨剥削殆尽，但却依然食不果腹的农民的悲惨命运。《秋天的小河》通过"小河"和"板桥"两个常见物象，反映出农民对美好生活的向往与"人为制造的灾难"之间的强烈反差，表达了诗人对战争的控诉和批判。

对农民的命运的书写、反思也是 20 世纪 40 年代苏金伞乡土诗歌中颇值得关注的一类，如《破草帽》(组诗)、《头发》、《在台阶上》等。这类诗歌往往借助农民日常生活中的细微之物展开叙事，画面感极强。例如《破草帽》(组诗)聚焦于农民日常生活中的"草帽""汗褂"这些不起眼之物，草帽是"破草帽"，"遮不住风雨，遮不住太阳，却仍然戴在头上"。草帽在农民生活中还有许多别的功用，因此在庄稼人看来"已是数一数二的财产"。"汗褂"与"草帽"一样，也为贫穷的农民所看重，"只在走亲戚时才肯穿"，"汗褂烂了，改给孩子穿；又烂了，改做屎布。最后/撕成铺衬/垫在脚底下/一直踏得不剩一条线!"仅仅通过"草帽""汗褂”，诗人反映出农民沉重的生存现实，他们勤俭节约、物尽其用的“美德”是为贫困所迫，尽管如此，他们的地位却是低下的：“谁都看不起/这破草帽/和戴草帽的人”。《台阶上》和《头发》在构思上存有相似之处，都是通过几代人的对比来反思农民命运。《台阶上》精心选取了祖父母、父母亲和“我”这三代人在“台阶”这一特定场景下不同的生活画面，表现农民在重重压迫中循环往复的悲剧宿命。《头发》分别描述了父亲、母亲和我的头发，其中所浓缩的是两代人不同的命运。父亲拖着长辫子，忍辱负重走完一生；母亲辛劳一辈子顾不上梳头，头发上落满“面屑”和“灰星”，随手一抓就是“一把乱发和母虱”。父亲和母亲是封建社会老一代农民的代表，他们勤劳善良顺从，到死仍不能改变自己任人欺辱的命运。而“我”的头发变“硬”了，“不服梳理”，说明“我”已经萌生了反抗的意识。这首诗与臧克家的名作《三代》在构思和立意上有异曲同工之妙，《三代》更为简洁含蓄，思想容量更大，《台阶上》和《头发》的生活感更强。

就 20 世纪 40 年代对乡村苦难的现实书写而言，苏金伞诗歌的描写更加细腻，生活化色彩更为浓郁。他很少直接去描写农民生存的惨状，也常常能够突破“俯瞰”或者“旁观”的视角，从家庭内部视角出发，抓住那些最具人性化的生活瞬间，对农民日常生活进行真实而生动的摹写，既增加诗歌的叙事张力，又在不动声色中强化悲剧的效果，《摘棉花》《看戏》《离家》都是这样的诗作。苏金伞乡土诗作中还有对乡村日常事物的丰富书写，包括各种动物、植物，甚至是农民的草帽、汗褂、头发等，这使得他的诗歌更加具象化，与土地的连接更为紧密，带有浓郁的乡土气息。此外，与臧克家相比，苏金伞 40 年代的乡土诗也更多融入了时代的内容。如中国共产党所提出的“反内战，反饥饿，反迫害”的主题，以及解放区土地改革后农民生活的新貌在他的诗歌中都有所反映。在书写农民沉重生存现实的同时，苏金伞善于发现农民身上美好的精神品质，尤其是他们在艰苦的战争年代所体现出来的乐观坚定、自我牺牲和敢于斗争的精神。例如《离家》这首诗在表现一个农民战士离家的不舍时，也展现出他踏上战场的坚毅，无数个“小我”的牺牲才能换来战争的胜利；对于千百年来背负着沉重枷锁的农民，苏金伞也寄希望于他们自身力量的迸发，《农人的脊背》一诗中，“脊背”成为农民承受苦难的象征，但诗人也发掘了“脊背”中蕴藏的力量。如他诗中所写：“这脊背/也有无穷的力量。你看，那满载谷物的大车，像山一般重，一声呐喊，就被掀翻在禾场上。现在/就正用这同样的姿势/来掀翻另一种更为沉重的东西，——那牢牢地压在农民背上的残酷统治”。由于苏金伞诗歌强烈的“日常性”，使得他对于时代与政治主题的表达并不生硬，他也并没有因为要附和抗日文学的主潮而背离自己的生活经验，过分渲染农民身上这种反抗性和斗争性。

苏金伞20世纪40年代的乡土诗创作是他前期现实主义创作道路的一种延续和深化，他逐步形成了“自然朴素”“在深厚含蕴中透出清新”的创作特点。而臧克家的创作则面临更复杂的情况，《泥土的歌》建立在他对自己抗战初期创作的反思和批判的基础之上。对于那些洋溢着战斗热情的作品，臧克家并不满意，认为它们“显得粗糙、躁厉、虚浮和廉价的乐观”①，究其原因，是“没深入抗战，没把自己变成一个真正的战斗员，才没能够写出好诗来”。而诗中的歌颂在诗人看来也是“悬空”的，“你不能说它没有热情，但它是虚浮的，刹那的”，“你不能说它没有思想内容，但它是观念的，口号的”。② 在《泥土的歌》中，诗人重新回到自己所熟悉的乡土题材，这也意味着他对《烙印》时期所建立的现实主义创作原则的一种回归。1944年，在为自编的《十年诗选》所做的序言中，臧克家回顾了自己的创作道路，再一次强调了“生命的充实”的重要性，

---

① 臧克家．我的诗生活[M]//冯光廉，刘增人．臧克家研究资料(上)．北京：知识产权出版社，2010：92.

② 臧克家．《十年诗选》序[M]//冯光廉，刘增人．臧克家研究资料(上)．北京：知识产权出版社，2010：203.

“一个诗人把他全灵魂注入的诗，才能成为好诗”①，他认为这是自己在诗流的激变中能够坚持自己创作个性的最重要源泉。与此同时，诗人重新肯定了自己早期力求谨严、含蓄、凝练的艺术原则，他一直苦心寻找着“思想和情感饱和和交凝的焦点”，不愿意用肤浅的热情去简单地附和某种思想和观念。在臧克家看来，《泥土的歌》虽然有缺点，但它却是诗人生命的真实呈现，是诗人一贯的现实主义创作道路的延续，正是从这个角度出发，他将其与《烙印》并列，视为自己的“一双宠爱”。

臧克家的“回顾”与“重申”，无疑是对《泥土的歌》所遭受到的来自评论界的批评与质疑的有力反驳，但是在这之后臧克家开始了相对集中的政治讽刺诗创作，对乡土题材少有涉及。到了 1948 年臧克家再次谈及《泥土的歌》时，自我批判的调子占了上风，他这样反思道：“《泥土的歌》给人的是旧式农村的悲惨和死寂，而实际上，三十一年却是暴风雨的年代。同时，那种忧伤的情感，和昂扬的斗争的真实，相去又多么远啊。”②“我把农村写得太平静了，我把农民写得太忠厚了……我没有写出农村的阶级对立，农民的反抗行为和意志，虽也有些近乎这样的东西，那都是观念化而不十分真挚的。”③可见，随着政治倾向性的增强，臧克家对诗歌的现实功利性诉求进一步提高，他深切感受到他所坚持的现实主义诗歌理论的局限性。臧克家的这种困境带有普遍性，到了五六十年代，苏金伞的乡土诗创作也面临相同的问题。“诗服务于政治，诗与现实生活、与‘人民群众’相结合，是当代诗歌观念的核心。”④如何在“政治性诉求”和“个人生活经验”中取得辩证统一，这已经成为社会主义现实主义文学的核心论题。

---

①　臧克家.《十年诗选》序[M]//冯光廉，刘增人. 臧克家研究资料(上). 北京：知识产权出版社，2010：203.

②　臧克家. 关于《泥土的歌》的自白[M]//冯光廉，刘增人. 臧克家研究资料(上). 北京：知识产权出版社，2010：189.

③　臧克家. 关于《泥土的歌》的自白[M]//冯光廉，刘增人. 臧克家研究资料(上). 北京：知识产权出版社，2010：190.

④　洪子诚. 中国当代文学史[M]. 北京：北京大学出版社，1999：57.

三、田园牧歌：乡土日常的诗意开掘与对故乡永远的精神依恋

在20世纪三四十年代动荡的社会现实和严峻的民族危机下，无论是臧克家还是苏金伞，都带着强烈的忧患意识和社会责任感去关注乡村和农民的生存，他们的创作也不可能不受到时代氛围的影响。当他们抱着严肃的现实主义态度去注视着乡村大地时，农村和农民在某种程度上也成了他们介入时代的一个窗口，他们借此表达对于黑暗社会现实的批判，对于农民生存困境的关注与同情，也有对蕴藏在农民身上的美好品质和巨大力量的揭示。然而对于乡土的依恋却又时时让作家从与现实的紧密胶着中暂时抽离，他们发掘自己往昔淳朴、美好的乡土生活体验，创作出清新自然的“田园牧歌”，这些诗作也具有较高艺术价值，同时也有助于我们了解诗人复杂的精神世界。

(1)臧克家与苏金伞的田园诗都善于从农民的日常生活中去捕捉诗意，带有浓郁的乡土气息。

20世纪30年代，随着《烙印》《罪恶的黑手》等诗集的出版，臧克家独具特色的现实主义创作受到诗坛的普遍肯定，但与此同时，他这一时期的诗歌中也有一些作品写得轻快自然，流露出清新质朴的乡土意蕴，如《农家的夏晚》《五月的乡村》《场园上的夜晚》《歇午工》等。这几首诗歌均从农家日常生活展开，如《场园上的夜晚》描述了一幅生动的夏夜乘凉图：“推开饭碗，擦一把臭汗，大人孩子提一领蓑衣跑去了场园。场园上没有不快的墙垣，风从禾稼声中吹来，全无遮拦，像四面的清流泻下了山岩，各人拣好一块地方，坐卧那全凭自己的心愿，先来后到的一阵乱打招呼，时间候到了最后的一人，一轮满月正挂在东天。”通过写“清风”“满月”，诗人赋予了这幅画面清新灵动的色彩，而“推”“擦”“跑”“乱打招呼”这些动作则烘托出乡村的独有的生活气息。诗人接下来重点写了小孩子，他们听大人讲鬼故事，直到妈妈“隔墙遥呼”才“哀求大人送他们家去”，童真童趣更为农家的夏晚增添了别样的韵致。在诗

歌的结尾处诗人加了一行附注曰：“村夜恐怖不敢眠，对闷热的灯火成此。”可见全诗写的全是“太平年代”的美好的回忆，与当下乡村的现实形成了鲜明的对比。《歇午工》则是一首劳动者的赞歌，但诗人没有直接去写他们的劳作，反而另辟蹊径选择他们在劳动间隙午睡的场景详加描述：“铺一面大地，盖一身太阳，头枕着一条疏淡的树荫，这个的手搭上了那个胸膛。一根汗毛/挑一颗轻盈的汗珠，汗珠里亮着坦荡的舒服。阳光下，铁色的皮肤上/开一大片白花，粗暴的鼾声扣着/呼吸的匀和。”“铺”“盖”“枕”“搭”“挑”等一系列动词的精心提炼和“轻盈”“坦荡”“粗暴”等形容词的贴切使用，将劳动者粗犷有力、自然坦荡的美好形象生动地展示出来。收录在《泥土的歌》中的《社戏》《夏夜》《他回来了》等诗歌也以对农村生活画卷的诗意描摹为主，例如《社戏》抓住了“看戏”这一乡间民俗，对其过程进行了细腻而生动的刻画。看戏之前，诗人通过“开场锣，敲得人心慌”“孩子的手，把大人的饭碗夺掉”，以及穿起“压箱底的花衣裳”这样几个动作，烘托出人们急切而又兴奋的心情。看戏的过程诗人并没有详加描写，反而把重点放在社戏散场时的场景，通过木梆子敲更的声音、这里那里的敲门声，以及狗的狂叫声衬托出人群的喧闹，诗歌的结尾渲染出诗意的氛围，流露出浓重的抒情意味：“孩子，睡在大人肩上，板凳，睡在大人肩上，他们回来了——/带着星光，带着灯光，带着灯光底下/那一片情景，带着为剧中人/开出的泪花和笑影/带着这一些/一直带到梦中。”《他回来了》写一位前线的战士请假归家后的场景，家庭成员的反应各不相同，“妈妈坐在纺花车旁，像坐在梦中，弟弟刚从坡下抽回身，锄杆躺在怀里。”小孩子“用一只好奇的小手，向爸爸腰间的短枪偷摸”，而他的妻子，“在别人不留意的时候，在他周身溜眼波”。诗人对人物动作和神情的描写非常生动传神，在战争时期，亲情尤显珍贵，诗歌既充溢着温馨和谐的家庭气氛，也侧面烘托出战士的牺牲与伟大。

苏金伞的乡土诗创作从20世纪30年代开始就持有两副不同的笔墨：一副以描写军阀混战、土匪猖獗背景下中原农民受剥削受压迫的现实生活为主，如《拟拟曲》《春荒》《乱葬岗》等；另一副则以朴素自然的笔调呈现乡土生活的静谧、和谐、生机无限。例如发表在1936年8月《大公报》文艺副刊上的《午饭》这首诗，就选取了夏日农家一个普通的生活场景作为描写的对象。诗歌以儿童视角展开，“小墩子”在妈妈的催促下去喊爸爸吃饭，“爸在庄外坑沿的树凉下，枕着锄杆睡晌觉，鼾声的根盘两肋巴，像一架糜烂的葡萄。”“小墩子”仔细打量着睡着的爸爸并试图将他唤醒：“胳肢下有蚂蚁窝，汗毛里有野风窝，红蚂蚁正衔走肚脐上的谷壳。树叶间漏下一滴光，从爸的左肩跳上鼻子，起来吧，爸，知了尿撒了你一嘴。”最后他用美味的食物诱惑爸爸：“妈蒸了一箅子黄槐花，我又摸了三条泥鳅正肥，快起来呀爸，吃饭啦!”这首诗带有泥土的气息，充满着日常生活的情趣，读者的视角跟随“小墩子”体察着田野间的奥妙与新奇，妈妈、孩子与父亲之间的亲情如夏日的清风般流动在诗歌中，而那香甜的槐花和肥美的泥鳅也仿佛在读者的舌尖上留下了永远的余味。特别是这首诗的语言，融入了大量的豫东方言，生动活泼而又自然。

苏金伞20世纪40年代进入创作的旺盛期，他善于从乡土日常生活细节中发掘“美”的特点得以更充分地展现。例如《稻草担子》这首诗通过“稻草”写了诗人的乡土生活经验，“稻草的喜悦”是“那只有乡下的孩子们/穿上才洗浆好的/每一走动就窸窣发响的衣裳，挎着香喷喷的馍篮，到外婆家走亲戚时才有的喜悦”，“稻草”的密语是“每当夜深人静，窗外下着涩涩的微雨，彼此枕着头发，连热的气息/一齐送到耳孔里的那种密语。”诗人热爱稻草，就是热爱乡村和大地，那些细微的生活瞬间，和不易被人察觉的感受，都被诗人赋予清新而美好的诗意。再比如《眼睛都睡红了》，是诗人献给田间老牛的一首赞美诗。诗人没有去写它如何辛劳，只是抓住它在大槐树下午睡的一个场景，用拟人的手法表现周围小昆虫、动物们热闹、忙碌的生活景象，反衬出老黄牛勤劳、稳重的生动形象。

与臧克家相比，苏金伞描写日常生活的视角显得更为多元：《午睡》从儿童角度展开，对日常生活的展现充满童趣；《眼睛都睡红了》以老牛为核心，描述的是动物的“微观”世界，诗人以拟人的方式赋予它们鲜活的生命，并由此彰显农村生活特有的韵味与情趣。对于苏金伞而言，日常生活不仅是内容上的呈现，甚至构成了他乡土诗创作的一种独特视角；他不追求史诗性的宏大叙事，也不刻意张扬英雄主义，而是善于将时代的主题和自己的政治倾向融入具体而细微的日常生活场景中，含蓄地加以表达。臧克家40年代的田园诗对乡村日常生活的展现，则体现出他对于历史宏大叙事的一种有意的疏离。他对于自己的抗战诗歌进行了反思，重新回到所熟悉的乡土题材，他诗歌中的日常生活，更多建立在对自己以往乡村经验的整合之上。

(2)两位诗人的田园诗都表现出对乡村与农民的热爱与赞美，一个真挚热烈，一个内敛含蓄；一个带有明显的知识分子视角，一个则从乡土生活的"内视点"出发，并把农民生活经验、心理体验的真实作为创作的核心。

抗日战争全面爆发后，臧克家辗转于各个战场，主要将创作视角聚集在如火如荼的抗日斗争上，他的乡土诗创作数量大大减少。1943年6月出版的诗集《泥土的歌》是臧克家这一时期的重要收获，那暂时被战争阻断的对于故乡的回忆、对于泥土的依恋、对于农村和农民的关注，又成为诗人创作的主题。1941—1943年在"寺庄"和"歌乐山"的短居经历是激发臧克家创作灵感的重要契机，诗人曾这样描述他在"寺庄"的生活："住在老百姓的土屋里，办公的时间并不限制人，我们时常结队到沙河上去闲眺，河那边绿树水色扶映着青冉冉的瓦房象一个神仙世界，鸥鸟朋友似的，走在沙滩上，偶尔向我们望一望……""我住的屋子，大门邻着大街，大街上黄土陷人，有农人牵着老牛走在上面，秋收季节，有运军麦的大车，成列的走在上面，窗纸上刚发白，咕辘咕辘的车声响在我朦胧的心上。破寨门里边有一个池塘，有白鹅在水上面游，有牛在嗯嗯的饮水，有村妇少女在岸上洗衣裳。"①这个带有原始风貌的北方乡

① 臧克家. 生活和诗的历程——续《我的诗生活》[M]//冯光廉，刘增人. 臧克家研究资料(上). 北京：知识产权出版社，2010：100.

村唤起了臧克家的思乡之情，他感觉自己“像一个漂泊的灵魂深夜回到了家”；“歌乐山”静谧清秀的自然风景同样令诗人陶醉，他住在一个由四面青山包围着的大院子，“阡头上有松，有千竿竹，有鸟儿在树顶上歌唱，有鸡子在地上啄食。田野里一片生机，稻子迎着风摇头，野花向人笑……”①这其实是一个穷苦的山村，但诗人却感觉“无比富丽”，因为他的身体和精神都被自然滋养着，他找到了自己真正的归属之地，正如诗人所说：“只有在乡村里，和大自然，和一身泥土的农人共同呼吸，我才能舒开心生活，我才是我自己。”②诗人内心涌动着强烈的诗情，他写下了一系列明快、清新、自然，并带有强烈抒情气息的“田园之歌”。以《海》《钢铁的灵魂》《地狱和天堂》为代表的诗作，主要是抒发作者对泥土的深爱，对乡村和农民的赞美，例如：

> 我，在泥土里生长，愿意/在泥土里埋葬。如果，有座地狱/在脚下开着口，我情愿跳下去，不管它有多深，因为，我是大地的孩子，泥土的人。(《地狱和天堂》)
>
> 乡村/是我的海，我不否认人家说/我对它的偏爱。我爱那：红的心，黑的脸，连他们身上的疮疤/我也喜欢。都市的高楼/使我失眠，在麦秸香里，在豆秸香里，在马粪香里，一席光地我睡得又稳又甜。(《海》)

这些诗一改诗人对诗歌“含蓄”的一贯要求，情感外放，真挚而浓烈；在语言上却是质朴简洁的，融入了生动的口语；多使用短句，形式灵活、节奏明快；同时又使用了比喻、对比、排比等多种修辞方式，进一步强化了诗歌的艺术效果。

---

① 臧克家. 生活和诗的历程——续《我的诗生活》[M]//冯光廉，刘增人. 臧克家研究资料(上). 北京：知识产权出版社，2010：104.

② 臧克家. 生活和诗的历程——续《我的诗生活》[M]//冯光廉，刘增人. 臧克家研究资料(上). 北京：知识产权出版社，2010：104.

而在《送军麦》《诗叶》《沉默》这些诗歌中，诗人用诗意的笔触勾勒着乡间的自然美景。

《送军麦》描绘出一幅浪漫的“乡村暮色图”：“牛，咀嚼着草香，颈下的铃铛/摇得黄昏响/燎火一闪一闪，闪出梦的诗的迷茫，这是农人们以青天做幕帐，在长途的野战里/晚炊的火光。”《沉默》重在写人与自然的对话，“青山不说话，我也沉默，时间停了脚，我们只是相对。我把眼波投给流水，流水把眼波投给我，红了眼睛的夕阳，你不要把这秘密说破。”诗人用青山、流水、夕阳所营构的意境从古典诗歌中脱胎而来，主客体之间的心有灵犀呼应着中国古代哲学中的天人合一。《泥土的歌》出版后，遭到文艺界的不少批评，特别是其中的“田园牧歌”，被认为是不合时宜的，是与“当前伟大的革命阵营的不调谐”①，是“以知识分子自己的心境或从个人的感觉去赞颂农村”②。但是臧克家内心深厚的故乡情结并没有因此而被切断。解放战争时期，诗人身居重庆，对国统区的政治腐败、经济崩溃、社会动乱有着切身的体验，对国民党政府的倒行逆施深感愤懑，他专注于政治讽刺诗的写作，揭露黑暗的现实，先后出版了《宝贝儿》《生命的零度》《冬天》三本诗集。《马耳山》《给一个农家的孩子》《爱的熏香》等诗歌就像隐隐闪烁于其中的珍珠，仍执着地抒发着诗人“从深心里发出来的一种最真挚的声音”——对于乡土、对于农民的深切依恋。1936 年臧克家离开重庆到上海，到中华人民共和国成立前一直居住在上海。上海的都市生活令诗人感到不适，甚至有一种排斥和厌恶的感觉，他曾这样描写自己初到上海时的体验：“模糊了东西南北，再没有一座青山，一棵缀满鸟巢的老树给太阳做个出没的标志了，喧嚣嘈杂里，良心的声音听不到了；投出一个脚步去，要试探着放下来，连人脸上的笑都是可怕的！高楼接着高楼，像罪恶的征象，不，它就是罪

① 姚雪垠. 现代田园诗[M]//冯光廉，刘增人. 臧克家研究资料(下). 北京：知识产权出版社，2010：482.

② 林默涵. 评臧克家的“泥土的歌”[M]//冯光廉，刘增人. 臧克家研究资料(下). 北京：知识产权出版社，2010：494.

恶的本身!”①诗人感觉置身在大都会里，就像失掉了生命根土一样的痛苦，因而对农村更加怀念起来。1947 年写于上海的一首《渴望》充分表明了诗人的心意：“我是一棵小树，在田野上生长，一只手，硬把我挪到这马路的一旁，我的身子受到了汽车的冲撞，破皮流血，我日夜怀念着老牛的弯角和农民的大手掌。”他渴望回到大自然的怀抱，享受清风的愉悦，回到“海洋一般的旷野”，就连曾经短暂居住过的歌乐山，也在诗歌中成为诗人怀念的对象：那曾使他的心灵得以抚慰和净化的青峰绿竹、流水星光，以及勤劳笃厚的乡亲们成为他永远的记忆和精神的故乡。

风景描写中的文人情调，以及在乡村与城市的冲突中对乡土文化的皈依，都让我们看到臧克家田园诗背后的知识分子视角。对臧克家而言，乡村不仅是激烈战场之外的暂时平静之地，或是躲避繁华都市的偶尔休憩之所，更是自己的“精神家园”和“心灵故乡”。诗人热烈倾吐着对于故乡的爱，执着地表达着“我是大地的孩子，泥土的人”，这或许可以被视为是诗人在“社会身份”之外的一种“文化身份”的认同。在 1946 年创作的诗歌《歌乐山》中，诗人将自己与“歌乐山”的关系概括为“我放弃了歌乐山，我永远占有了歌乐山”，这实际也是诗人与故乡的关系，在理性与情感永远无法调和的矛盾中，乡土成为一种永远的精神求索。

与臧克家相比，苏金伞没有以直抒胸臆的热烈方式倾吐过对故乡的热爱和赞美，单纯的风景描写在他的田园诗中也极少。苏金伞的乡土诗多从乡土生活的“内视点”出发，并把农民生活经验、心理体验的真实作为创作的核心，而不是以一个“旁观者”的身份去观察乡村和农民。我们以《村女》和《歌乐山》两首诗为例，看看苏金伞和臧克家如何去赞美劳动者。《歌乐山》中“我”的视角贯穿始终，诗歌描述了“我”在歌乐山生活然后又告别歌乐山的经过。臧克家是这样描写歌乐山的美景的：“歌乐

---

① 臧克家. 生活和诗的历程——续《我的诗生活》[M]//冯光廉，刘增人. 臧克家研究资料(上). 北京：知识产权出版社，2010：107.

山，歌乐山，那青峰，那绿竹，那云烟，杜鹃叫得啼血的季节，那满山血红的红杜鹃。”诗人更赞美了他的邻居的勤劳：“我看着他们忙，我帮着他们忙，我看着田里的秧子长成针，我闻到满院里谷子香，小园子里长着各种青菜，又肥又嫩，男的忙，女的忙，睡半夜，起五更，带着星光担到菜市上。”苏金伞创作于1944年的《村女》也是一首赞美劳动者的诗，诗歌描写了一个健壮美丽的乡村女孩在“早晨”“上午”“黄昏”三个时间段内不同的劳动场景。苏金伞的景物描写非常精练简洁，并以拟人的手法从“动物”的角度展开：“早晨，麻雀刚啄碎夜的躯壳，露出黎明的鲜肉。”“上午，布谷鸟抛掷着窒息性的呼声，麻叶垂着大耳朵打盹；杨树在午梦里私语。”“黄昏像骆驼的脚步，迟缓地踱下山冈，脖子上挂着小铃铛……”这其实是苏金伞在进行景物描写时常用的手法，明显已经从传统的文人视角中跳脱出来，将外在于“我”的景物化为动物或植物的一种活泼生命的感受，不仅造成了一种艺术上的陌生化，更与诗歌所描写的农民主体有着高度的契合。《歌乐山》在农人劳动时，有一个明显的外在的观察者的视角，诗人对劳作场景的描写只有一句：“男的忙，女的忙，睡半夜，起五更”，这具有高度的概括性，同时也是笼统和模糊的。而苏金伞在《村女》中就仿佛时刻站在村女的身旁，诗人是内在于劳动场景中的，所以可以生动地展示她具体的劳作的过程，甚至身边的细微事物。例如写村女割麦时：“镰刀的白牙齿，嚼着酥脆的麦根”，写村女打水时：“辫子在脊梁上跳，脸在水桶里笑/——脸边还有半轮晓月，将月和笑倾入石槽”；甚至写到当村女发现一条蛇受到惊吓时：“随后迅疾地放开井绳，像初离水的白鹭拍翅膀，巴拉巴拉地响彻全村”。村女普普通通的日常劳作，在诗人笔下已经被完全诗化了，对于这样一个美好的人物形象，诗人已经无须再去抒发他的赞美之情。从这两首诗歌对比来看，苏金伞的田园诗更侧重于通过对日常生活中“美”的挖掘来表达对土地和农民的赞美，情感趋于内敛含蓄，而诗人笔下农民的形象更为生动鲜活，乡土气息也更浓郁。但与此同时，我们也要看到，臧克家诗歌中所包含的在“情感”和“理性”的矛盾中对心灵故乡永远的追溯无疑大大深化了田园诗歌的文化内涵，而这恰恰是苏金伞所缺少的。

(3)臧克家的乡土田园诗始终无法摆脱浓重的忧郁和感伤的情绪，而苏金伞则往往在其中注入了时代的精神，体现出农民的崭新风貌。

臧克家在谈到自己的诗集《泥土的歌》时，认为它会“唤起读者对于悲惨的农村生活的——特别是北方——一股悲痛、寂寞而又多少带点惘然的感觉”①，而这也正是《泥土的歌》受到批评的主要原因，如林默涵就认为臧克家是“以知识分子自己的心境或从个人的感觉去赞颂农村”，而吴组缃在给臧克家的信中也表达出对于诗集中流露出来的“一片朦胧的忧郁和近乎伤感的情调”的担忧。② 臧克家认为这种“寂寞和凄凉”是旧时代农民的悲惨生活所给予的，而他所了解的抗战时期国统区的大多数农民，与旧时代农民的生存状态几乎毫无二致。在这种背景下，臧克家很难在诗歌中去展现20世纪40年代战争环境下“新农民”的形象，而他笔下的“田园牧歌”也往往停留在对自然风景的描绘上，在抒发对故乡的眷恋与赞美时，又抑制不住地去表达对农民悲惨命运的同情。例如《马耳山》这首诗，臧克家将故乡的“马耳山”想象为自己的一位密友，徐徐展开了“我”和“你”的一场对话：“马耳山，我的对门，当故乡的田园恋爱着我单纯的心，早晨，纸窗子一卷开，就把你迎了进来；晚上，门闩子一响，你便叫黄昏领走了，一抬脚跨过短墙。”诗人用诗意的笔触描绘了马耳山的四季美景：“春天，你叫桃花/开在涧水两旁，潺潺的清流/用温柔的声音/招呼来几个洗衣的姑娘。”“你看见夏季‘秫秫头’上/饱满了红色的希望，谷穗子沉重地坠下头去，风磨得它刷刷地响；你看见农家妇女们挎一只篮子/向田野去，走在绣着花朵的绿色的地衣上……”但与此同时，诗人也写了穷苦农人的辛苦悲酸，“生的穷愁像沉重的石头”，“生活的鞭子，悲惨地抽着穷苦的人”，他们一代代无法摆脱被压

① 臧克家. 关于《泥土的歌》的自白[M]//冯光廉，刘增人. 臧克家研究资料(上). 北京：知识产权出版社，2010：186.

② 臧克家. 关于《泥土的歌》的自白[M]//冯光廉，刘增人. 臧克家研究资料(上). 北京：知识产权出版社，2010：187.

迫奴役的命运，诗歌的风格从清新明丽又转向了寂寞苍凉。《爱的熏香》也是一首情感非常浓郁的抒情诗，真诚表达着诗人对于农民和土地的深切依恋，当诗人在想象中重返童年时，他写道："我又变成了个快乐的孩子，睁开眼什么也望不到—/除了矮的谷子，高的高粱；耳朵也听不到别的声音，只听到农人的歌唱，蟋蟀的歌唱，只听到一片生机在大地上响。"但是诗人又说："虽然它给我童年的心上，种满了快乐，/可是，它最怕回忆，咀嚼!"对诗人而言，始终无法过滤掉旧时代农村的黑暗现实，许许多多像"老哥哥""六机匠"一样贫苦、良善但又卑微的农民，他们背负着沉重的枷锁，但是却不可能改变自己的命运，他们没有体验过真正的"人"的价值和意义。他们成了臧克家内心的隐痛，使他的思乡之情中永远掺杂着一丝忧郁和感伤。

与臧克家相比，苏金伞笔下的"田园牧歌"往往注入了时代的精神，体现出农民的崭新风貌。《稻草担子》《斑鸠》《眼睛都睡红了》这几首诗都写于诗人"潭头"时期。全面抗战爆发后，随着战事的吃紧，当时在开封河南水专任教的诗人携家人开始了战时的流亡生活。1939 年春，诗人接到河南大学的聘书，到其暂时所在地——洛阳嵩县潭头镇任教。潭头镇虽地处偏僻，但却有山有水，环境优美，再加上这里的文学氛围浓郁，具有进步思想的老师和同学朝夕相处，真诚交流，使得诗人的心情振奋，创作热情高涨，同时对抗日战争的胜利充满了信心。《斑鸠》为我们描述了一幅冰雪消融，春雷滚滚，乡野大地万物复苏的美好景象："叱咤一声呼开了冬的闸门，千万条河流一齐拥进；然后又一株一株把树唤醒，枝条上的嫩芽挨次睁开了眼睛。埋在泥土里的春雷，也该繁殖出成群的乳雷了。于是先呼来一阵烟雨/松一松土壤，然后高呼一声，嘟嘟噜噜/一下子都滚出来了。"这首诗构思奇特，"斑鸠"仿佛是一位无所不能的春天使者，诗人通过一系列动作："呼""唤醒""松一松"等体现了它的超能力，又赋予嫩芽、春雷、草芽以新鲜的生命力，呈现了由冬到春转换的动态过程。这首诗新鲜灵动，但又是朴实自然的，含蓄而有力地表达了诗人充满希望又满怀喜悦的感情。前文我们已经分析过

《眼睛都睡红了》这首诗，作为一首田园诗，它的整体情调是恬淡的，在抗战的背景下，似乎与文学的主潮显得格格不入，但是诗人牛汉谈到当时读到这首诗时的感受时说："抗战之后，诗坛充满了情调高昂的战歌，偶有学院气较重的诗，大都抒发个人的苦闷和焦虑，也能曲折地显示出一些时代的艰苦。但是还有不少诗人对大后方的黑暗现象加以猛烈的抨击。《眼睛都睡红了》这样朴素而新鲜的诗极少见到……我觉得可以写出这样有生活情趣的朴素的诗，一定是一位个性很强的诗人。当时只有艾青等少数诗人写这样朴素的诗，不去迎合什么，也没有高雅的语言，但情感绝不低沉。"①牛汉看到了这首诗在题材和风格上的独特，同时指出它的"情感绝不低沉"。的确，苏金伞虽然没有慷慨激昂地去抒写"战歌"，但是他所呈现出来的忠厚、勤劳、沉默、坚韧的"老牛"形象正是中国农民的生动象征，在"老牛"的背后有一种深沉而坚实的力量，而它身后的田野是充满无限生机的，这体现出诗人对抗战主题的更深层次的理解和阐释。

处在群山环抱中的"潭头"绝非一个远离尘嚣的"桃花源"。苏金伞在"潭头"教书期间，正是国共二次合作破裂以后，国民党再次发动反共高潮的"低气压"时期。河南大学聚集了许多从事抗日救亡运动的共产党员、思想进步的教授与学生，他们的言论和行动遭到了反动势力的严密监控，许多进步学生被警告、停学，甚至被拘捕。在学生中最有威望的嵇文甫、李俊甫等教授后来也被捕了。② 谈及这段生活，苏金伞这样说："我到河大后，思想感情激荡起来了，但精神上是压抑的，是苦闷的……"③这种心理在他这一时期创作的《无弦琴》《窗外》等诗歌中有明显的表露。《眼睛都睡红了》《斑鸠》与《无弦琴》仿佛是苏金伞情感世界

① 牛汉. 诗，苏金伞和我[M]//樊会芹. 苏金伞研究. 郑州：河南大学出版社，2017：76.

② 阎豫昌. 苏金伞评传[M]. 郑州：文心出版社，1995.

③ 苏金伞. 创作生活回顾[M]//李铁城，苏湲. 苏金伞诗文集. 郑州：河南文艺出版社，1998：640.

的两极，它们之间是矛盾的但又相互调适，反映出诗人当时复杂的精神世界。与抗日战争时期的许多知识分子一样，苏金伞在长期流亡生活中深切地体会着“国破家亡”的屈辱，亲人分离的痛苦，在饥饿与死亡线上挣扎的艰辛，也包括国内政治动荡所带来的阴影。但是不管在什么时期，苏金伞总是能够从土地和农民身上发现美、发掘生命坚韧不屈的力量，使得他的诗歌在凝重、悲愤、战斗的时代主调之下始终带有一丝温暖和明亮。这些诗作带有清新的泥土气息和显著的浪漫主义色彩，同时又充分结合了农民生活的新内容，洋溢着时代的精神。

例如《腊月是结婚的日子》(1943年)这首诗歌，通过对“婚礼”这一民俗的展示，渲染了乡村欢乐愉悦的生活氛围：“腊月是结婚的日子，你看花烛像红襟鸟在山丛林莽间飞回；山中一声炮，群山都哗笑着粉碎了；铎声在野风里涨，淹没了一个村庄又一个村庄，这一片小小的平原，全沦为愉悦的海洋。”“腊月是结婚的日子，为了一家的喜事，全村人都扎上翅膀，村前村后地乱飞——一朵花开而百蜂集。朽瓤的门楣挂上红绸，门前挤满了车骑。贫陋的乡村，忽然翻出缤纷的彩羽。”诗人还特别捕捉到村中儿童嬉闹的细节：“连孩子们也都抬着/用竹竿和矮凳制的轿/预习着嫁娶的节仪。你看新郎还在流鼻涕，新媳妇的头发，还缠不住辫根。”更为这充满着浓郁乡土风情的民俗画卷增添了别样的生动。但是这首诗最终是聚焦在一个乡村女性“三丑子”身上，她本来也是在今天结婚，心上人却忽然应征上了战争。诗歌的基调并没有由此陷入低沉，在结尾处“三丑子”充满希望地等待着心上人的归来，她说“刃过仇雠的手最温柔，炮火薰过的胸膛最热纯，战斗养育的爱也最真”，彰显出一种坚定的力量和不屈的勇气。诗歌通过婚俗所渲染的乡村热烈、和谐、充满生机的整体氛围与“三丑子”身上的“美”互相映照，深化了诗歌的主题。创作于1944年的《村女》是一首赞美劳动者的诗，洋溢着欢快、动感的气息。诗人用诗意的笔调去刻画周围的景物，赋予自然界的万物以新鲜活泼的生命；诗人更通过一系列的细节描写刻画了村女吃苦耐劳的形象，她在田间割麦时，“不怕热风噬肚脐，太阳的毒舌舔头皮”，

“她用木锨跟男子一样，高高地扬着麦尘，手法的熟练，连老庄稼也都赞扬。”诗人巧妙地将村女与“战斗英雄”的形象进行了关联：“二亩麦子已经割完，回头一看，身后立满了就缚的俘虏。她像战胜的英雄，站在大树下，享受着山风/吹来的舒服。”诗人不仅赞美村女，更赞美那些“战胜的英雄”，村女的形象不仅是勤劳农民的化身，更是昂扬激奋的时代精神的象征。由此可见，在弥漫的硝烟和动荡的岁月中，苏金伞对乡村“美”和“诗意”的发掘，是动态的而非静态的，其中注入了伟大的时代精神，也为现代田园诗的创作开拓了新的内涵。

第 三 章

姚雪垠：20 世纪 20 年代中原乡土的别样呈现

第一节 姚雪垠小说《长夜》的文学史价值

抗日战争末期，姚雪垠计划写作农村三部曲《黄昏》《长夜》《黎明》，反映从清末到抗日战争时期河南农村的变化，但是最后完成的只有《长夜》。这部小说自 1945 年夏天动笔，1946 年下半年开始在上海《联合晚报》上连载，1947 年由上海怀正文化社出版单行本。《长夜》以 20 世纪 20 年代军阀混战时期豫西山区乡村生活为背景，通过被土匪绑票的少年陶菊生的亲身经历，描写了以李水沫为头目的一支土匪队伍的真实生活。小说初版只印了两千本，并没有引起社会关注，在沉寂将近三十年后，才于 1981 年由人民文学出版社予以重印，并引起读者与文艺界的关注与重视。1984 年由法国著名华裔翻译家李治华和他的夫人雅克琳翻译的法文本《长夜》出版，引起了法国读者的兴趣，并受到社会舆论的关注和肯定。同年姚雪垠受邀访问法国，参加马赛玫瑰节世界名作家会议和名作家售书签名活动，并获得马赛市长颁发的“马赛纪念勋章”。① 姚雪垠本人对《长夜》也非常重视，在为《长夜》重印而写给读者的一封信

① 姚海天，蒋晔. 一代文学大家姚雪垠[M]. 沈阳：沈阳出版社，2018：130-131.

中，他提到："《长夜》这部小说具有独特的成就，是我四十岁以前的代表作"，并且认为"《长夜》是打开《李自成》的创作问题的钥匙之一"。①可是即便如此，谈及姚雪垠的文学创作，最为大家所熟悉的还是《差半车麦秸》《牛全德与红萝卜》这样的中篇小说代表作，以及获得茅盾文学奖的长篇巨制《李自成》，而《长夜》处在非常边缘的位置。近年来，《长夜》似乎重新回到了研究者的视野中，在《重读姚雪垠的现代土匪题材小说〈长夜〉》②《姚雪垠〈长夜〉对江湖世界的想象方式论》③等论文中，《长夜》在文学题材、人物形象塑造及创作方法上的特点得到了充分的总结与肯定，研究者从现代历史意识、叙事视角等角度出发对其独特的历史价值和文学价值做出了新的观照。优秀的文学作品并不会在岁月的淘洗中失去它的光芒，《长夜》再一次向我们印证了这一点。我们今天重读《长夜》，除了挖掘文本的独特魅力之外，还需将其放在姚雪垠的个人创作历程中，乃至整个中国现代文学史中去进一步阐释其独特性价值，只有这样，才能为这部作品进行合理的文学史定位，有利于它的经典化。

(1)《长夜》是姚雪垠在中华人民共和国成立前文学创作的代表作之一，是衔接他前后期创作的重要作品，在姚雪垠的现实主义创作道路上具有重要意义。

姚雪垠在20世纪30年代就初步确立了文学创作的现实主义道路，他从强烈的历史使命感出发，自觉将文学纳入爱国主义和革命斗争的轨迹，这一方面是来自五四新文学的影响，特别是"文学为人生，直面人生"的现实主义传统；另一方面则受到"革命文学"潮流的影响。1929年

---

① 姚雪垠. 为重印《长夜》致读者的一封信[M]//长夜. 北京：人民文学出版社，1981：20.

② 罗维. 重读姚雪垠的现代土匪题材小说《长夜》[J]. 中国现代文学研究丛刊，2012(6).

③ 赵小琪. 姚雪垠《长夜》对江湖世界的想象方式论[J]. 贵州社会科学，2011(4).

到1930年在河大读预科期间是姚雪垠一生中的关键时期，他阅读了介绍马列主义理论的翻译书籍，接受进步思想，加入“反帝大同盟”，积极参加中国共产党开封地下市委领导的学生运动，为此还被军警逮捕，后又被学校开除。这段经历决定了姚雪垠一生的政治立场和世界观①，当然也深刻影响着他的文学创作。20年代末期高涨的“普罗文学”也对姚雪垠产生了巨大的冲击，使他对文学与政治、文学与时代的关系有了新的认识。② 30年代他通过自学走上文学创作的道路，“用杂文，小说等艺术形式参加反对国民党独裁统治和资产阶级右翼文人的斗争”③，对当时文坛上的“文学无用论”是从根本上持反对态度的。综观姚雪垠30年代的文学创作，主要取材于故乡和华北一带的生活见闻，既反映了豫西山区农民的生存现实及其反抗斗争，也对国民党基层统治的腐败和国民党卖国辱国的劣行进行了揭露与批判，带有较强的革命倾向性，体现出鲜明的现实主义色彩。全面抗战爆发后，姚雪垠的生活轨迹和创作道路都与“抗战”这个时代主题紧密联结在了一起。他积极投身于抗日救亡的实际工作，先是参加了河南地下党领导的《风雨》周刊的编辑工作，并以特约记者的身份赴徐州前线采访。1938年武汉失守后，他又赴襄阳参加国民政府第五战区文化工作委员会的工作，多次奔赴前线，为抗战文艺宣传尽心竭力。皖南事变后，姚雪垠暂时栖身于大别山，团结爱国青年，从事进步政治文化宣传工作。这一系列抗战实践活动为姚雪垠的创作提供了重要的生活素材，也使他的创作中充溢着深沉的、战斗的爱国主义激情。抗战时期姚雪垠的文学创作，服膺于“文艺为抗战服务”这个最高准则，始终坚持着现实主义的创作道路。《差半车麦秸》《春暖花开

---

① 姚雪垠. 我的前半生[M]//姚雪垠回忆录. 北京：中国工人出版社，2010：44.

② 姚雪垠. 学习追求五十年[M]//姚雪垠回忆录. 北京：中国工人出版社，2010：65.

③ 吴永平. 姚雪垠抗战时期小说创作研究[M]. 郑州：中州古籍出版社，2015：7.

的时候》《牛全德与红萝卜》等作品相继发表，使他在抗战文坛上声名鹊起，他不仅塑造了王哑巴、牛全德这样不同于当时抗战文学主流的英雄人物形象，而且从青年知识分子成长的角度真实反映了大别山区的抗日救亡运动，开创了青春抗战小说的先河。姚雪垠抗战小说的创作实绩，体现了他对于现实主义文学理解的不断深化和在创作道路上的不断探索。

首先，姚雪垠始终强调"写生活"的重要性，坚持从实际出发，力图真实地反映现实生活。在他看来，"正确的世界观只是理解现实和生活的钥匙，而不能代替现实和生活"①，作者应该从"熟知的生活中间悉心探求"，"写你最熟悉的事情，最熟悉的人物"②。《差半车麦秸》和《牛全德与红萝卜》的创作素材，来自全面抗战爆发后姚雪垠在徐州前线的采访，他耳闻目睹了游击战士的战斗事迹，这对他的创作构思起到了重要作用，而姚雪垠对于农民性格的熟稔与对农村生活的深切体察，更是这两部作品成功的重要前提。《春暖花开的时候》的写作，是以作者在抗战期间亲自参加的一系列"抗日救亡"的斗争为直接背景，作者在抗战时期与进步青年的大量接触，为小说中的人物提供了原型。小说在《读书月报》连载时广受读者欢迎，姚雪垠认为主要原因是"小说中的生活气息很浓厚。它不是从抽象的概念出发宣传抗日，也不是着眼于'机关枪哒哒哒……'，而是始终着眼于写生活。"③其次，姚雪垠重视人物性格的描写。"他运用唯物辩证法的基本原理观察社会及指导创作实践，主张作家向人物性格的深处掘发，反映其中的矛盾状况及矛盾运动规律"④，

① 姚雪垠．论深刻[M]//吴永平．姚雪垠抗战时期小说创作研究．郑州：中州古籍出版社，2015：29.

② 姚雪垠．小说是怎样写成的[M]//吴永平．姚雪垠抗战时期小说创作研究．郑州：中州古籍出版社，2015：35.

③ 姚雪垠．学习追求五十年[M]//姚雪垠回忆录．北京：中国工人出版社，2010：96.

④ 吴永平．姚雪垠抗战时期小说创作研究[M]．郑州：中州古籍出版社，2015：61.

充分揭示“人物本身的许多矛盾，这人物和别的人物，以及和周围环境之间的矛盾关系”①，善于从矛盾中去把握人物，在矛盾中呈现人物性格的复杂性。《差半车麦秸》和《牛全德与红萝卜》的一个突出贡献，就是为抗战文学提供了“觉醒的人民大众逐渐成长”这样一个经典的叙事模式。《差半车麦秸》中的王哑巴思想观念落后，同时又带着农民特有的质朴与狡黠；《牛全德与红萝卜》中的牛全德身上带有农村流氓无产者的习气和兵痞之气，但他们在抗日游击队伍里逐步成长为一名真正的战士。两部小说都重点描写了农民在抗战中的思想变化，并在这个过程中展现了他们性格中的复杂面，特别是他们身上那看似落后的一面，恰恰体现了人物的真实性和生动性。抗战之初，抗日英雄的塑造都以描写正面形象、歌颂英雄行为为主，人物的塑造过于简单化、概念化，姚雪垠的作品则表现出与“抗战八股文学”完全不同的面貌，也由此受到了批评界的肯定与赞扬。第三，在文学语言上对大众口语的关注，对朴素、生动、流畅的语言风格的追求。姚雪垠是在 1934 年的大众语运动的启发下开始重视文学语言问题的，从那时起他开始有目的地收集河南口语中的精彩语汇，并对某些语汇追究了语源，甚至还自己编写了一本《南阳语汇》。在此过程中，他“真正认识了口语的文学美，那美是在它所具有的深刻性、趣味性，以及它的恰当、真切、朴素与生动”②。小说《差半车麦秸》的成功，富于个性特色和地方色彩的农民语言的成功运用是重要原因之一，这种对于语言民族化的探索非常为姚雪垠所看重，他甚至认为，他写《牛全德与红萝卜》的一个重要目的是“继《差半车麦秸》后探索口头语言的运用和与这种语言相谐和的带有朴素美的作品风格”③。《差

① 姚雪垠．怎样写人物个性[M]//吴永平．姚雪垠抗战时期小说创作研究．郑州：中州古籍出版社，2015：57.

② 姚雪垠．学习追求五十年[M]//姚雪垠回忆录．北京：中国工人出版社，2010：79.

③ 姚雪垠．学习追求五十年[M]//姚雪垠回忆录．北京：中国工人出版社，2010：83.

半车麦秸》和《牛全德与红萝卜》在姚雪垠文学创作中的重要地位，在于它们确立了作家小说语言的追求目标：一方面“重视中原群众口语”，另一方面“在作品中摆脱欧化的语法”，使语言走向“中国气派和朴素自然”。[①]《春暖花开的时候》进一步体现出姚雪垠追求的语言风格，即“朴素、生动、流畅”[②]，这里面不仅有对大众口语的吸收，更有作家从宋元白话小说中得出的经验，要求文学语言排除故意雕凿或矫揉造作，走向返璞归真的更高境界。

在抗战背景下，现实主义已然成为文艺理论发展的主导，现实主义创作也成为抗战文艺实践的主流倾向。然而，整个 20 世纪 40 年代围绕现实主义的论争始终未曾间断，政治对文学的强大制约，不同文学流派及作家个人所持的理论、观点的不同，使得现实主义文学创作呈现出极其复杂的情形。姚雪垠对现实主义的探索，既受到革命现实主义的强大影响，同时也在现实主义创作方法的具体讨论和阐释中，融入了自己的一些理解，并由此形成了自己的创作特色。但是从 1944 年开始，在重庆文艺界的整风运动中，姚雪垠持续遭到胡风等人的批评和攻击，姚雪垠被某些人轻蔑地称为“娼妓作家”或“色情作家”[③]，他的作品被认为是“穿着客观主义的投机主义”，他笔下的农民形象也被认为是雷同的，缺乏创造力的[④]。在这种情况下，姚雪垠放下了未完成的《春暖花开的时候》，开始动笔写《长夜》，他抱着一种自证的态度，用创作来有力回击那些对于自己作品的不公正评判。《长夜》在题材上与“抗日战争”毫无关联，作家选择自己所熟悉的豫西农村生活，并以少年时期的一段传奇经历为素材，在其中成功塑造了生动鲜活的土匪形象。“向人物的性格深

---

① 姚雪垠. 学习追求五十年[M]//姚雪垠回忆录. 北京：中国工人出版社，2010：86.

② 姚雪垠. 学习追求五十年[M]//姚雪垠回忆录. 北京：中国工人出版社，2010：97.

③ 吴永平. 胡风清算姚雪垠始末[J]. 炎黄春秋，2003(1)：48.

④ 吴永平. 胡风清算姚雪垠始末[J]. 炎黄春秋，2003(1)：49.

处发掘”“善于在矛盾中塑造人物”是姚雪垠在长期创作中总结出来的经验，在描写《长夜》中的土匪形象时，他本着还原真实历史的原则，没有从伦理道德角度去对人物进行简单评判，而是将他们放在当时的社会环境下，充分挖掘他们身上“匪性”与“人性”的复杂组合。姚雪垠也没有从文学的阶级性出发，去有意塑造理想的“农民英雄”形象，他说：“在写作时，为忠实现实主义，我决定不将主人公陶菊生的觉悟水平故意拔高，也不将贫雇农出身的‘绿林豪杰’们的觉悟水平和行为准则拔高。……倘若我在写作时故意将菊生和几个主要人物的觉悟水平拔高，这部小说就会变成另一种面貌。如果那样写，纵然能获得某种成功，但是它将丢掉艺术的真实，也背离了历史生活的真实。”①此外，姚雪垠自觉运用历史唯物主义去观察社会，在土匪与农民，土匪与地主阶级、反动军阀，以及农民与地主阶级之间的复杂矛盾中去描写土匪生活，分析土匪的历史局限性，使《长夜》具有了较为丰富的历史文化内涵。谈及《长夜》的创作，姚雪垠始终认为是“继承五四新文学运动所倡导的现实主义传统”②，“忠实地反映二十年代河南农村生活的重要侧面和生活在那样历史条件下的人物的精神面貌”。③ 尽管自觉运用历史唯物主义，重视社会剖析，以历史的发展的观点去思考“土匪”的历史命运，但姚雪垠并没有把阶级斗争作为创作的中心，凸显群众的觉悟与反抗，他“决不背离历史生活的真实，故意加进去某些思想宣传”④。姚雪垠这种明晰的历史观和文学观，使得《长夜》呈现出别具一格的艺术风貌。从抗战中后期开始，现实主义文学创作趋于深入，不少作家都在对民族历史文

① 姚雪垠. 为重印《长夜》致读者的一封信[M]//长夜. 北京：人民文学出版社，1981：5-6.

② 姚雪垠. 学习追求五十年[M]//姚雪垠回忆录. 北京：中国工人出版社，2010：111.

③ 姚雪垠. 学习追求五十年[M]//姚雪垠回忆录. 北京：中国工人出版社，2010：111.

④ 姚雪垠. 学习追求五十年[M]//姚雪垠回忆录. 北京：中国工人出版社，2010：111.

化反思和对时代生活的反映中贡献出具有“史诗”格调的作品，国统区作家如茅盾、巴金、沙汀等也写下了诸如《霜叶红于二月花》《寒夜》《困兽记》这样的佳作。与之相比，《长夜》在反映社会生活的广阔性上有它的局限，同时也与抗战特殊背景下的时代精神有所疏离，但《长夜》仍不失为 20 世纪 40 年代国统区现实主义文学创作的优秀代表。最后，《长夜》在语言大众化上的成功实践是姚雪垠在文学语言上长期探索的结果，正像刘增杰先生曾指出的那样：“《长夜》的语言充满着艺术魅力”，“是《差半车麦秸》的语言和《春暖花开的时候》的语言的有机融合。它既具有《差半车麦秸》语言的质朴自然、清新活泼的乡土气息，也兼有《春暖花开的时候》的语言的摇曳多姿，是姚雪垠文学语言的一个引人注目的发展”。①

姚雪垠认为从《差半车麦秸》到出版《长夜》，“这十年可以看成是一段完整的创作经历”②。在这十年的创作历程中，《长夜》具有重要的意义，既是前期创作经验的积累，同时也显示出作家在现实主义创作道路上的个性化探索与不断深入。《长夜》的重要意义还在于它开启了姚雪垠创作之路的第二阶段，为长篇历史巨著《李自成》的创作奠定了基础，正如姚雪垠所说：“《长夜》是打开《李自成》的创作问题的钥匙之一。”③从题材上来看，《长夜》与《李自成》具有一定的关联性。《长夜》中所描写的“土匪”，大多是社会底层的贫苦农民，为当时的社会环境和生活所迫而加入了“土匪”的队伍，他们的身上带有豪放而粗野的性格，表现出勇于反抗的强悍气质，而《李自成》中的农民起义军，起初也都是社会阶层中的小人物形象，也是被当时的社会环境和生活所迫而奋起反抗，而李自成的起义军为扩充实力也收编过“杆子”武装。因此，姚雪垠在《李自

---

① 刘增杰. 在语言民族化道路上的不懈追求——姚雪垠文学语言略论[J]//禹权恒. 姚雪垠研究. 郑州：河南大学出版社，2017：116.

② 姚雪垠. 我的前半生[M]//姚雪垠回忆录. 北京：中国工人出版社，2010：55.

③ 姚雪垠. 为重印《长夜》致读者的一封信[M]//长夜. 北京：人民文学出版社，1981：20.

成》第一、二卷中描写起义军的生活和内部矛盾斗争时，对《长夜》中的情节进行了改造与挪用，以“增强农民起义军生活描写的真实感”。① 对此，作家也有过清晰的说明：“《李自成》中有些人物，有些细节，可以在《长夜》中找到雏形或原型。”②从人物塑造上来看，小说《李自成》的一个突出成就，“是写出了人物本身所具有的很大的复杂性”③，不论是封建帝王崇祯还是农民起义领袖李自成，作家都善于挖掘他们身上的多面性。例如李自成，作家既描写其过人的胆识、胸怀大志、知人善用等优点，同时也在第三卷中着重展现了其自身性格的弱点，这种重视人物性格刻画的长处在《长夜》中已经得到较为充分的实践。不同的是，作为历史小说，姚雪垠在《李自成》中善于从人物性格背后发掘出更为复杂的历史因素，既扩充了小说的历史容量，又进一步强化了人物的历史意义。从思想主题上来说，《李自成》是对《长夜》的深化与提升。《长夜》所表现的是农民低级形态的武装叛乱，而《李自成》描写的是自觉具有政治目标的农民起义，“无论是在反映社会生活的深广度还是表现阶级、阶层关系的复杂度等方面”④，《李自成》都远远超过《长夜》。在《李自成》中，作家把社会底层的群众视为历史动力的源泉，但同时又自觉地从历史唯物主义立场出发“写出明清之际各阶级、阶层、政治集团和军事集团等各种社会力量的复杂关系和动态，同时写出各种力量的代表人物”⑤。《李自成》在文学语言上与《长夜》的联系，也一再为姚雪垠所提

① 徐亚东. 承续与深化——从《长夜》到《李自成》[M]//禹权恒. 姚雪垠研究. 郑州：河南大学出版社，2017：154.

② 姚雪垠. 学习追求五十年[M]//姚雪垠回忆录. 北京：中国工人出版社，2010：111.

③ 严家炎. 漫谈《李自成》的民族风格[M]//禹权恒. 姚雪垠研究. 郑州：河南大学出版社，2017：191.

④ 徐亚东. 承续与深化——从《长夜》到《李自成》[M]//禹权恒. 姚雪垠研究. 郑州：河南大学出版社，2017：151.

⑤ 姚雪垠. 论历史小说的新道路[M]//姚雪垠书系. 北京：中国青年出版社，2000：58.

及，他说："读过《李自成》再读《长夜》，可以看出来我在运用河南大众语方面一脉相承，也可以看出来在语言的美学追求上的一脉相承。"①《李自成》第一、二卷在描写农民起义军时，也吸收了《长夜》中土匪们使用的"黑话"，"有效地说明了起义军队伍的复杂状况，对还原历史真实起到了不可或缺的作用"②，与《长夜》相比，《李自成》中的语言使用呈现出更加多元化的特点，但作家对于"朴素、生动、流畅"的语言风格的追求是一致的。

（2）《长夜》是中国现代文学史上最具有典型性的土匪题材的小说之一。与其他同类题材的小说相比，《长夜》最大的特点是作家从历史主义和唯物主义出发，以现实主义的笔法真实地展现了 20 世纪 20 年代河南豫西南乡村土匪活动，塑造出生动、复杂的土匪，形象并力图在错综复杂的社会关系剖析与历史文化的纵深书写中思考其历史命运。

土匪问题在中国历史上由来已久，但"民国时期绵延不断的战火、权力之争和经济混乱，终于导敌土匪活动发展为那个时代的主要特征之一"③，"许多省份或省里的部分地区以前没有或很少有土匪，现在竟也成为前所未闻的'土匪王国'"④。五四以来，直接或间接以土匪为表现对象的作品层出不穷。在 20 世纪 20 年代，以徐玉诺、李劼人为代表的作家侧重于以现实主义的笔法描写土匪的罪恶行径和善良农民的悲惨命运，揭示军阀混战时期"兵匪一家"的黑暗现实。在他们的笔下，土匪大多只是作为一种丑恶的社会现象而存在，并以"剪影"的方式加以呈现，不会成为叙事的中心。沈从文剑走偏锋，借助土匪展开充满传奇和浪漫

① 姚雪垠. 为重印《长夜》致读者的一封信[M]//长夜. 北京：人民文学出版社，1981：20.

② 徐亚东. 承续与深化——从《长夜》到《李自成》[M]//禹权恒. 姚雪垠研究. 郑州：河南大学出版社，2017：158.

③ 贝思飞. 民国时期的土匪[M]. 徐有威，等，译. 上海：上海人民出版社，2010：35.

④ 贝思飞. 民国时期的土匪[M]. 徐有威，等，译. 上海：上海人民出版社，2010：27.

色彩的文学想象。他在短篇小说《在别一个国度里》《一个大王》《喽啰》里虽然都出现了极具特色的土匪形象，甚至是女匪，但最后往往演绎成为浪漫的爱情传奇，有的甚至还带有戏谑讽刺的色彩(如《在别一个国度里》)，这类土匪形象往往寄托着文人的某种理想情怀。20 世纪 30—40 年代文坛出现了相对集中的土匪叙事，并且涌现出一批有代表性的作品，如艾芜的《南行记》、萧军的《八月的乡村》《第三代》、端木蕻良的《遥远的风砂》《科尔沁旗草原》《大江》、骆宾基的《边陲线上》、姚雪垠的《长夜》等。这些小说多为现实主义写作，作家们将土匪置于特定历史背景下，对其生存状态进行了真实的描写，塑造了生动鲜活复杂的土匪形象，并从文化与审美的角度出发对土匪的精神内涵进行了多重观照。那么，姚雪垠《长夜》的独特性又体现在哪里呢?

首先，《长夜》以土匪作为叙事中心，并从活动方式、组织结构、文化禁忌、专用语言等多个方面入手，对土匪这个特殊群体进行了较为细致而全面的书写，其中还包括大量的日常生活细节。在文学作品中呈现出如此完整、真实又丰富鲜活的土匪世界，是同类题材的其他作品难以比拟的。这得益于《长夜》这部小说的自传性，它是建立在作家少年时期一段真实经历的基础上，作家被绑架后所经历的短短一百天的土匪生活堪称传奇，也让他有机会近距离接触让人闻之色变的土匪，感受真实的土匪生活。正是因为如此，作家才可以从内部视角出发对土匪生活进行原生态的描摹。与之相比，其他多数小说中的土匪叙事仍呈片段化和零散化，作家只是将其作为一部分重要内容纳入庞杂而丰富的历史叙事中，或者通过截取生活的断面塑造令人印象深刻的人物形象。例如，艾芜在《南行记》中所描写的那些生存在西南边境的强盗头子、私烟贩子、偷马贼、马哥头、小偷等，通常也被研究者视为极具代表性的土匪形象。但这类凸显着原始蛮性的人物只是小说里众多边地人物形象中的一部分，而且小说的流浪者的叙事身份使得其中的“土匪”叙事只能以片段呈现。对于“东北作家群”的诸多作家而言，在 20 世纪 30 年代民族危亡的时代背景下，借助土匪叙事表现、深化抗日主题往往成为他们小说中的重要一翼，萧军《八月的乡村》、端木蕻良的长篇小说《科尔沁旗草原》都是其中的代表作，但这两部作品对土匪着墨并不多。《八月的乡村》主要描写了一支抗日游击队——中华人民革命军第九支队，在转移过程中与日伪军及地主武装进行战斗的故事。小说中的铁鹰队长原来是个农民，当过兵，也当过土匪，但他现在已经成为一名战斗英雄。土匪的基因赋予这一人物鲜明的性格特征，而从“土匪”到“英雄”的人生轨迹更将野蛮的生命力成功地转换为东北民众的复仇意志和不屈不挠的反抗精神。《科尔沁旗草原》以丁氏家族的兴衰为主要线索，其中还描写了农民与地主阶级的复杂斗争以及知识分子充满矛盾的心灵纠葛等复杂内容。小说中那个劫富济贫、募兵抗日、所到之处一呼百应的土匪“老北风”并不是主要人物，但给人留下深刻的印象，他最终举起了“天下第一义勇军”的义旗，带领百姓走上了觉醒与反抗的道路。这个人物的出现预示着一个新的时代的到来，也是小说的亮色所在。萧军的《第三代》是东北作家中为数不多的侧重于展现土匪真实的生活形态与性格形态的小说。小说围绕凌河村普通农民与地主杨洛中之间的矛盾展开，详细描写了一群盘踞在东北羊角山上的土匪的生活，生动塑造了海交、刘元、杨三、半截塔等土匪群像。作家肯定了土匪身上强悍的野性的生命力以及他们对于黑暗的旧世界的破坏与反抗，对于地主与土匪、地主与农民之间的矛盾也进行了较为深入的观照。萧军在《第三夜》中不仅关注土匪、农民和地主，还将目光投向都市，在小说的第五到第八部分，汪大辫子、林青、翠屏等农民从凌河村流落到长春求生存，作家借此进一步展开了封建军阀、帝国主义殖民势力与底层群众之间的重重矛盾，涉及从城市贫民、知识分子到资本家、军阀以及外国传教士、流浪者等形形色色的人物。作为一部陆续用了十几年时间才最终完成、全面反映社会面貌和时代生活的史诗性作品，《第三代》在社会视野的开阔性以及对社会发展趋势揭示的深刻性上要超越《长夜》，然而就对土匪书写而言，《长夜》更为客观、真实、生动。特别是独特叙事视角的使用，既从主人公菊生的角度出发，表现出对于土匪的真挚同情，打破成人世界对土匪的固定印象，又使用第三人称叙事视角限制少年视角的主观性，对土匪世界的残酷混乱进行客观还原，使得《长夜》的土匪叙事别具一格，具有强烈的艺术感染力。

其次，《长夜》是从历史唯物主义的态度出发，本着现实主义创作原则，重在还原和重现 20 世纪 20 年代豫西南土匪群体的真实生存状态，并对其历史局限性进行了深入思考，其写作既没有文人的浪漫想象，也有意拒绝政治意识形态的干预。《长夜》创作于抗战末期，当时姚雪垠在东北大学(迁至四川三台)任教，暑假期间他到成都，在一次与朋友的闲聊中，把“肚子里藏了二十年，却一直没有决心把它写出来”①的故事讲给朋友们听，受到大家的鼓励，终于开始动笔。至于写作的目的，在作者看来首先是“个人生活的一种纪念”②，另外就是计划将其作为自己“农村三部曲”中的一部，表现中国近代农村的历史变迁。在 90 年代重新谈到《长夜》时，姚雪垠认为这部小说体现了现实主义的创作原则，即“忠实地反映二十年代河南农村生活的重要侧面和生活在那样历史条件下的人物的精神面貌”，“决不背离历史生活的真实，故意加进去某些思想宣传”。为了忠实于现实主义，他不追求“惊险离奇的故事情节”和“浪漫主义的夸张笔墨”，“不将主人公陶菊生的觉悟水平故意拔高，也不将贫雇农出身的‘绿林豪杰’们的觉悟水平和行为准则拔高”。③ 正因为如此，在《长夜》中，我们看不到所谓的“英雄”形象，作家精心塑造的土匪形象，如王三少、薛正礼、刘老义、赵狮子、陈老五等，都是“从他们杀人放火、奸淫掳掠的生活中看出来他们若干被埋藏的或被扭曲的善良品性”④，充分表现了他们身上人性与匪性的交织。作家选择从“菊生”

① 姚雪垠. 后记[M]//长夜. 北京：人民文学出版社，1981：302.

② 姚雪垠. 后记[M]//长夜. 北京：人民文学出版社，1981：304.

③ 姚雪垠. 为重印《长夜》致读者的一封信[M]//长夜. 北京：人民文学出版社，1981：5-6.

④ 姚雪垠. 为重印《长夜》致读者的一封信[M]//长夜. 北京：人民文学出版社，1981：5-6.

这样一个少年的视角出发去展开叙事，巧妙避开了成人世界相对固定的道德判断标准，最大程度地让“土匪”以真实的面目出现在读者面前。尽管小说中的“菊生”与土匪们相处融洽，而且作为一个充满冒险精神的少年，他对待土匪不乏好奇和崇拜的成分，但作家并没有因此去渲染和强化土匪们的英雄色彩。《长夜》中有大量的“暴力叙事”，作家以冷静客观的笔触描写土匪滥杀无辜、奸淫掠夺的场景，其中隐含着作家的观点：“土匪这一社会现象是历史的存在，他们对于暴力的无所约束地盲目滥用注定了他们将没有出路，只能成为社会的破坏力量。”①《长夜》中主人公菊生对土匪态度的变化也充分地说明了这一点，菊生一开始对土匪首领李水沫是带有崇拜色彩的，认为他是带有传奇色彩的英雄，但是在小说的结尾，他觉得“李水沫只是一个绿林中的野心家”，“口头上说要‘打富济贫，替天行道’，实际上对穷人是没有多大帮助的”。菊生朦胧地意识到，这些土匪虽然也是在对不公平的社会和命运进行抗争，但他们自身的局限性注定了他们的悲剧性命运，就像历史上的黄巢和李自成等农民起义军一样。菊生的认知最终和小说的叙事者的观点达成了一致，暗示了农民斗争的必然出路是接受无产阶级革命政党的领导。《长夜》还特别注重对于错综复杂的社会关系的剖析，作家既描写了土匪对于农民生活秩序的严重破坏，也写了土匪与农民之间千丝万缕的联系；既描写了地主阶级和反动军阀对于土匪的镇压，也真实反映了一部分地主豪绅通匪、纵匪的混乱现实。小说中对于“红枪会”与土匪之间关系的描写尤其反映姚雪垠这种社会剖析的深刻性。“红枪会”是由地主阶级或者一部分比较富裕的农民阶层为了维护自己的利益而自发组织起来的武装力量，其主要斗争目标就是土匪。土匪可以与一部分地主相互勾结利用，但绝不会与红枪会相互勾结利用，土匪有时受地方政府和地方军阀招安，但

① 罗维．重读姚雪垠的现代土匪题材小说《长夜》[M]//禹权恒．姚雪垠研究．郑州：河南大学出版社，2017：147.

不能受红枪会招安。这两股势力水火不相容，斗争异常激烈。①《长夜》中就详细描写了以李水沫为首领的这支土匪与红枪会之间的残酷斗争，在小说结尾，正是在军队和红枪会围攻下，土匪最终被打散和消灭，其中的一小支逃到刘家寨，在大绅士刘莪青处暂且存身，而小说也随着菊生被送回家戛然而止。除此之外，小说还描写了徐寿椿、马文德两支地方军队之间的矛盾与斗争，他们为了自己的利益争相拉拢李水沫，而李水沫又与另一支土匪首领“安浆糊”之间势不两立。尽管这些内容在《长夜》中并未得到完全的展开，但仍可以清晰地看出，姚雪垠所主张的现实主义写作，更为强调忠实于历史的历史唯物主义叙事立场，力图从对现实的描摹和复杂社会关系、阶级关系的剖析中把握社会发展规律，体现对社会历史的深刻认知。作家并没有教条主义地套用阶级分析和阶级斗争理论，也没有凸显作品的政治意识和教育功能。

20世纪三四十年代作家对于土匪的审美想象普遍带有一定的浪漫主义色彩。如30年代左翼作家艾芜的《南行记》，以知识分子的亲身经历为线索，对于20年代滇缅边境下层劳动人民的苦难生活有着真切的描绘，对于那些处于“法外之地”、在“血盆里抓饭吃”的强盗、小偷，尽管作家对他们畸形、病态的生存方式持质疑和批判的态度，但同时也肯定了他们身上“强烈求生的欲望和朦胧的反抗的冲动”。更重要的是，作者从他们身上领略到一种未被驯化的生命强力和生命的韧性，这也是作者自己理想的生存哲学的一种映射，作者将其作为一种宝贵的精神财富加以肯定和弘扬。30年代的东北作家群对于“土匪”这一在近代以来东北社会中非常突出，又因为“九一八”事变的爆发而愈演愈烈的社会现象给予了充分关注，在他们的创作中出现了中国现代文学中最为集中的土匪叙事。这些作品真实反映了在日本帝国主义军事入侵与经济胁迫下东北农村经济秩序的破坏以及广大农民的苦难生活，表达了东北地区民众的

① 姚雪垠. 为重印《长夜》致读者的一封信[M]//长夜. 北京：人民文学出版社，1981：5-6.

抗日激情。

此外，它们还具有一些鲜明的共性特征，如在东北作家的土匪叙事中，普遍包含着“土匪—英雄”的成长模式。例如端木蕻良在《遥远的风沙》中塑造的土匪“煤黑子”，他是即将被抗日义勇军收编的一支土匪队伍中的“二当家”的，浑身上下都带着浓重的匪气，不仅言语粗鲁，蛮横无理，而且对自己过去奸杀抢掠的历史毫不避讳。作家尤其通过他在行军途中与驻地店家的相处来充分展现他的性格。他强迫房东用粮食喂马、奸污了房东女人并在队伍离开后，又找借口回去将双尾蝎付给房东的食宿钱抢劫一空，完全无视队伍纪律。这样的“煤黑子”自然是招人厌恶的，为此他也受到了队长的惩罚。可是接下来当行进的队伍遭到敌人围击的时候，“煤黑子”却能够挺身而出，主动留下与敌人激战从而掩护队伍撤离，最终壮烈牺牲。“煤黑子”并不是一个严格意义上的英雄形象，小说结尾他的勇敢无畏和自我牺牲更多出于土匪的血性和义气，然而在民族危亡的时代背景下，他身上那种原始的力量可以作为一种推动社会前进、挽救民族危亡的动力，“煤黑子”由此也具备了英雄的特质。在《大江》中，端木蕻良也详细描写了土匪头子李三麻子被抗日游击队收编后逐渐转变的过程，他最终经受住了考验，真正成为一名抗日英雄。

在从土匪到英雄的成长叙事模式之外，东北作家笔下的土匪形象，在经过了作家主观的过滤和提纯之后，往往呈现为一种“胡子+英雄”的特殊混合体，例如萧军《八月的乡村》中的铁鹰队长，《第三代》中的海交、刘元，《科尔沁旗草原》中的老北风等都是如此。特别是《第三代》中的以海交、刘元为代表的土匪，在萧军笔下被塑造成了反抗地主、劫富济贫的英雄好汉，他们是正义和力量的化身，坚守着以义与德为核心的道德规范，从不骚扰劫掠周围的农民，甚至立下了“不准弄女人”的规矩。而凌河村的村民也表现出对于土匪的亲近，他们与土匪暗通声气，翠屏嫂这样的农村妇女在遇难时会毫不犹豫地选择土匪窝作为避难之地，井泉龙甚至将女儿许配给了土匪刘元。显然，在东北作家笔下，东北农民的彪悍倔强和原始野性的生命强力与“胡子精神”是一体的，暗合了时代对英雄的要求，在“救亡”的背景之下，“土匪”这一文学形象寄托着作家对于民族觉醒和斗争的希望，带有明显的理想色彩。正如研究者所指出的那样：“对大部分东北作家而言，他们在观照和描绘东北‘胡匪’现象时，往往不是采取历史主义的‘客观’和‘还原’态度，而是采取了包含着功利内涵的‘主观化’态度。也就是说，在历史形态的东北胡匪的善恶二重价值构成中，大部分东北作家不是根据‘历史意识’而是根据包含着时代功利因素的‘当代意识’进行了价值取舍和‘序列重构’。在很大程度上，他们扬弃了胡匪的历史形态中‘恶’的因素，而将‘善’的一面予以‘放大’和‘诗意升华’，以实现他们作为流亡作家的功利目的和更广泛的社会文化期望。”①

不论是艾芜、萧军或端木蕻良，他们的土匪书写中无不寄托着知识分子的文化理想，包含着民族精神重塑的愿望，彰显着鲜明的时代精神，也体现出现实主义与浪漫主义的兼容。与其相比，姚雪垠显然更注重从社会历史的现实层面对土匪这一特殊群体进行客观考察，作家既不追求“惊险离奇的故事情节”也有意避免“浪漫主义的夸张笔墨”。这种强调“忠实于现实”并尽量克制作家的主观倾向的创作方法，让《长夜》获得了建立在日常生活基础上的艺术真实性，容纳了较为深广的社会历史文化内容，然而也在某种程度上削弱了其与时代之间的紧密联系。纵观新文学现实主义的发展流变，“浪漫主义几乎成为一种不可或缺的‘因素’，融汇于现实主义的大潮之中”②，在坚持对现实生活真实描写的前提下融入理想性和主观性，既强化现实主义写作的时代性，也为现实主义的写作增添丰富的色彩。但这种理想性必须是“在符合生活逻辑的剖析和揭示中，所显现出来的一种必然趋势”③，如果只是单纯为了增加作品

① 逄增玉. 胡子与英雄：东北作家创作中独特的历史与文化景观[J]. 文艺争鸣，1995(3)：71.

② 温儒敏. 新文学现实主义的流变[M]. 北京：北京大学出版社，1988：266.

③ 温儒敏. 新文学现实主义的流变[M]. 北京：北京大学出版社，1988：26.

的政治倾向性或教化功能，那么往往造成了廉价而虚幻的理想化。从 20 世纪 30 年代左翼文学所提倡的“新现实主义”“唯物辩证法的创作方法”到 40 年代“社会主义现实主义”的提出，关于“现实性”与“理想性”之间的论争始终不断。姚雪垠对主观浪漫主义的拒斥来自他对于“左”倾教条主义的对抗，他将自己的现实主义创作概括为“历史现实主义”，即“革命现实主义创作方法同哲学上的唯物主义反映论相联系”①，并以此作为反对“左”倾教条主义的武器。姚雪垠对现实主义的探求和实践体现出他鲜明的创作个性，然而也不可避免带有一定的局限性。

作为姚雪垠的代表作之一，《长夜》聚焦于 20 世纪 20 年代豫西南农村较为突出的土匪现象，从内部视角出发真实生动地呈现了土匪的群体活动及其文化心理，也揭示了土匪与地主豪绅及地方军阀之间既互相利用又相互斗争的复杂社会关系，在历史文化的纵深中反思了土匪的悲剧命运。《长夜》不仅具有社会意义，也体现了姚雪垠现实主义文学创作的鲜明特色和个性化追求。《长夜》对于我们完整、深入地认识和把握姚雪垠的文学世界有着重要的意义和价值。与此同时，《长夜》在整个现代文学史上也有其不可替代的价值和贡献，它具有浓厚的地域特色和乡土气息，塑造出生动鲜活的土匪形象，拓展了现代文学的创作题材，也丰富了文学人物的画廊。《长夜》在 40 年代国统区文学创作中的贡献也值得关注，它体现着进步文艺界现实主义文学的丰富性与多元性，大量方言口语的融入及其创造性的运用，也显示出姚雪垠在文学语言艺术方面的成就及在文学形式民族化上的探索。

第二节　河南现代作家的土匪叙事：以徐玉诺、姚雪垠、师陀为中心

近代以来，河南的匪患问题一直较为突出，进入民国时期，匪祸愈

① 姚雪垠. 八十愧言[M]//姚雪垠回忆录. 北京：中国工人出版社，2010：203.

演愈烈，其中一个重要的原因是各派军阀以中原为逐鹿之场，穷兵黩武，对社会经济和民众生活破坏极大，军匪勾结又进一步助长匪祸滋长；国民党政治空前腐败与豪绅地主变本加厉的剥削则使农民陷入更深重的苦难之中，走投无路，不少农民铤而走险加入土匪队伍；再加上自然灾害频仍等其他因素，造成政治、经济等多方面的社会危机不断深化，使河南土匪猖獗的程度在20世纪20年代到达顶峰。如此突出而又普遍的社会问题，不能不受到河南现代作家的关注，再加上不少作家都来自农村，对于匪患有着切身的体验，更加深了他们对于农民苦难生活的了解，为他们的创作提供了素材。如冯沅君的散文《劫灰》追忆了自己故乡被土匪劫掠的经过，描绘了土匪横行、祸乱乡间的图景，诗人徐玉诺的叔叔在去县城送粮返回的途中被土匪的流弹射死，后来他据此写出短篇小说代表作《一只破鞋》。姚雪垠、苏金伞都有过被土匪绑架的经历，姚雪垠的小说《长夜》就是根据自己1924年从信阳返乡的途中被土匪捉去，并在杆子中大约一百天的生活经历而写成的；苏金伞也曾经在文章中描述了自己被土匪绑架当肉票的经历，那是在北伐战争爆发后不久，北伐军很快占领武汉进入河南，开封的机关学校都放假了，在体专读书的苏金伞回到家乡住了几个月，就被土匪拉走了，“土匪每天‘挪窑’，一条长绳绑住我们的胳膊，用一条黑布捂住眼，两边土匪戒备森严，想逃也逃不脱。后面还跟着车辆，上面载着拉来的妇女小孩。”①他在土匪窝里辗转了个把月，险些丧命，后来遇到军队剿匪，才趁乱侥幸逃了出去。如果说苦难书写是河南作家创作中一以贯之的主题，那么土匪题材的文学创作无疑是其中极具分量的一块，它是20世纪20年代中原农村生活的一个重要侧面，带有强烈的地方性，它以最极端的方式呈现出农民血与泪的挣扎，发出了苦难中原大地的真实声音。土匪题材文学创作的独特性还在于对土匪形象的多元建构。土匪在中国文学传统中

① 苏金伞．创作生活回顾[M]//樊会芹．苏金伞研究．郑州：河南大学出版社，2017：39.

历来都是复杂多面的存在，具有丰富的文化内涵，他们既是社会秩序的破坏者，又往往作为民间英雄受到人们的崇拜。现代作家普遍从更深刻的人性和文化层面对其加以审美观照，土匪形象中所包含的原始生命强力，既是知识分子理想人格的象征，同时也寄托着改造国民性格、重塑民族气质的文化理想，土匪书写也由此被纳入现代民族国家的宏大叙事中。现代河南作家的土匪书写既处于这一潮流和趋势之中，同时也有鲜明的个性特色。笔者选取了徐玉诺、姚雪垠、师陀三位作家，他们的土匪书写各具风格，对其创作的比较考察，将更为凸显三位作家的创作个性，同时也对河南现代文学的整体研究富于启发意义。

一、徐玉诺："匪祸兵灾的剪影"与创伤性体验书写

徐玉诺被称为"五四时期河南创作第一人"，他的创作成就体现在多方面，在他的小说与诗歌中有不少都是匪患题材，这一特点受到文坛批评家的关注，如茅盾在《中国新文学大系·小说一集》的导论中就说，徐玉诺的小说，有许多是"匪祸兵灾的剪影"①。这与徐玉诺的生活经历有密切关联，徐玉诺的故乡鲁山县地处豫西山区，是匪祸的重灾区，有"土匪王国"之称，那里常年遭到土匪的烧杀抢掠，农民的生命财产没有保障，流离失所，生活极度悲惨。徐玉诺对于这种生活有着切身的体验，他用手中的笔真实记录了兵灾匪祸下中原乡民的痛苦和挣扎，如诗歌《火灾》这样描述被土匪洗劫后的村庄：

> 没有恐怖——没有哭声——
>
> 因为处女们和母亲早已被践踏得像一束乱稻草一般死在火焰中了。
>
> 只有热血的喷泼，喝血者之狂叫，建筑的毁灭，岩石的崩坏，

① 刘运峰编. 中国新文学大系导言集(1917—1927)[C]. 天津：天津人民出版社，2009：60-72.

枪声，马声……轰轰烈烈的杂乱的声音碎裂着。

没有黑夜和白昼——

只有弥漫天空的黑烟红火，翻反的尘土焦灰流荡着。

……我们的脚下是死的放着热烈蒸汽的朋友，兄弟姊妹的身首；呼吸的是含着焚烧亲人的香气；我们喝的是母亲的血……

小说《在摇篮里(其一)》描写了土匪入村烧杀抢掠的经过，寒冷的冬夜里，农民的房屋被焚烧，黑紫色的火焰熊熊而起，枪声、凄惨的叫喊声混成一团，不少无辜的百姓被流弹打死。《到何处去——在摇篮里之三》描述了村民在兵匪夹击下的生存惨状，一个村庄里住着两路土匪，村民们都成了土匪的奴隶，但当官兵来剿匪时，村民又被迫“帮助”土匪打仗，在混战中不少人丢了性命。小说揭示了乡村在土匪的袭击下沦为废墟，人们被迫远离家乡，四散流窜，无处可归的真实景象。《一只破鞋》则描写了善良、憨厚的农民海叔叔进城来看望正在求学的侄儿，却不幸重伤于土匪的乱枪之下并死于荒郊野外的悲剧。借助徐玉诺的创作，一幅幅充满着血与泪的凄惨景象仿佛穿越历史，将中原乡村的苦难直逼到读者眼前。20世纪20年代初期，针对社会上存在的“鸳鸯蝴蝶-礼拜六派”文学，文学研究会提出了“为人生”的文学主张，郑振铎进而发表文章《血和泪的文学》，呼吁新文学创作者把眼光转向社会的底层，表现劳动人民真实的生存状况和精神境遇。徐玉诺的创作无疑是“血和泪的文学”的绝佳样本，他也因此成为“文学研究会诗人中最受推崇的一个”①。正是在“为人生”的创作宗旨之下，徐玉诺直面下层农民的苦难，开启了新文学土匪题材写作的先河，而徐玉诺在这类写作中所呈现出来的

① 姜涛. 导言 新诗的发生及活力的展开[M]//中国新诗总系(1917—1927). 北京：人民文学出版社，2010：11.

"现场感"和心理体验的"真实感"，在新文学初期作家中又是独具特色的。

在《一只破鞋》《在摇篮里(其一)》《一个可怕的梦》等代表性作品中，徐玉诺常常采用第一人称叙事，从儿童或少年的视角切入，使得读者对于小说主人公的经历有一种身临其境的感觉，最大程度上表现出现实的残酷血腥。如《在摇篮里(其一)》从一个孩子的视角出发，描写了土匪深夜入村烧杀抢掠为一家人所带来的惊吓恐惧，作者对于孩子动作与心理活动刻画尤为细腻。当"我"和弟弟在沉睡中被母亲慌张着叫醒，"我"吓得屏住呼吸，母亲熄了灯，一家人坐在床上一动不敢动，当有人从东墙翻入院里，"我们都深深的吸了一口冷气"，万幸的是"我们"并没有被土匪发现，但是隔壁婶母唯一的儿子小五却被打死了，土匪又放火焚烧了房屋。在极度惊恐中，母亲把"我"推上墙头逃生，"我"跳下来仓促躲进牛房，又险些被土匪发现送掉性命，待到土匪离去，我发了一身冷汗，"如脱重负"。《一只破鞋》中的"我"是一位在鲁山县城读书的学生，面临土匪的攻城也不得不参与到激烈的战斗中，小说从"我"的视角出发，还原了战争的真实场面：城墙上枪炮齐发，枪声在头顶上如流水一般地响着，天空中充满黑灰的烟云，"城上不断地向下抬死人和血人，一时满城都是凄惨的哭声"。战斗持续了将近一夜，直到快天亮时才停止，城墙上堆满了死尸，城外的景象更为恐怖，土匪放火焚烧村庄，到处是死尸，空气中弥漫着烧臭和腥气，简直是人间炼狱！小说接下来又让读者跟随"我"的视角目睹了被土匪打死的海叔叔曝尸荒野的现场："他的面貌已不可认识，两颊的筋肉已被什么东西吃去了，两臂和两腿也有几处露着骨骼……""但是赤条条在那里躺着的，那身略，那架子，我还可以看出那是我的叔叔海……"这阴森可怕的一幕让人不忍直视，"我"的父亲和姑母都禁不住悲痛地号啕大哭起来。在《到何处去——在摇篮里之三》中，作家还是借助一个儿童的视角，通过"我"四处"躲匪"的经历，深入表现了中原乡民辗转流离，无处可依的悲惨处境。在真实客观地反映外部现实的同时，徐玉诺的这些小说都给读者带来一种强烈的体验上的真实。他并不在意是否讲述了一个完整的故事，而是抓住一些令人印象深刻的画面和场景细加描绘，其中特别重视对人物心理的描写，例如《在摇篮里(其一)》中几次写道“我”濒临死亡的体验。作家也善于通过听觉、味觉的描写来唤起读者全方位的感受，增强读者的体验的真实。在小说的结尾，作家通常采用了延宕的方式，让主人公的悲惨经历处于“现在进行时”之中，人物也沉浸在痛苦中无法解脱。例如《在摇篮里(其一)》这篇小说的最后，作者这样写道：“只我一个人在这里颤抖着，母亲和海叔叔的消息，我一点也不知道!”几次濒临死亡的经历和最后侥幸的逃脱让“我”根本无法从巨大的惊吓之中恢复过来，只能一个人在那里瑟瑟发抖。作者对于这种心理震颤的描写能够唤起读者的同理心，具有强烈的艺术感染力。而在《到何处去——在摇篮里之三》的结尾，“我”和父亲从一个村庄逃到另一个村庄，无家可归，在黑暗的荒野上，发出了“黑夜茫茫，遍地星火，呵，我们到哪里去……”的叹息。作家对于“黑夜”“荒野”这样的意境的渲染，包含着辛酸、无奈又愤怒的复杂情感，也使读者被笼罩在浓郁的情绪体验中。

徐玉诺之所以反复去书写躲匪的经历以及战乱中的死亡场景，并不断渲染恐惧、焦虑、绝望的心理，从根本上说来源于他在这些事件中所受到的精神创伤。正如研究者已经指出的那样：“在徐玉诺的成长历程中，兵灾匪祸接踵而至，生命的朝不保夕和火烟冲天、血骨堆积等惨象成为徐玉诺心中刻骨铭心的记忆，成为他一生不能释怀的巨大阴影。在徐玉诺的诗文中，他自己求学、任教的漂泊经历很少提及，但匪患题材却占据着相当的分量，从中可以想象，连年的战乱和匪祸带给徐玉诺的心理伤痛。”①借鉴创伤文学理论我们可以得知，创伤体验通常具有迟滞性和重复性，并通过记忆中的闪回、噩梦等方式对人类心理和行为带来持久影响。作家则是通过写作的方式不断地重返与复现“创伤经验”，这“不能证明当初的身体伤害多么巨大，而是说明幸存者内在的心理机制受伤害更深，以至于欲罢不能”②。而从另一个角度来看，正是“因为过

① 高会敏. 悲生颂死——徐玉诺诗文中的生命意识[J]. 北京工业大学学报(社科版)，2016(2)：4.

② 陶东风. 心理分析与解构主义的视野融合——论卡鲁斯的创伤文学批评理论[J]. 学术研究，2023(8)：144.

去的伤痕是无法治愈的，重复也是必然的、强迫性的，在被压抑的情况下它既无法克服也无法消除，必须借助另一种形式的有意识重复，才能在不拒绝、不否认的前提下与被压抑的过去达成和解”①。在徐玉诺的文学创作中，这种重复常以“梦”的形式出现，在梦里他会被反复被带回到曾遭受的灾难情景下，随之而来的惊恐再次冲击他，致使他从梦中惊醒。弗洛伊德把这种现象称之为“创伤固着”，它证明了这种创伤力量的强大。② 如小说《一个可怕的梦》描写了“我”——一个在开封求学的学生在校舍里的一场梦境。在梦中，“我”所住的村寨遭到一队骑兵入侵，“我惊慌极了，想叫农夫们赶紧逃回寨子；但是一阵卷地黄风起来，地球摇着，霎时什么都看不见了。我也不知道是怎么，早滚下来，硬躺在土堆上，止不住的，用力握我的两拳；只剩我心的最深处的一点儿，在那里微微的颤动着；我想着，我要早拜别我的一切爱人吧，我是已死的人了！”“我”和母亲着急地四处躲藏，母亲情急之下将“我”藏入干草之下，她带着绝望与恐惧不断地向“丘八们”发出哀求。伴随一阵枪声马声，士兵终于近了，“我”预感到死亡的来临：“我想，我是活不成了！我要发我最后的哀鸣！”就在这紧要关头，“我”打了一个寒战，梦醒了。然而梦醒之后，“我还觉得那焦灼血腥的气味，和那冷笑的杀声，在我周围鼓荡。”在这场梦魇中，惊恐地四处躲藏、母亲不顾一切的救赎，以及濒临死亡的窒息感受都曾经在徐玉诺的其他作品中反复出现过。在他的诗歌《燃烧的眼泪》中，“我”在离开故乡多年后偶然找到故乡，眼前却只有荒凉的旷野和垒垒的坟墓。大地突然裂开，“我”坠入深渊，白发的母亲张开双臂迎接“我”。虽然没有具体地写到匪乱，但这一幕就是少年梦魇的再次重复，是诗人无法愈合的创伤体验的又一次暴露。在濒临死亡的时刻只有母亲是唯一的温暖和救赎，然而这是根本无法与现实世界的

① 章朋. 历史、创伤与文学——拉卡普拉的“书写创伤”理论及其伦理意义[J]. 文艺理论研究，2021(6)：134.

② 陶东风. 心理分析与解构主义的视野融合——论卡鲁斯的创伤文学批评理论[J]. 学术研究，2023(8)：143.

残酷与黑暗相对抗的，诗歌的结尾暗示着“我”和母亲共同死亡的结局。

徐玉诺早期创作中由于匪乱而引发的创伤书写，既是个人的，也是集体的。匪乱是苦难中国的“具象化”，“血与泪”的文学激起人们对封建社会的批判，唤醒人们对于现代民族国家的强烈认同，其最终目标是平复近代以来中国历史社会的集体创伤。而徐玉诺后期的创作则更多地转向个人创伤书写，在他的许多诗歌中，创伤经验已经不再与具体的事件(如匪乱)相关，而是逐渐抽象化，就如同“黑色”成为他对于现实世界深刻的隐喻表达，人类存在的荒谬、无意义是被反复书写的主题，颓废、悲观乃至虚无的情绪始终挥之不去。这种根植于作者记忆深处、融入其生命体验的创伤书写，与历史和时代的关系已经没有那么直接，而是指向了对存在本质和生命意义的质询。五四作家对于新文学的建构与启蒙主义紧密相连，尽管“个人主义”“个性解放”作为启蒙话语得到了高度肯定，但是在现代民族国家政治文化逻辑中，个体性的焦虑和个人的痛苦始终处于被遮蔽的位置，对于集体创伤与个人创伤的双重关注，使徐玉诺的土匪书写显露出独特的文学价值。

二、姚雪垠：土匪生活的原生态展现与注重社会剖析的现实主义书写

姚雪垠创作《长夜》这样一部以土匪为题材的小说，与其个人的独特经历密切有关。1924 年少年姚雪垠在从信阳返回故乡邓县途中曾被土匪绑架，并在土匪窝里生活了大约一百天。在《姚雪垠回忆录》一书中，作家对这段经历有过详细地描绘：

> 一九二四年，我在鸿文高等小学毕业之后，到五百里外的信阳去上教会办的信义初级中学，我的二哥也去了，都插入初中二年级。读了不到半年，由于军阀战争波及信阳，学校提前放假。我和二哥，还有两外两个学生，结伴绕道驻马店回家。大概在唐河县境内，离邓县还有二百多里，被土匪李水沫的杆子在路上拉去，成了

肉票。到了土匪中两三天后，有一位姓王的小头目将我从票房中要去做干儿子。过了十来天，姓王的小头目离开了李水沫的杆子。我被一位姓薛的头目要去做干儿子。……姓薛的头目在兄弟中排行老二，他不让我称他干爹或干老子，只要我称他二伯，对他手下的土匪称叔叔。这一群土匪对我非常好，都不叫我的名字，而是亲密地唤我“娃儿”。①

《长夜》的故事线索与姚雪垠的自述基本无差，而小说中的主人公菊生也是以少年姚雪垠为原型的，他不仅生得英俊而且性格大胆，深得土匪的喜爱。他虽然被绑为“肉票”，却被两个小头目王三少和薛正礼先后收为义子，并与土匪们生活在一起，朝夕相处。这种传奇般的少年历险模式，正是《长夜》受到读者喜爱的一个重要原因。小说借助菊生的内视角揭开了土匪生活的神秘面纱，将其在组织形式、人员构成、活动方式等方面的特点较为完整地呈现在读者的面前。

《长夜》中所描写的匪帮以李水沫为首领，出场的主要土匪主要有王三少、薛正礼、刘老义、赵狮子、瓢子九、李二红、王成山、陈老五、老张等，他们的出身并不相同，有的是失去土地的农民，有的是农村的二流子，还有的是离开军队的兵油子，也有曾经受过招安的军官，因打败仗或不得意而重新入匪。这显示出土匪队伍成分的复杂，而他们之间也绝不是平起平坐的，而是有着严格的等级制度。“匪帮的权力等级是模仿传统的中国家庭构造的，有时甚至是它的取代物”②，李水沫作为匪帮的首领被称为“管家的”“当家的”，他拥有绝对的威望和权力，在李水沫之下，有“管家”和“二驾”这样的次要头目，另外还有小撮土匪的“头目”如薛正礼、王三少等也有部分管理自己人马的权力，他们下面的一些得力干将手中拥有武器，也可以获取实际利益。至于其他的普通匪众，地

① 姚雪垠. 姚雪垠回忆录[M]. 北京：中国工人出版社，2010：42.

② 贝思飞. 民国时期的土匪[M]. 徐有威，等，译. 上海：上海人民出版社，2010：120.

位也有所不同，特别是那些没有枪的，地位极其低下，处境可怜。例如小说中的王成山，就是穷苦农民出身，靠给人下力气吃饭，在失业后跟着三叔王三少当了土匪。他一直梦想拥有自己的一支枪，这样才可以捞到点油水，买几亩田地养活老母亲，但这个愿望一直没有实现。

小说中土匪的主要活动，一是靠“绑票”敲诈勒索，二是四处流窜，到村子里烧杀抢掠。这决定了土匪的生活居无定所，动荡不安，菊生被绑为“肉票”后就跟随土匪从一个村庄迁徙到另一个村庄，经历大大小小的多次战斗。小说重点描写了土匪攻进刘胡庄的过程，这场斗争极为激烈，当土匪们破寨之后，大开杀戒，血洗村庄。一个“甩手子”一口气就砍了十二个人，一个水池中躺着许多小孩子的尸体，池水都被染红了，西南角寨墙上下处处躺着被打死的人，包括女人与孩子，其惨状令人不忍直视。小说还写了瓤子九在光天化日之下强奸民女，独眼龙李二红卡着腰，微笑地欣赏被害者临死前的挣扎和痛苦，这些都充分暴露出土匪的残忍与血腥。在此之外，《长夜》还表现了土匪们在日常生活中的放纵与享乐。其中描写最多的场景就是“抽大烟”，无论是管家、二驾还是一些小的土匪头目，他们最大的喜好就是吸食鸦片，除了战斗外，他们在日常生活中几乎一刻也离不开鸦片。在掠夺财富之后大肆挥霍也是土匪日常生活的一个侧面，在土匪的“老巢”薛岗和茨园，他们靠着地主的供养和村民们送来的钱物过着花天酒地的生活，靠赌博娱乐消遣，与周围民不聊生的乡村现实形成了强烈反差。

土匪日常行为中的禁忌和独特的“黑话”为这一群体增添了神秘的色彩，它们从某种程度上也是土匪文化的重要构成。在《长夜》中，“黑话”大量而频繁地出现在小说中人物的口中，常见的有“票”“填瓤子”“蹚”“皮子”“片子”出水”等。除此之外，还有许多行为的禁忌，例如不准“背抄手”“玩耍的时候不准作跪的姿势，吃饭的时候不准将掰开的馍口对着别人，不准将筷子担在碗沿上”①。语言和行为上的禁忌反映出土

① 姚雪垠. 长夜[M]. 北京：人民文学出版社，1981：29.

匪这一群体在心理上脆弱的一面，由于极度缺乏安全感他们不得不采用一些迷信的方式来趋吉避祸。从另一角度看，“黑话”也是匪帮的秘密用语，可以“巩固联络”“增强内部凝聚力”①，也有助于其身份的确认。

从以上分析不难看出，对土匪日常生活近乎原生态般地真实描摹是《长夜》区别于其他同类题材作品的一个重要特点。在姚雪垠之前，河南作家大多是截取土匪生活的断片，很少对其做整体而细致的观照。小说《长夜》突出的艺术成就之一，还在于姚雪垠塑造了一群生动鲜活而又复杂的土匪形象，这使得河南作家笔下的土匪形象突破了相对单一的“恶匪”模式，展现出作为“人”的丰富与复杂。例如小说中赵狮子这一形象，作家着重凸显了他的凶狠与残暴，一方面他杀人如麻、手段残忍，为了复仇连自己亲舅舅也不放过，但另一方面他无牵无挂，抱着过一天是一天的态度，是整个土匪队伍中最快活的人。在薛二嫂和薛大娘面前，他甚至表现出孩子般的调皮天真，薛二嫂说他：“在外边你杀人不眨眼，一回到家里来欠吵欠骂，跟十来岁的孩子一样！”薛正礼、刘老义、陈老五等人的身上，也都体现着“匪性”与“人性”的交织。薛正礼虽然身为土匪头目，但是为人非常正派，内心善良。他善待菊生，将其收为义子，他对手下土匪的暴行常常看不惯但又无力劝阻。他的母亲与妻子反对他当土匪也使得他对未来充满了悲观，并将所有的一切归于宿命。这个人物的内心和行动常常处于矛盾之中，这使他身上带有忧郁的色彩，不同于小说中其他的土匪形象。而像刘老义、王成山、陈老五这样因生活所迫无奈下水的土匪，他们身上既保留着农民的性格特点，也有江湖人士慷慨好义的一面，对于菊生，他们也表现出真切的同情和关怀。小说借助“菊生”之口，表达了对于他们身上“善”的一面的肯定：“从前我以为当蹚将的都是坏人，现在我才知道当蹚将的差不多都是好人”。严家炎先生认为姚雪垠的小说从早年起，“就透露出一种强悍的气质”，“把一

① 贝思飞. 民国时期的土匪[M]. 徐有威，等，译. 上海：上海人民出版社，2010：144-145.

批‘强人’形象送进新文学的画廊，发掘和表现强悍的美，是姚雪垠对中国现代文学作出的一个独特贡献”。①《长夜》中这类强悍粗野并具有复杂性格的人物形象，在河南现代作家的笔下也是比较少的，他们彰显着20世纪20年代河南底层民众精神风貌的多面性。

虽然姚雪垠出入匪窝的个人经历带有一定的传奇色彩，但他显然并没有将《长夜》仅仅处理为一个传奇故事，而是有着更大的企图心。在《为重印〈长夜〉致读者的一封信》中，姚雪垠坦言在抗日战争期间，他“曾经有一个反映河南农村变化历史的‘三部曲’创作计划”②，其中包括《黄昏》《长夜》《黎明》三部小说，时间跨度从清朝末年到北伐军进入河南，除了写农村崩溃破产后农民生活的危机，也计划展现“农村各种力量的大动荡，大分化”，以及无产阶级革命火种在农村的传布。“由于《长夜》带有自传性质，最容易写”，因此姚雪垠从《长夜》开始动笔。由此可见，《长夜》的写作，从一开始就确立了革命现实主义的创作方法，而作者也带有一定的“写史”的意图，就是要“忠实地反映二十年代河南农村生活的重要侧面和生活在那样条件下的人物的精神面貌”③。为了实现这一写作目标，姚雪垠选择从土匪与农民，土匪与地主阶级、反动军阀，以及农民与地主阶级之间的复杂矛盾中去描写土匪生活，这使得《长夜》既容纳了丰富的社会历史内容，同时也于细微处展现了人物的复杂的心理状态。

例如小说中对于土匪和农民之间的关系的描写就是极为细致而深入的。首先，由于土匪“绑票”及烧杀抢掠的暴行对普通平民的伤害，造成了农民与土匪的对立关系，例如菊生、芹生都对土匪非常畏惧，

① 姚雪垠. 为重印《长夜》致读者的一封信[M]//长夜. 北京：人民文学出版社，1981：18.

② 姚雪垠. 为重印《长夜》致读者的一封信[M]//长夜. 北京：人民文学出版社，1981：10.

③ 姚雪垠. 为重印《长夜》致读者的一封信[M]//长夜. 北京：人民文学出版社，1981：6.

村子里的农民一看到土匪也是四散逃窜。此外，不论在传统文化还是官方意识形态中，土匪都被视为不法之徒或者是破坏社会秩序的造反者，这也造成了农民对土匪排斥和厌恶的心理。小说中菊生的义父薛正礼，虽然已经是匪帮的"小头目"，但他的母亲妻子整日惴惴不安，她们认为"饿死莫作贼""一下水就成黑人"，希望薛正礼可以重归"正途"。即使是那些已经加入匪帮的农民，如王成山、陈老五等，他们也很难从根本上认同自己的土匪身份，只是迫于生计不得不作出这样的选择，他们最终的愿望仍是回家耕地，靠自己的劳动养活家人。但姚雪垠从另一方面也表现了农民对土匪崇拜，渴望加入匪帮的特殊心态，这在小说中的青年群体身上表现得尤为突出。例如小说中的主人公菊生，他只是一个十几岁的学生娃，从评书里听来的故事让他对绿林英雄充满了好奇与崇拜。因此在匪帮里的生活虽然让他感到痛苦，但也满足了他对英雄的幻想，让他对赵狮子、刘老义等人产生了亲近感。再比如农村青年强娃，他在薛正礼返乡时苦苦请求加入匪帮。强娃认为耕地没有出息，他渴望得到一支枪，成为英雄好汉，并抱着"迟早是饿死，不如当蹚将死个痛快"的决绝态度。强娃的想法在当时的农村青年中极有代表性，入杆为匪仍是 20 世纪 20 年代濒临绝境的豫西南农民的一条重要的求生活路，而且这对于他们也意味着一种刺激和冒险。这与以薛大娘为代表的老一辈农民对土匪的看法是截然不同的，新旧两代农民之间的矛盾真实呈现了豫西南畸形的社会生态下农民的复杂心态。此外，小说还多次写到农民和土匪所普遍信奉的"劫数说"。所谓"劫数"，即民间普遍认为每隔一段时期就会有天灾人祸、战乱等发生，由此出发，农民把眼下的兵荒马乱、民不聊生看作是好运终结的"末梢年"，是应了天道的"劫数"。"劫数说"站在封建统治者的立场，宣扬封建正统观念和宿命论，起到麻痹群众思想的消极作用。"劫数说"大行其道，真实反映了 20 年代中期豫西南农村农民思想观念上的愚昧，也让读者看到土匪头脑中根深蒂固的农民意识，他们"虽然不顾一切地要做叛徒，却只能走那条在两千年中被尸首堆满的，被鲜血浸润的，为大家熟悉的古旧道路，这条路只能够带向毁灭”①。

《长夜》还揭示了土匪与地主、豪绅及地方军阀之间互相利用的复杂关系。在近代豫西南地方秩序紊乱、盗匪遍地的社会背景下，豪绅、地主出于自保，窝藏匪徒，甚至直接资助土匪的现象非常普遍，这一点在《长夜》中也得到了真实的呈现。例如当土匪攻进刘胡庄时，刘大地主只管守自己的寨子而不顾百姓死活，因为他私下暗通土匪，“他家的宅子没有蹚将去动一根草，人也没伤害一根头发！”再比如小说中薛正礼这股土匪与破落地主“七少”之间的关系极为密切，“七少”既依赖土匪保护自己，同时也利用土匪为自己杀人报仇。军匪勾结，甚至军匪相通的情形在当时更为普遍，许多地方军阀本来就是土匪出身，他们希望借助土匪力量进一步壮大自己；而土匪也希望有军阀作靠山，得到物资上的支持。《长夜》中以李水沫为首的这支杆子随着势力不断扩大，成为两个地方小军阀争相拉拢的对象，但李水沫坚决不接受马文德的招抚，最后遭到红枪会和军队的围攻，被打散和消灭，豫西南地区畸形的社会生态和混乱的社会秩序由此可见一斑。姚雪垠在《为重印〈长夜〉致读者的一封信》中曾经就20世纪20年代豫西南农村土匪、红枪会、地主豪绅以及地方军阀之间的复杂关系进行过介绍，他非常遗憾并没有“使故事向广阔展开，没有正面描写出红枪会的人物与活动”②，尽管如此，能够从较为宏阔复杂的社会历史描写中去表现土匪的悲剧命运仍是《长夜》的突出特点，也使其较其他现代河南作家的土匪叙事更为厚重有力。

对《长夜》独特的“土匪”题材的关注，往往使人们忽视它所具有的浓郁的乡土气息和地方色彩。姚雪垠曾经将“土匪”看作故乡“有名的特产”③，《长夜》通过土匪活动的特殊视角，展现了20世纪20年代河南

---

① 姚雪垠. 长夜[M]. 北京：人民文学出版社，1981：300.

② 姚雪垠. 为重印《长夜》致读者的一封信[M]//长夜. 北京：人民文学出版社，1981：10.

③ 姚雪垠. 后记[M]//长夜. 北京：人民文学出版社，1981：300.

农村生活的真实侧影。在《长夜》中，由于土匪活动的猖獗，除了其老巢薛岗和茨园还保留了相对完整的乡村形态以外，其余的村子在烧杀掠夺下，几乎都成为一片废墟，人迹稀少，作家为我们展现的是一幅幅凋敝、破败、荒芜的乡村图景。尽管如此，作家还是借助匪帮在薛岗和茨园过年的契机，碎片式地展现了中原乡村的一些传统习俗，如敬神、吃扁食、发红包、拜年，还有地主们为了制造气氛特意安排的旱船、高跷、狮子等活动。这种虚假的热闹与荒乱年头极不相衬，但也是对中原乡村文化的一种反映。最能够体现《长夜》的地方色彩的，其实是作家对于民俗语言的大量使用。姚雪垠早在30年代就开始有目的地收集河南口语中的精彩语汇，并有意识地将其融入自己的文学语言中，《长夜》延续着这种探索并最为集中地体现了作家的语言追求。《长夜》中的民俗语言可以笼统地分为两类，一类是豫西南农村的方言，例如“喝汤”在西南农村就是“吃晚饭”的意思；“扁食”就是饺子；“瓦扎檐”指“草房用瓦镶边”；“好家”又称“好主儿”，即殷实的富户①；“主贱”指动手做了不应该做的事；“光棍”专指那些“游手好闲，好结交朋友，惹是生非、以赌博为生的人”②；另一类是日常生活中的口头语言，包括歇后语、谚语等，如“裹脚布围脖子，臭一圈”，“刮大风吃炒面——张不开嘴”，“宁挨杠子不挨针，不柱哀杖不知道掉泪”等。方言俗语的使用不仅增加了文学语言的生动性，它们本身就是语言的活化石，是民间世界思维与文化的自然呈现，作家借助方言可以勾勒出独特的地域文化风貌。例如“黑脊梁沟子”在小说中指的是“20年代，豫西和豫南各地未出嫁的女子”，因为她们“都在背后拖一个大发辫，所以土匪称之为‘黑脊梁沟子’”。再比如“嚷”在姚雪垠的故乡与“骂”不同，指的是“以理责备人，不必出恶言”，它保留了古汉语的用法。类似的例子还有很多，对方言进行详细的注释和溯源是《长夜》的一个显著特色，它们构成了一个特殊

① 姚雪垠. 长夜[M]. 北京：人民文学出版社，1981：85.
② 姚雪垠. 长夜[M]. 北京：人民文学出版社，1981：88.

的附文本，从不同角度呈现了豫西南农民的风俗习惯和文化心理。

《长夜》对于20世纪20年代豫西南农村凋敝破败现实的书写以及对于农民精神面貌的细致刻画，使我们完全可以将其作为一部乡土小说来阅读。尽管在乡风民俗的书写上略显单薄，但正如姚雪垠所说，土匪本身就是地域特色的体现，《长夜》是从一个特殊的角度对中原文化进行了别样的观照。而姚雪垠自觉地把方言作为一种地方性、地域性的文学表达，并着重探寻其与乡土文化、土匪文化之间的内在关联，也显示出他语言意识的超前。

三、师陀：生命主题下对土匪形象的多元开掘与悲剧书写

综观师陀20世纪30年代的创作，题材大部分来源于“近代文明侵入而尚未彻底侵入的乡村和乡镇”①，而他笔下的主人公则是生活在中原乡野上、挣扎在血泪中的“苦男苦女”们。他用理性的目光审视着沉疴积弊的故土，暴露现实的种种黑暗与不公，对贫苦农民的悲惨命运表示深切的同情。但是师陀的独特性在于，他文学创作的着眼点并不只是寻求客观“再现”，并以此去承担一个社会揭露者、文化批判者的角色，为“启蒙”或“革命”寻求合理性的历史化叙事。他重视个体经验与感受的传达，在他的笔下，那处在崩溃中的中原乡土始终弥漫着拂之不去的鬼魅之气，轮番上演着各种荒诞的丑剧。他善于写那些在时代的黑暗和命运的碾压中无力主宰自己的小人物，体恤他们的绝望与痛苦，同时他也对于蕴藏在个人精神世界内部的生命强力充满着赞美。在时代的悲剧之外，他始终思考着关于生命的悲剧，质询人的生存的价值和意义，师陀的文学创作正是由此体现出其独特的人文价值。在师陀笔下的乡土人物序列中，土匪是特殊的一类，也受到作者的偏爱，小说《阴影》《寨主》《胡子》均是关于土匪的故事，但其创作主旨又是各不相同的。师陀小说

---

① 孟实.《谷》和《落日光》[M]//刘增杰. 师陀研究资料. 北京：北京出版社，1984：234.

中丰富而又多元的“土匪”形象，正是他独特的文学价值观和创作风格的体现。

写于 1935 年的小说《寨主》中塑造了一个典型的土匪头子的形象，他三十五六岁，“身躯高大魁梧”，“生得浓眉大额，深褐色面庞下部，生出一片刚剃过的连鬓刚青胡髭，二目灼灼，闪射着鹰鹞般贪婪而又充满着肉感的气息”。柳寨主以“轻财好义”名闻远近，靠“武艺出众”威震四方，若逃捕的杀人犯或强盗投奔前来，寨主也予以收留。这位寨主并不干绑架勒索的勾当，主要靠着疏通官府，贩卖鸦片为生。随着小说情节的展开，主要矛盾集中在柳寨主和他的一个徒弟“小蝎子”身上。柳寨主身为猎艳老手却看上了一个贫穷的侍女青芽，而“小蝎子”却和青芽早已暗中相恋。寨主在上门提亲遭到拒绝后强行霸占了青芽，又因为忌惮“小蝎子”的枪法而设计将他的枪没收了。小说中的寨主是完全的负面形象，但“小蝎子”却能够唤起读者同情。他是穷苦农民出身，虽然能打一手好枪但养活不了自己，他为寨主卖命但也受尽寨主的剥削和压迫，他染上了鸦片的嗜好，身体也逐渐被侵蚀。师陀竭力渲染了“小蝎子”与青芽之间的美好爱情，但却最终遭到寨主无情的践踏。这部小说的主题旨在揭露现实世界的黑暗与不公，寨主飞扬跋扈的背后是官匪勾结的肮脏，钱能通神的法则，寨主身上泛滥的情欲、虚伪的道德以及毒辣的手段，呈现出人性最卑劣的暗面。“小蝎子”的悲剧与处于底层的穷苦农民的悲剧并无二异，他最后的结局不外乎“饿死，瘾死，或者遭枪打死”①。

如果说《寨主》侧重于借弱者的生存悲剧来表达作者的社会批判意图，那么在同时期的另一部小说《阴影》中，这种社会批判的意味淡却了不少，师陀有意使带有匪气的英雄人物陷入特殊的困境，以此来启发人们对生命价值和意义的思考。《阴影》中的周天成，可谓是“一个英雄，

① 师陀. 寨主[M]//师陀全集 2. 郑州：河南大学出版社，2004：913.

一个汉子”①，他当过十几年的兵，前后大小打过百八十次仗，杀人如麻，后来又当过土匪、卖过鸦片。但在他的灵魂深处潜藏着挥之不去的“阴影”，就是他在部队时曾奉命亲手砍杀一个俘虏，在他的第一刀下去之际，那人“奇怪的号嘶”激起他生命的战栗。周天成后来成为小县城机关里的一名普通职员，整日无所事事。他在一次打猎中射杀了一只狐狸，对于见惯了血腥场面的他来说，这本不算什么。但是在山谷中回荡着的狐狸的凄惨的啼呼，却使得“英雄”灵魂里面的阴影开始作祟，再一次带给他强烈的刺激。他内心深处的对生命的敬畏之心开始觉醒，他意识到：“干什么打它？凭良心那是不应该的。”②嗣后，周天成再也没上山打过猎，他的生命更彻底陷入萎顿与颓靡，“整天除了抽鸦片就是睡，除了睡就是抽鸦片，上桌打牌都不干，出门更别提及了”③。

师陀在小说的开头与结尾都反复强调“人是脆弱的”，英雄的脆弱更加引人深思。借助强力和权势可以最大程度满足人的欲望与虚荣，但这并不是生命的真正意义所在。师陀在《阴影》中借助一个土匪式的人物，表达的是对人的生命价值的密切关怀，小说中的周天成有过传奇的经历，但后来身处在沉闷、闭塞的小县城，他根本找不到合理的生存方式，他曾经试图将生命寄托在鸦片、性欲的满足以及打猎这种刺激性活动上，但最后还是陷入生命的废墟。因此，他并不是一个真正的“英雄”。在师陀 20 世纪 30 年代的作品中，有许多类似这样的人物，他们不及周天成那般富于生命的强力，也以自己的方式和黑暗的现实对抗，并在对抗中坚持对生命意义和价值的追求，但最后无一例外地成为失败者，带有强烈的悲剧色彩。

然而师陀并没有放弃对理想生命形式的寻求，在他看来，真正的强者和英雄是从个人精神世界内部焕发出新鲜的、健旺的雄强生命力，他

---

① 师陀. 阴影[M]//师陀全集 2. 郑州：河南大学出版社，2004：774.

② 师陀. 阴影[M]//师陀全集 2. 郑州：河南大学出版社，2004：773.

③ 师陀. 阴影[M]//师陀全集 2. 郑州：河南大学出版社，2004：778.

们往往能够超越现实的种种限制，表现出对于“真善美”的坚持。他创作于1938年的小说《胡子》就展示出了一个“舍生取义”的土匪英雄马庆龙的形象。马庆龙原是纵横山林的土匪，现在成为抗日部队的一名“尖兵”，奉命和另一位战友二胖一起进山执行侦察任务。当二人发现敌人踪迹时，二胖以完成任务为由要求撤退，而马庆龙却表现出战斗的渴望，要与敌人一较高低。身经百战，九死一生，将和敌人交手视同儿戏的马庆龙身上流淌的是土匪剽悍凶狠的血液，他不顾二胖的劝阻，对排头的敌人进行了袭击。这导致二人位置的暴露，二胖随即被一颗流弹击中受伤。危急关头，马庆龙没有弃二胖而逃，最后中弹牺牲。这部小说的抗日背景使得师陀对于马庆龙这个人物形象多有赞美，但是却并没有将其过分拔高。作者没有完全剔除掉马庆龙身上根深蒂固的“匪气”，是他的骄傲自负、意气行事导致二胖受伤，令二人陷入困境。他选择不抛弃战友，并非出于怜恤或同情，“只不过因为假如一旦逃走，那样一来，他将因此看不起自己罢了”。马庆龙是一个善恶混合体，但他身上的蛮性和强力在特殊时刻却寄托着师陀对于理想生命形态的追求，也包含着民族精神重塑的愿望。

20世纪40年代是师陀文学创作的另一个高峰期，《果园城记》《无望村的馆主》《结婚》等重要的中长篇均创作于这一时期。都市生活的经验进一步扩大了师陀的创作题材，抗战期间羁留在沦陷区的生活经历也为他更为深入地探讨人的存在的哲学问题提供了契机。1943年7月至1945年6月在《万象》杂志上连载(第三年第一期至第四年第七期)但却没有最终完成的长篇小说《荒野》被称为是“师陀最重要的著作之一”，“其重要性并不亚于同时期所写并被视为师陀的主要代表作的《果园城记》”。①

《荒野》是一个土匪的故事，其主人公是白沙镇上杀人越货、绑架勒

① 钱理群.《万象》杂志中的师陀的长篇小说《荒野》[J]. 现代文学研究丛刊，2005(3)：105.

索、威震四方的土匪头子顾二顺，由于势力太大，他已经成为当地官府与士绅的心头之患。之所以在这一时期选择土匪题材进行创作，可能与当时的文学潮流有关。据钱理群先生的考察，在《万象》杂志第三年第三期就曾经刊载了一系列"异人异事"的小说，盗墓贼、盗马贼、保镖、土匪、流氓等人物成为作家青睐的对象，他们残酷、凶狠，却又显示超常的生命的野性与活力，"是投向阴暗的现实底色上的一抹奇异的亮光，是枯竭的窒息的生命中注入的一腔热血"①。此外，这类题材所演绎的草莽英雄的传奇故事显然也更受普通读者的欢迎。但是师陀在《荒野》所描写的顾二顺从某种程度上却已经失却了"英雄"的光环，作家尽力去展现的是他作为普通农民的那一面。特别是在顾二顺与娇姐的恋爱故事中，顾二顺与一个陷入热恋的普通乡村青年并无两样。他释放了自己生命中全部的温柔与爱，他的敏感、多疑、喜悦、热烈、鲁莽，无一不使他的生命绽放出新鲜的光亮。恋爱中的顾二顺渴望重新回到庄稼汉的平凡生活，"天热了，他们到大树底下去；下雨了，他们回到家里去；天亮了，他们到地里去；天黑了，他们睡了。虽说过的很苦，可是他们有自己的家，那是他们自己的，他们老婆的，等到他们快死的时候，他们还想到那是他们儿孙的。"②这种朴素而有尊严的生活是身在江湖的顾二顺心中永远的追求和向往。然而当他和娇姐终于排除困难结合之后，却陷入家庭的矛盾纠纷，并因为手下的出卖而惨遭暗算，被官府抓获。顾二顺和娇姐的悲剧，是"欲有一个安宁的家而不得"的悲剧，也是乱世中无数普通人的悲剧，这样的悲剧"不仅是沦陷区普通百姓的向往与痛苦的曲折反映，同时注入了作家自己的生命体验"③。正因为如此，师陀在顾二顺这个土匪身上倾注着自己的同情和悲悯，他是用极富诗意的笔

① 钱理群.《万象》杂志中的师陀的长篇小说《荒野》[J]. 现代文学研究丛刊，2005(3)：126.

② 师陀. 荒野[M]//师陀全集. 郑州：河南大学出版社，2004：765.

③ 钱理群.《万象》杂志中的师陀的长篇小说《荒野》[J]. 现代文学研究丛刊，2005(3)：133.

触去描写这个人物的，带有显著的浪漫主义色彩。

《荒野》在《万象》的连载因为杂志的中止而中断，师陀对于顾二顺这个土匪形象的塑造并没有完成，从已经完成的部分来看，作者对这一人物复杂性的揭示还远远不够。从师陀所设计好的情节来看，《荒野》在后面的部分主要凸显的是娇姐这一女性形象：当顾二顺被捕后，她想尽一切办法、甘愿牺牲自己去救他出来；但是当二顺因封建贞操观念作祟抛弃她时，她也敢于以牙还牙，斩断情丝，远走他乡。① 这类敢于违背世俗、追求自由、敢爱敢恨的女性形象在 20 世纪 40 年代受到师陀的偏爱，如他在小说《马兰》中塑造的马兰一样。无论如何，师陀在《荒野》中为我们贡献了一个现代文学史上独具个性的土匪形象，它不仅折射出时代的主题，也含蕴着师陀独特的人文关怀，《荒野》也由此成为 20 世纪 40 年代上海文艺界的重要收获。

① 苏锡.《荒野》——师陀未完成的长篇小说[J]. 语文月刊，1989(10)：5-6.

第 四 章

师陀：乡土性精神家园的寻找与建构

第一节 师陀乡土书写的三个维度

一、田园诗情与现实批判的交糅并杂

1910年3月，师陀出生于河南省杞县化寨的一个破落地主家庭里。20世纪上半叶的中原内陆乡村，军阀混战导致民不聊生，随处可见旱荒兵匪，土棍恶绅；殖民主义工业文明侵入乡村，又加速了农村经济的破产；农民生活在水深火热之中。师陀正是于这样的环境下在家乡河南度过了自己的青少年时期。1925年夏天，师陀考取了省城开封的初级中学，在那里接受了五四新文学的启蒙教育。他接触到了《小说月报》《东方杂志》《小说世界》等各样的文学刊物，并阅读了鲁迅、郭沫若、郁达夫等新文化干将的文学作品。师陀对文学的爱好也由此萌芽。他“梦想当作家”①，并于1927年考入了省立第一高中的文科班。1931年秋，高中毕业不久的师陀假托考大学而来到北平。而事实上，师陀对自己的前途一片茫然，由于在乡间目睹了政府官僚与教育界的腐败，师陀对考大

① 师陀. 我如何从事写作[M]//师陀全集8. 郑州：河南大学出版社，2004：250.

学、靠一纸文凭回家谋职的生活并不热心。“九一八”事变的爆发震惊全国，在中学时期便接受进步思想的师陀很快投入了轰轰烈烈的爱国抗日运动。正是这段经历给师陀最初的创作提供了素材，1931年末他以当时如火如荼的学生爱国运动为背景写了两个短篇《请愿正篇》《请愿外篇》，并于次年首次以“芦焚”为笔名分别发表在《北斗》杂志和《文学月报》创刊号上，师陀也由此正式踏入文坛。从1932年至1937年抗日战争爆发前，师陀主要活跃在北平，致力于文学的创作。而这一段时间也是他创作生涯中的第一个丰收期，他的小说集《谷》《里门拾记》《落日光》以及散文集《黄花苔》先后出版，而于1938年出版的小说集《野鸟集》与散文集《江湖集》中的大多数作品也创作于这一时期。在勤奋的写作中，师陀逐步摸索出一条真正属于自己的观察社会和人生的角度，那即是回归乡土，在自己最熟悉的生活领域寻求创作的灵感。纵观师陀30年代的创作，题材大部分来源于“近代文明侵入而尚未彻底侵入的乡村和乡镇”①，而他笔下的主人公则是生活在中原大野上、挣扎在血泪之中的“苦男苦女”们。从乡下而来，带着强烈泥土气息的师陀以他清新的朝气与敢于正视现实的胆量赢得了京派与左翼的共同关注，在文坛初露锋芒。1937年，师陀的短篇小说集《谷》与曹禺的剧本《日出》、何其芳的散文集《画梦录》一起荣膺《大公报》第一届“文艺奖”，这无疑是对师陀早期创作极大的肯定。

同许多走出故乡接受现代文明熏陶与洗礼的中国现代知识分子一样，当师陀开始用文学的笔勾画自己的“乡土”记忆时，他自觉地用现代理性审视着故乡的一切。对乡土大地灾难深重、痼疾难复的亲身感受正是师陀对于“乡土”的初体验。这是一个“荒旱兵匪，土棍恶绅，孤寡老弱的凄惨世界”②，尽管外面战争和斗争轰轰烈烈，闭塞的中原乡村仍

① 孟实.《谷》和《落日光》[M]//刘增杰. 师陀研究资料. 北京：北京出版社，1984：234.

② 刘西渭. 读《里门拾记》[M]//刘增杰. 师陀研究资料. 北京：北京出版社，1984：203.

然“犹如一潭死水”，充满着愚昧、压迫、饥饿以及生命的荒芜与冷漠。《老包子》记述了一位无名无姓的长工耗尽自己一生的力气最后却依然衣食无着、孤单死去的悲惨命运；《头》中无亲无故、老实善良的光身汉孙三，却被诬偷了卸任局长的骡子，落了个身首异处的悲惨结局；《雾的晨》中在清晨的大雾弥漫中爬上树打叶子充饥的九七被摔得稀烂；《毒咒》中四爷家新纳的“小”一次次遭到毕四奶奶的毒打，最终连同未出世的孩子一同丧了命；《这世界》中为了全家的活命而违心去卖淫的妻子，却遭到丈夫当众的羞辱和毒打……师陀理智地展现着故乡的现实，正如刘西渭所说：那里面是“一滩滩的大小坑，里面乌烂一团的不是泥，不是水，而是血，肉，无数苦男苦女的汗泪！”①显然，他对于故乡的现实是极其失望的，他甚至这样写道：“能在那里住一天的人，世间的事，便再没有不能忍受的了。”②然而，生于乡间、长于乡间，与乡土大地有着深厚血缘关系的师陀又难以彻底地与故乡决绝。他对故乡的情感充满了复杂的矛盾与激烈的思想斗争，“我不喜欢我的家乡，但却怀念着那广大的原野”③，这种本色的乡村情感从根本上左右了他的创作。正如朱光潜先生所说：“芦焚先生是生在穷乡僻壤而流落到大城市里过写作生活的。”“虽然现在算是在大城市里落了籍，他究竟是‘外来人’，在他所丢开的穷乡僻壤里他才真正是‘土著户’。他陡然插足在这光彩炫目、喧聒震耳的新世界里，不免觉得局促不安；回头看他所丢开的充满着忧喜记忆的旧世界，不能无留恋，因为它有牧歌风味的幽闲，同时也不能无憎恨，因为它流播着封建式的罪孽。”④正是这种情感与理性的二律背反，使得师陀尽管一再暴露故乡之丑，但却又时时抽出笔来，写故乡之美。

---

① 刘西渭．读《里门拾记》[M]//刘增杰．师陀研究资料．北京：北京出版社，1984：204．

② 师陀．《里门拾记》序[M]//师陀全集1．郑州：河南大学出版社，2004：95．

③ 师陀．巨人[M]//师陀全集1．郑州：河南大学出版社，2004：127．

④ 孟实．《谷》和《落日光》[M]//刘增杰．师陀研究资料．北京：北京出版社，1984：233．

师陀“怀念着那广大的原野”，他更是一位设景着色的能手，在他的笔下，故乡的美景似乎信手拈来，无不具有丰富的色彩和浓郁的乡土气息。他写秋日下丰饶的原野，如一幅油画般饱满、厚重：

犁过的高粱同谷地，袒露出赭褐色的胸怀，平静地喘息着，在耀耀的阳光下午睡。苍黄了的豆，乌油油的薯，交错毗排，直伸向天际。向日葵孤单单的伫立着，垂首倾听着什么，样子极其凄惶。一只雕，翱翔高空，青阔的天下，与白云为伍。白杨挺出细干，发着光。小犊擎尾在田里狂奔。远处腾起淡淡的烟尘。大路旁，收货人遗下一把镰刀，禾堆上，该挨骂的妇女忘落了围裙，相率回家去了。抛下的原野，温静无风，沉入悄寂。①

写春天充满生机的绿野，轻快而灵动：

车满兜着风，盈溢四溅，在森茫的原上撒野，驰骋于嫩绿的毡上。白杨，翠柳，村落，丰饶的原，向后滑行。绿的，绿的，绿的浩瀚的海。抖得一闪，是火一般的桃，烟雾似的棠梨，鹅黄的菜田……滑行着。一个颠摆，娇滴滴的阴影罩下来……斑驳陆离的布片，孕着风，拂拂的倏跳。村娘绞着手，在笑语。笑声在绿色里激荡……当咚桶卸下井中去了。鸡娴雅的叫，从路中吃惊地隐进麦田。猪仔摆弄着耳朵，蹒跚地走向池塘。车摇摆着，这些都一抖消失了。接着又是白杨，翠柳，村落，丰饶的原……②

写日暮时分的乡野大地，充满无限温柔，引人遐想：

① 师陀. 秋原[M]//师陀全集 1. 郑州：河南大学出版社，2004：114.
② 师陀. 乡路[M]//师陀全集 5. 郑州：河南大学出版社，2004：58.

红日西坠，原野一望橙色，空阔悄寂，静静流着豆棵的芬芳。树木则醺醺反着光。蚱蜢在田里低鸣。鸺鹠在林中哑唳。微虫结伍成阵，烟似的在路上人的头顶飘扬。……村舍隐匿林中，炊烟缕缕，升入晚空。迎面送来乐声，有些像羌笛、唢呐，犹近乎胡笳、管子。音调洪润哀婉，如在溪水滨，绿荫下，草地上呜咽……①

那时日已将暮，一面的村庄是苍蓝，一面的村庄是晕红，茅屋的顶上升起炊烟，原野是一片静寂。在明亮辽阔的背景上面，走着小小的阴影：村女怀着婴儿，在慢慢归去，农夫带着镰锄，在慢慢归去，牛马也拖着载庄稼的摇摆着的车，在慢慢归去。他们要休息了。井上送来水桶的铁环的响声。远远的牛犊在懒懒的鸣。听着那从静寂中来的声音，我想起：休息了，人要休息他一日的勤劳，大地也要休息它一日的勤劳。落日在田野上布遍了和平，我感到说不出的温柔，心里便宁静下来。②

师陀对于风俗和自然景物的惊人描绘，以及善于营造田园诗情的特点，为当时众多的批评家所重视，与师陀多有交往的左翼批评家杨刚认为“他极爱好自然，对自然有隐癖的贪恋”③。刘西渭因此拿他与沈从文相比，认为“沈从文先生和芦焚先生都从事于织绘，他们明了文章的效果，他们用心追求表现的美好”④。朱光潜也认为师陀“爱描写风景人物甚于爱说故事”⑤，且具有“牧歌风味的幽闲”⑥。事实上，师陀能够在

① 师陀．路上［M］//师陀全集 1．郑州：河南大学出版社，2004：148-149.

② 师陀．乡路［M］//师陀全集 1．郑州：河南大学出版社，2004：205.

③ 杨刚．《里门拾记》［M］//刘增杰．师陀研究资料．北京：北京出版社，1984：215.

④ 刘西渭．读《里门拾记》［M］//刘增杰．师陀研究资料．北京：北京出版社，1984：204.

⑤ 孟实．《谷》和《落日光》［M］//刘增杰．师陀研究资料．北京：北京出版社，1984：235.

⑥ 孟实．《谷》和《落日光》［M］//刘增杰．师陀研究资料．北京：北京出版社，1984：233.

20 世纪 30 年代获得“京派”的格外青睐，与他的这一特点不无关系。师陀笔下的优美的农村图景带有美化色彩，而“乡土”在京派作家的笔下更是往往带有世外桃源般的诗情画意，具有明显的诗化倾向。他们正是想通过展示很少受现代文明侵蚀的乡村田园生活，或展示童年记忆中的农村的美好景象，来营造符合他们心愿的理想境界，来与这危机四伏的文明城市相对抗。20 世纪 20 年代，以鲁迅为代表的乡土作家大多集中于文化批判的视角之上，对农民灵魂深处的惰性、不争、盲目顺从的封建性进行深入发掘，但与此同时，他们对于农村及乡村的文化眷恋也有所涉及，时而流露。不管是 20 年代乡土小说流派还是 30 年代的京派，他们怀恋故乡，较多地带有游子思乡和怀旧的伤感。在展现自然风物之外，他们其实更注重表现的是乡土中国所应有的那种善良、淳厚的民风，是富有浓浓人情味儿的人际关系，更是人在那种保留了传统文化原始的淳朴内容和真正价值的地方所呈现的人性的舒展、自然。作为乡土小说的开风气之先者，鲁迅在《故乡》《社戏》中关于童年生活的美好记忆，其核心是就对人与人之间没有任何隔膜，人与自然完全和谐的人生状态的留恋和向往。同样，许钦文写《父亲的花园》，他留恋的不是鲜花次第盛开、花团锦簇的繁盛景象，而是与父母及兄弟姐妹们在一起的温馨和快乐。废名写乡土，重点不在表现残破的人生，而侧重写人与人、人与自然的和谐相处，《桃园》《菱荡》《竹林的故事》等作品都表现了故乡静谧和谐的自然风光以及古朴淳厚的人际关系。而沈从文更是把他抽象的爱与美同一种乡村的形象完美地结合在一起，营造了一个充满神性的湘西世界。师陀不同，他对故乡的热爱，似乎完全留给了自然风景。他的诗意，也似乎只有在触及故乡的景物时才喷薄而出。在京派作家那里，童年少年时期的乡村生活作为一种固定的、隐形的心理视角完形地保留在作家的记忆当中，师陀则很少回忆起童年。在师陀的记忆中，幼时的乡间是寂寞而荒凉的，值得回忆的事实在不多。“这村子是那么小，又那么穷，从不曾有大事件值得记叙；也[它]一年到头都被宁静的空气包围着，情况之冷落，只好用寂寞去形容”，“乡下人一年到头的娱乐很少，至少在我们乡下是如此：端午不喝雄黄酒，仲秋不赏月，旧历七月十五日逢鬼节，城市里是能放河灯的，可是这是乡下，虽然有河，却难得有水，更没有什么‘会’与‘社’之类的组织，因此除却上坟照例烧化纸钱外，大抵与平日无异，悄悄过去了事”。① 30 年代，除了在散文中偶尔抒发对童年时光的怀念，师陀很少写到人与人之间那种融洽和谐的场面。相反地，师陀曾这样描述自己的故乡：“在那里，永远计算着小钱度日，被一条无形的锁链纠缠住，人是苦恼的。要发泄化不开的积郁，于是互相殴打，父与子，夫与妻，同兄弟，同邻舍，同不相干的人；脑袋流了血，掩创口上一把烟丝：这是我的家乡。”②

20 世纪 30 年代，在“京派”作家的笔下，蜕去社会现实底色的农村，更是越来越成为安抚作家心灵的“精神家园”和“心理乡土”。师陀却很难对故乡保持这样纯粹的田园印象，在谈到与废名的不同时他说：“废名是写他自己，他心目中的社会和人；我是写我心目中的社会和人，我同情被压迫者，我反对那个吃人的社会。因此我很少写到我自己，我认为自己没有什么可写，没有什么值得写。”③于师陀而言，他不是苦恼失去了地上的“父亲的花园”，或是要重建这个花园，而是为根本没有花园的现实愤怒而焦灼。因此，正如杨义所说：师陀与京派只是“衣装相近而神髓互异”④，即使是写风景，他也只是依恋风情，烘托氛围，很少流露出淡淡的思乡的哀愁与感伤，对现实人生苦难的关注比起凌空虚蹈的想象显然更能触动师陀悲天悯人的心灵。在爱恨交织之中，他的乡土想象始终无法摆脱沉重的现实底色，“自然的美好”与“人事的丑陋”的并置成为师陀 20 世纪 30 年代乡土小说创作中的一个最大特点。《雾的晨》中一边是雾气笼罩中的宁静的乡村：

---

① 师陀. 失乐园[M]//师陀全集 5. 郑州：河南大学出版社，2004：38.
② 师陀. 巨人[M]//师陀全集 1. 郑州：河南大学出版社，2004：127.
③ 师陀. 我的风格[M]//师陀全集 8. 郑州：河南大学出版社，2004：340.
④ 杨义. 中国现代小说史(下)[M]. 北京：人民出版社，1998：426.

深秋清晨，雾浓重得像烟，一缕一缕从树梢，从半空中扑下来，成了烟的团，云的团，缓缓地在地面上溜，然后再卷上去。逢着这样天气是不会有风的，所以便立成了雾的世界。茅舍的顶上，有的也冒起炊烟，青色的，慢慢混进乳白的雾里。整个村社被雾卷着，遮掩着，像是在半空中。赶集的人，打水的人或捡粪的人，简直是神仙。

而另一边却是因为爬上树打叶子充饥而不慎摔死的村民九七：

人仰脚卧着，头却扭在一旁，脸的大半面伏到地上，下面的一只眼看不见，上面的一只却看得分外清楚，因为眼珠流出来了，黑色的半个球，上面还有血涂挂在那里，更奇怪的是那脑勺，怎么歪了的呢，一面平平的像一块板，更像一把毛刷，也有血流出来。还有那嘴，几乎没有将狗吓得叫出声来。两排牙向外出着，当中两颗是黄的，像同谁吵架，又像要吃狗肉。

《倦谈集》中夕阳照耀下的湖面光影斑斓、景色宜人：

渔艇轻轻滑过，泼刺一棹，溅起清凉的水花，铅青色的波漪相将相逐，四向推出，云的影、荷的影、人的影、夕阳的影摇动着，闪闪发光，扯成蜿蜒的长条，一齐溜走；碧绿、苍褐、金黄、乳白、浅灰、绛红相错交织。岸上的鸭蹒跚而行，羊就水边解渴，波漪荡过去，可笑的只一跌，鸭和羊的影仍跌在水里。浣衣的人摇摆着红润的手，大的水珠在灼灼发光。

不远处却就是浸泡在水里的死尸：

尸体的上部浸在小湾的浅水里，颅顶骨炸脱了，正如前节的那老儿所说，是一颗烂开来的西瓜，在水中浮着。那畜牲急于将嘴插入烂洞，可是只一噬，西瓜便沉了下去。如此一浮一沉，水面漾开圆浑，荷的影，白云的影……款摆着，向左右拉长，溜走。

一派优美、和平、充满诗意的自然景象与黑暗、肮脏乃至残酷、血腥的现实相对峙，师陀隐含在其中的对故乡现实的批判态度不言而喻。除了这样有意的对比外，师陀在展现故乡“鸡零狗碎”的现实时，还常常会出其不意地把眼前的或储藏在头脑里的昔日的“美景”断片突然插入其中。比如《劫余》这篇散文，开头以一段生动的景色描写营造了一幅清新淡雅的山水图画，引人入胜，但是接下来所叙述的似乎与此毫无关系，一个经过两次浩劫的山村，封建的遗毒仍尚未完全消除，充满了暴力与血腥的味道。开头的那段景色描写或许是作者亲眼所见，又似乎只是诗意的想象，并未做详细的说明。《乡路》中展现的是行旅途中乘客相互辱骂、殴打的混乱景象，然而在文章的末尾，师陀笔锋一转，却摇向了车窗外那一片充满勃勃生机、一派清新气息的春日原野。在这两篇中，师陀虽然在田园诗画上进行浪漫的抒情性描写，但却旨在展示丑陋不堪的现实图画，两者的参差比照使小说取得了别样的效果。然而这样的并置有时显得并不那么协调，尤其是在缺乏能将二者联系在一起的“情”或者“理”时，现实批判与诗意抒情之间的比附就显得不那么和谐，正如刘西渭评论的那样：“这里缺乏自然天成，缺乏圆到”“一切都只是不和谐的拼凑”①。而充满诗意的自然风景的突然插入或闪现，更“使人感到繁冗”，似乎是“为技巧所累”②。针对师陀创作上的这一显著特点，朱光潜认为这是由于师陀模糊了小说与散文的界限所致，但是他也非常准确地指出了问题所在：“在芦焚先生的大部分作品里，描写多于叙述时，读者不免觉到描写虽好，究竟在故事中成为累赘。”③的确，松散、随意的景物描写有时会干扰小说中叙述力量的集中和主题的清晰表达，这正

① 刘西渭．读《里门拾记》[M]//刘增杰．师陀研究资料．北京：北京出版社，1984：207.

② 金丁．论芦焚的《谷》[M]//刘增杰．师陀研究资料．北京：北京出版社，1984：220.

③ 孟实．《谷》和《落日光》[M]//刘增杰．师陀研究资料．北京：北京出版社，1984：235.

是师陀初期的小说读起来有“涩味”的一个重要原因，这表面看起来是一个创作上的技巧问题，实际上却颇能体现出师陀创作初期的思想特点。面对故乡，“情感与理性这两种背反的情绪的交织，几乎成为每一个乡土小说家共同的创作情感”①，但师陀的独特之处在于，他在初期的创作中以一种强烈对比的方式将他内心这种极为尖锐而复杂的冲突和悖论展露无遗。对于故乡的“爱恨交织”，在20世纪20年代乡土小说流派作家那里化作一丝惆怅和悲哀，在师陀这里却表现得如此的对比强烈，不可弥合。他热爱自然，却并非让人重返自然，那属于青年人的热情、叛逆使他隐藏在田园诗情背后的同情、愤慨和讥刺忍不住时时要跳出来。这已分明让我们窥见了他身处乡村/城市、传统/现代之间的复杂心态，他既不能决绝地表达自己对传统文化的批判和叛逆，但是重新认同与归属于农村，对他来说也是绝无可能的了。这种独特的“怀乡”情绪，正是他保持自己独特风格的重要原因。20世纪30年代，以吴组缃、叶紫、沙汀等为代表的左翼作家，以强烈的批判态度看取充满血与泪的落后野蛮的乡村生活方式，笔触冷峻疏离，色调黯淡沉郁，对乡村既定生活方式理性上的否定压制了他们对于故乡在情感的依恋与惆怅。与他们相比，师陀显然多了几分温情，少了几分愤激。师陀善于织绘风景，但与京派笔下那一派优美和平相比，他显然又不那么专注于对人性“乌托邦”的营造，他对乡土生活的描写多了几分沉重和灰暗。这使得他既有足够理智去思考去审视现实，也有足够分量的情感保持作品的温和风格，从而在20世纪30年代的文坛独树一帜，拥有自己的独特风格。但是必须指出的是，此时的师陀，不仅在创作技巧上还不够成熟，他独特的个人审美风格的确立也有待时日。只有在历经了岁月的沉淀和生活的磨难之后，他才会以深刻的个体生命体验去补充、去丰富那种对于故乡“爱恨交织”的复杂情感，他也才会把“怀乡”作为一种内在的生命体验，并成为他对生命、对文化的感受方式。

---

① 丁帆. 中国乡土小说史论[M]. 南京：江苏文艺出版社，1992：45.

二、怀乡：乱离之世的情感欲求

1936年秋，师陀从北平到上海。仅仅一年之后，抗日战争全面爆发。这场残酷异常、艰苦卓绝的战争成为决定20世纪40年代时代面貌的最重要的历史事件，中国知识分子面临着前所未有的生存与精神的考验："大约自1937年抗战开始，中国的知识分子就进入了另一个时代，再也没有窗明几净的书斋，再也不能从容缜密的研究，甚至失去了万人崇拜的风光。'五四'时期知识分子以文化革命改造世界的豪气与理想早已破碎，哪怕是只留下一丝游魂，也如同不祥之物，伴随的总是摆脱不尽的灾难和恐怖。抗战以后成长起来的知识分子只能在污泥里爬滚，在浊水里挣扎，在硝烟与子弹下体味生命的意义。"①随着抗日中心的内迁，在纷飞的战火中颠沛流离成为战时许多知识分子的共同体验。京、沪两大文学中心的骨干纷纷南下或西迁，他们中的大多数不得不从城市走向农村，从租界走向内地。师陀却反其道而行之，整个战争时期，他"心怀亡国之悲愤牢愁，长期蛰居上海"②。无论从哪一个方面来说，羁留于上海的爱国知识分子都承受着较国统区和解放区作家更为沉重的物质和精神的压力。首先，战争以及战争的阴霾在芸芸众生的日常生活和内心世界中投下挥之不去的沉重阴影，他们面临着真实的、具体的死亡和饥饿的威胁。战争更使人经受着生命的大破坏、大毁灭、大劫难，"围城的十八天里，谁都有那种清晨四点钟的难挨的感觉——寒噤的黎明，什么都是模糊，瑟缩，靠不住。回不了家，等回去了，也许家已经不存在了。房子可以毁掉，钱转眼可以成废纸，人可以死，自己更是朝不保暮。"③张爱玲

① 贾植芳．在这个复杂的世界里——生活回忆录[J]．新文学史料，1992(1)：43．

② 师陀．师陀自述[M]//刘增杰．师陀研究资料．北京：北京出版社，1984：33．

③ 张爱玲．烬余录[M]//来凤仪．张爱玲散文全编．杭州：浙江文艺出版社，1992：53．

所体验到的那种“幻灭”与“苍凉”无声游走在“废墟”之上，诉说着人的无可奈何与忧郁黯然。其次，在“孤岛”和上海“沦陷”时期，异族的高压统治和思想钳制使作家时时敏感于周围的“大恐怖”与“大窒息”，即使“在白天也过着梦魇似的生活”①。在日军严厉的高压文化政策之下，稍有觉悟的作家文人无不面临着“言”与“不言”的艰难选择，而新文学的生存和发展空间更是极度萎缩，呈现出四顾苍茫的凄凉和寂寞，正恰如“宛然兀立于人烟灭绝的小岛，地老天荒，前后左右，只有无穷的骇浪，传出空漠的涛声”②。面对这样一个“低气压”③的时代，颓伤、抑郁和孤独成为战时上海作家的普遍心境。在写于抗战胜利之后的一篇散文里，师陀笔下的“写稿先生”其实正是他的自画像。他如此描述自己的战时经历：“在全部战争期间，他外面忍受屈辱，里头忍受饥饿，在繁华的歌舞达旦的大上海，他无声无息被房东们赶来赶去。起初人家让他住大房子，渐渐的让他住小房子，接着让他住更小的房子，最后他终于被挤进了这个洞穴——一个六尺见方的小屋，屋子里一张床，一个小桌，他坐在桌子前面，椅背就抵住门。没有更小的了。没有地方可以被赶了。”④这个洞穴般的小房子，正是经常出现在师陀笔下的“饿夫墓”——“战争久了，我房租付不起，就只好搬到了一个亭子间里”，“我将它叫为八尺楼，一直住到胜利以后。后来我就把这个八尺楼改成‘饿夫墓’。饿夫墓是孙登的墓，在河南的百泉。”“他生在魏晋之间，逢乱世，所以他期待着和平。我住在饿夫墓里，也期待着和平，期待中国胜利。”⑤即

---

① 柯灵. 魇[M]//上海社会科学院文学研究所编. 上海“孤岛”文学作品选(中). 上海：上海社会科学院出版社，1987：357.

② 柯灵. 魇[M]//上海社会科学院文学研究所编. 上海“孤岛”文学作品选(中). 上海：上海社会科学院出版社，1987：357.

③ 迅雨. 论张爱玲的小说[M]//钱理群. 二十世纪中国小说理论资料(第4卷). 北京：北京大学出版社，1997：249.

④ 师陀. 上海手札[M]//师陀全集6. 郑州：河南大学出版社，2004：498.

⑤ 师陀. 师陀谈他的生平和作品[M]//师陀全集8. 郑州：河南大学出版社，2004：396.

使借助师陀的描述，我们也很难想象在漫长的八年里，他如何在这样极度困窘的情形下艰难度日，并持续进行写作。“人穷则反本，当这个人国家，以至世界都围困在没可奈何且又不知来日的光阴里，对家乡的怀想与回忆，格外固执起来了。”①于师陀而言，在“流落洋场，如梦如魇，如釜底游魂”般的日子里，再没有什么比乡土记忆中的世界更真实也更能给他以生命慰藉的了。正如张爱玲所说：“人是生活于一个时代里的，可是这时代却在影子似的沉没下去，人觉得自己是被抛弃了。为要证实自己的存在，抓住一点真实的，最基本的东西，不能不求助于古老的记忆，人类在一切时代生活之中生活过的记忆，这比瞭望将来要更明晰、亲切。”②

整个战争期间，在师陀的内心，似乎时时回响着“我要走了”这样的心灵召唤。创作于“孤岛”时期的散文集《上海札记》记述了师陀在全面抗战爆发后从浙江南部的一个小山寺赶回上海的情形，其中充满了城与乡、现实与回忆的比照。逆着逃难的人群，在途中滞留于一家肮脏龌龊的小旅馆，他回忆起“乡下的老屋”：“我喜欢它的泥土颜色和泥土气息，我小时候就似乎在这房子里做过许多梦。后面有一个方形小窗，木板做成的窗门是关闭着的。现在且让我们把它打开，从这里我们可以看见后面的草园，一株正从下面长上来的桐子树，一股润湿的植物的香气扑进来，外面正在下雨。雨中的草色以及树木同样很容易使我们想起我们小的时候，每逢这种天气我们总感到哀愁。”③回到上海，于闷热的夜里听着“大炮和机关枪远远地响着”，躺在都市的楼板上无法安然入睡，他想起了夏秋之时在乡间的旷野上露宿的情形：“在业已降过露水的地面上摊开芦席，从夜色中可以望见一堆树影，一座谁家的坟墓；远远的狗在村庄里吠着；天气是凉爽的；风吹着；天上出满了星斗，四周是一片静

① 纪果庵. 中国沦陷区文学大系・散文卷[M]. 南宁：广西教育出版社，1998：39.

② 张爱玲. 张爱玲散文全编[M]. 杭州：浙江文艺出版社，1992：114.

③ 师陀. 鲁滨逊的风[M]//师陀全集 6. 郑州：河南大学出版社，2004：187.

寂。”“夜色和田野无限展开，在远处，这时候正有一堆野火烧着，火焰在夜色后面闪动。在夏天，你可以猜想到那里的乡人在烧豌豆；假如在秋天，他们是烧毛豆或红薯。”①田野上轻松而惬意的氛围引人无限遐想，农夫的闲谈、嘴里哼唱的小曲似乎都能把人的思绪从战火纷飞的上海暂时拉出来，浸润在安静温柔的故乡夜色中。对长年出门在外、四处漂泊的师陀而言，故乡本来就是一个甜蜜的蛊惑，而战争的劫难愈发拉大了人与故乡的距离，在炮火的阻隔中，他对故乡的思念更加强烈了："当我们有一天厌倦了江湖上的漂泊，我们会忽然想到那曾经消磨了我们的全部童年的乡下，这时你的已经被生活摆布得冷了下来的心不是充满了善良的，温柔的，一切美丽的情感，你的眼不是痒痒的，涩涩的，弥漫着泪吗?”②他也更深刻地感受到了在精神上与故乡的维系：“等到你的生活潦倒不堪，所有的人都背弃了你，甚至当你辛苦的走尽了长长的生命旅途，当临危的一瞬间，你会觉得你和它——那曾经消磨过你一生中最可宝贵的时光的地方——你和它中间有一条永远割不断的线：它无论什么时候都大量的笑着，温和的等待着你——一个浪子。”③正因为如此，在整整八年的时间里，蛰居在“饿夫墓”里的师陀用自己的想象和文字营造了一个美丽的“果园城”，而他对于故乡的刻骨铭心全部渗透其中。每次读《果园城记》，笔者都会被那“游子返乡”的真挚情绪所打动——带着“对于童年的留恋之情”，在阔别七年之后，“我”又重新踏上了故乡的土地：“我缓缓向前，这里的一切全对我怀着情意。久违了啊！曾经走过无数人的这河岸上的泥土，曾经被一代又一代人的脚踩过，在我的脚下叹息似的沙沙地发出响声，一草一木全现出笑容向我点头。”“这里的每一粒沙都留着我的童年，我的青春，我的生命。就在这岸上，我曾无数次背了晚风坐着，面向将堕的红红的落日。你曾看见夕阳照着

① 师陀．插画[M]//师陀全集 5．郑州：河南大学出版社，2004：203.
② 师陀．铁匠[M]//师陀全集 5．郑州：河南大学出版社，2004：130.
③ 师陀．铁匠[M]//师陀全集 5．郑州：河南大学出版社，2004：131.

静寂的河上的景象吗？你曾看见被照得嫣红的帆在慢慢移动着的景象吗？那些以船为家的人，他们沿河顺流而下，一天，一月……他们直航入大海。春天过去了，夏天过去了，秋天也过去了，他们从海上带来像龙女一样动人的消息。"①与20世纪30年代师陀笔下那些精致的乡野画面相比，这一幅"故乡"景象显然更富有感染力，一种沉郁、感伤的情绪流贯其中，"怀乡"的情感愈显质朴而厚重。

于师陀而言，他不仅怀恋故乡那古朴自然的田园环境中所散发出来的乡野气息；对于这个"文明过火了的世间"②的失望、厌倦，更唤起他对于人的本原状态的怀念。师陀对城市文明始终抱着敌视态度，他早就执著地表示"我是从乡下来人的人"，而从他创作伊始，他就对都市中的人性堕落与灵魂丑恶予以关注。20世纪40年代，师陀由北平到上海所发生的一个重要艺术转变，就是他开始更多地关注都市，与北京相比，上海所受到的西方工商文明的影响显然更多，光怪陆离、声色犬马的十里洋场到处充斥着赤裸裸的金钱和肉欲，而战争又像是一个放大镜，加倍放大了人的畸形心态。一边是贫穷、逃亡、无辜的死亡，另一边却是灯红酒绿，奸诈、欺骗和荒淫无度，二者鲜明的对比使师陀痛感于民族危亡背景下上海的堕落与人心的自私和冷漠。在他将城市人与乡下人的对比中更可以强烈地感受到这一点，他说："有钱人受过教育，他们的灵魂被园艺家收拾过……他们哭的恰是时候，笑的恰合分际，但是，我从他们的一颦一笑的背后，常常看到的是一个血淋淋的大口。""你看不出他们全是摆在桌子上的、窗台上的或炉顶上的，它们全是没有生命，没有香味，没有色泽，没有见过阳光，没有经过风霜雨露的纸花吗？"③在他的笔下，40年代的上海是一个沉渣泛起，充满投机、冒险和人性险

① 师陀. 果园城记·果园城[M]//师陀全集2. 郑州：河南大学出版社，2004：456.

② 师陀.《黄花苔》序[M]//师陀全集5. 郑州：河南大学出版社，2004：3.

③ 师陀. 夏侯记·纸花[M]//师陀全集6. 郑州：河南大学出版社，2004：674.

恶的“魑魅之境”，正所谓“人山人海，龌龊，杂乱，谣言，暗杀，掠夺，红尘万丈”。① 以至于他在《上海札记》的末篇回忆起自己在上海“孤岛”的岁月时，不得不义愤填膺，“这个纯粹的商业城市是靠着掠取与攘夺维持生命”，这里完全是“一团糟糕，一个空虚”。② 他还不无讽刺地嘲笑了都市人的功利与冷漠：“在上海，这是一座有一个连通海洋的海口的商业城市，一个所谓‘费一颗弹打一只鸟’的地方，这里的居民都有一种‘实事求是’的精神，他们用不着这种客气。假如你在电车上看见一个相识，你昨天晚上曾经在一个什么人的宴会上遇见过的，你最好不要跟他打招呼，并不是你应该避免这种误会，免得他以为你要向他借钱，是因为他或者已经没有跟你招呼的必要，他也许会惊异你认错人了。”③在师陀看来，对于一个“从泥土中生长出来的乡下人”而言，他“和城市之间存着永不能调和的矛盾”——“他追求着智慧与明达，而都市里只有堕落和疯狂，在他看来，是戕害人性、腐蚀聪明、消沉意志的地方，是罪恶的渊薮”④。

在师陀以沦陷时期的上海为背景的长篇小说《结婚》中，这种城乡的对比更为突出，更有研究者认为这部小说的主题就是“诗人心里的都市与田园的斗争”⑤。故事的主人公胡去恶是一个都市里的穷教师，他来自破落的乡村，与乡下的小学教师林佩芳相爱。由于是庶出的晚生子，胡去恶自幼便没有得到过家庭的温暖，母亲去世后他更是失去了唯一的亲人，饱尝了人生的孤独与辛酸。林佩芳那虽然清贫但充满田园气息的家庭生活是胡去恶的内心所向，但他更野心勃勃地想要借战争大发一笔，在都市站稳脚跟，以便使他的家庭理想实现得更完满。胡去恶开始

① 师陀. 结婚[M]//师陀全集 3. 郑州：河南大学出版社，2004：124.

② 师陀. 上海手札[M]//师陀全集 5. 郑州：河南大学出版社，2004：250.

③ 师陀. 上海手札[M]//师陀全集 5. 郑州：河南大学出版社，2004：251.

④ 师陀. 灵异：掠影记[M]//师陀全集 5. 郑州：河南大学出版社，2004：610.

⑤ 唐湜. 师陀的《结婚》[M]//刘增杰. 师陀研究资料. 北京：北京出版社，1984：303.

了他的都市冒险历程，从此便越陷越深，不可自拔。都市里到处充满了欺骗、虚荣与自私，胡去恶最终落得满身疮痍，最后他燃起一颗复仇的心，在刺杀了钱亨之后，自己也被巡警当场射死。胡去恶是一个流浪在城市的乡下人，他身上兼有“乡村”与“都市”两种性格，他在林佩芳和田国秀之间的选择，也是“乡村”和“都市”之间的斗争。正因为“乡村与都市总是势不两立”，“乡村不能进入都市，与都市融合，和静的乡村时代不能与冒险的都市时代并存”，因此，他的悲剧，是“乡村与都市的两种性格的纠缠与争执的结果，也就是作者对乡村的留恋与对都市失望的表现”。① 作为一个城市里的乡下人，一个行走在都市文明边上的流浪者，正是城市与乡村这两种文明的巨大反差，使得以乡下人的眼光表现对古朴民风人情的企羡成为师陀“果园城”世界的重要部分。且不说“像云和湖一样展开”的果园、“酸酸的，甜甜的，像葡萄酒一样香，像粉脸一样美丽的果实”和收获季节“时时可以听见忙碌的呼唤和笑语”，就是那满是尘土的大街、“哼哼唧唧”“悠然摇动尾巴”的猪和“正卧着打鼾”的狗都使人感受到“果园城”的安详与温馨。花白头发的邮差，即使当你忘带了钱，也会“从抽屉里摸出邮票”，“当真用吐沫湿了给你贴上”；敲着木鱼的卖煤油的小贩，在黄昏时分沿街叫卖，直到“万家灯火”，他的影子才消失在黑暗中。最生动的是关于“阿嚏”的传说，这是一个活泼的、可爱的、鼻子灌进水去会打出响亮喷嚏的“水鬼”，他给人们在果园城的生活增加了许多趣味，后来大概“远走他乡”，但小渔夫仍然相信“阿嚏”还会回来：“果园城是他的老家，有时候他忽然高兴，他自然会回来看看的”。毋庸置疑，这是一座集中了师陀对“乡土”全部美好印象的“想象中的小城”②，它显示出师陀对于自然人生形态的向往和对于乡村田园、传统文化的皈依。虽然他在为1946年出版的《果园城记》所写的序中说：

---

① 唐湜．师陀的《结婚》[M]//刘增杰．师陀研究资料．北京：北京出版社，1984：305.

② 师陀．《果园城记》序[M]//师陀全集2．郑州：河南大学出版社，2004：453.

这“只是心怀亡国奴之牢愁，而又身无长技足以别谋生路，无聊至极，偶然拈弄笔墨消遣罢了”①，但我们还是不难想象，这座回忆中的具有浓浓人文氛围的“果园城”在困窘难熬的黑暗岁月里曾经给予他怎样的生命的慰藉。

三、故园归去却无家——师陀笔下的“返乡”叙事

在以战争为背景的20世纪40年代中，对于背负“国破家亡”的时代重负、在战乱中辗转迁徙的一代知识分子而言，“回归”不仅是作家的心灵指归，更是他们的文学选择。② 而“怀乡”更是这一时代主题的重要表现形式之一。但是于师陀而言，此一时期的“怀乡”绝非对乡土作单纯的歌吟与礼赞，而是蕴涵着丰富的历史与生命内涵。在剧烈的民族动荡与战争的威胁之中，师陀的乡土记忆既寄寓着寻找精神家园与灵魂归宿的文化意蕴，又难掩感时忧国的沉痛悲郁，其中更不乏对五四新文学国民性批判主题的继承。而战争背景下个体生命体验的渗透，更使得师陀以一种个性化的方式拓展了“乡土”的内涵，自有一种独特价值。师陀的“怀乡”正是在这种多元文化指向的张力结构中展开。

稍加注意便不难发现，与20世纪30年代相比，此一时期的师陀不再直接以第三人称来讲述乡土生活的某一片段，他倾向于在“离乡-返乡”的叙事模式中展开自己的乡土想象。显然，师陀为自己“爱恨交织”的故乡情感找到了一个更为合适的切入点，因为正是理性与情感的二律背反，才导致弥漫于“返乡”之旅中种种欲说还休、言之不尽的复杂情感。无论是《掠影记》(包括《灵异》《还乡》《苦役》三篇)中的西方楚，还是《寻金者》中的朱珩，抑或《果园城记》中的马叔敖、大刘姐、孟安

① 师陀.《果园城记》新版后记[M]//师陀全集8. 郑州：河南大学出版社，2004：268.

② 钱理群在《对话与漫游——四十年代小说研读》中详细探讨了20世纪40年代小说“追寻归宿”主题的丰富性，其中包括回归土地、农民崇拜以及发掘女性形象中的“母性”与对“家庭”的重审等几个方面。

卿……师陀笔下远离故乡、漂泊四方的流浪者无不渴望重返故乡。离家出走、浪迹天涯的二爷，在数十年的日子里，总“觉得神魂迷了路的样子，不知道在什么地方”，“他走着，只是一架空空的躯壳在走……时常会恍恍惚惚到了家乡：他正骑马奔下丘岗又沿着小河驰骋，那树林、那草径、那老屋、那远景，全都清清楚楚，连他自己的气派心境也都清清楚楚的那样年青，而一闪间，树林下正溜过那姑娘的影子”①。身在都市、已成为知名的作家的西方楚先生是一个“土生土长的乡下人”，他厌恶了乏味的都市生活，渴望回到家乡的小城，寻求生命的和谐与完美状态——“我是要听听年青儿郎们的歌唱，我要看看姑娘们抛过去的媚眼；我是要闻闻旷野上的气息，那被夜露打湿的草类所发出的气息；我是要瞧瞧我走过的脚印和采摘过的花朵，我要抚摩它们；我想望望那里的青空，青空下面冉冉行去的白云；我要到河里去捉几尾小鱼，然后仿照孩子时候的办法，用油麻叶包着带回家去，然后把它们放入清水，看它们慢慢地活转来，慢慢地开合着嘴，慢慢地摆动着尾巴，忽然欢跃地游起泳来了。”②至于“果园城”里那位变卖家产、离开祖辈世居的故土，开始了生活上的大狩猎的空想家孟安卿，虽然下定决心再不回来，但在漫长的漂泊岁月中，“他的心里渐渐空虚，终于成了一片荒凉”，他不得不重回果园城。

与回忆中的故乡相比，现实往往是灰寂而阴暗的。在西方楚经过半个多月的长途跋涉，终于回到了自己的家乡小城之后，却发现在瘟疫和饥饿的阴影笼罩之下，乡村的大地处处上演着生命的悲剧。西方楚遇到了自己小时候的奶娘，她已经成为一个衣不蔽体、干枯衰老的妇人；贫苦的佃户庚辰叔耗尽了气力，但是饥饿和贫穷却依旧如影随形，压得他喘不过气来，他终于不得不选择“上吊”的方式来使自己从生活的苦役中

① 师陀．落日光[M]//师陀全集 1．郑州：河南大学出版社，2004：213．

② 师陀．灵异：掠影记[M]//师陀全集 5．郑州：河南大学出版社，2004：633．

解脱出来。现实将西方楚关于“故乡”的梦幻与憧憬击得粉碎，而《同窗》中童年美好时光的幻灭更是衬托出现实生存的残酷。叙述者“我”在儿时的玩伴长大后命运各异，有的过早死去，有的流落他乡，还有的成为土匪。生活的重负使曾经的乡间美少年变得背驼眼瞎，而教书先生的儿子竟然沦为乞丐，被迫到别人田里去偷小麦。《果园城记》中的“我”——马叔敖在阔别故乡七年后重返故乡，感受最为强烈的就是小城内时间的停滞与生命力的弱化和萎缩——“它似乎永远停留在一点上没有变动”①，而“人生活在小城里，一种自然而然的规则，一种散漫的单调生活使人们慢慢地变成懒散，人们也渐渐地习惯于不用思索”②。曾经热心创立农林试验场的葛天民，如今已“发福”了，满足于无所欲求的平庸生活；像春天一样温柔的素姑小姐已经衰老憔悴，“眼睛再也闪不出神秘的动人的光”，但她还坐在庭院里，继续缝制着她那没有机会穿出的嫁衣；贺文龙的文稿和辉煌的事业在琐碎的工作和家庭生活中被永远搁浅；而性格活泼、嗓音像黄莺的油三妹已在社会的庸俗和流言中凋谢了自己年轻的生命……正如师陀所说，他呈现给我们的，是一个“黑暗、痛苦、绝望、该被诅咒的社会”③。

作为深受五四文学影响的知识分子，师陀显然一以贯之地承续着五四新文学的批判精神，但是与五四时期的乡土小说由强烈的忧患意识生发而成的对国民劣根性的大胆批判不同的是，师陀把个体生命体验渗透到对国民性的反思之中，使得小说不再呈现出单一的文化批判意向，而是于理性的光辉中又折射出几分温情的依恋和丰厚的生命感悟。于是乎，师陀笔下主人公们的离乡与返乡，超越了历史现代性视角下对乡土

---

① 师陀. 果园城记 · 葛天民［M］//师陀全集 1. 郑州：河南大学出版社，2004：470.

② 师陀. 果园城记 · 葛天民［M］//师陀全集 1. 郑州：河南大学出版社，2004：466.

③ 师陀.《果园城记》新版后记［M］//师陀全集 8. 郑州：河南大学出版社，2004：269.

的理性批判与情感回归的简单呈示，更多地指向了对现代人的生存状态的思索与拷问。

师陀笔下人物的离乡，并不是迫于生存压力的无奈，而往往是为了精神上的某种满足和追求。“果园城”里有才有色、心高气傲的大刘姐，为了追求更大的“福气”，给衙门里的师爷做了姨太太远走他乡；另一位“满腔壮志”的孟安卿，虽然爱着他的姨表妹，但是却不愿为世俗的家庭生活所困，因此他远走他乡，去追求青春的理想和自由。《落日光》里的二爷，因为“一场悲剧的恋爱”而负气偷偷离家出走；而《寻金者》中的朱珩之所以外出淘金，是抱着用财富给爱人带来幸福的美好愿望。他们都在“青春”和“雄心”的支持下到异乡去寻求个人目标和人生理想的实现，然而却渐渐发现自己精神上的荒凉与空虚，于是他们又选择了“还乡”。当大刘姐人到中年而又重回自己当年摆摊卖花生的十字街时，这里已经物是人非了。她或许还记得十七岁那年虎头鱼那突然的一吻，然而今日的虎头鱼却正是她眼前为生计而奔波劳碌的车夫。衣饰华贵的她伫立在街头，无数的过去从眼前飘过，但她已的确成为一个陌生人了，她不得不赶快离开。同样地，离开果园城十二年后又回来了的孟安卿，已经没有人记得他的存在。为了永远保留一个美好的印象，他甚至也不敢再询问旧日的恋人姨表妹的下落，只有匆匆离去。而满载珠宝黄金而归的朱珩，得到的却是环姑已死的悲惨消息，他万念俱灰，只得再次流浪漂泊。鲁迅在他的经典小说《故乡》中所使用的“离去—归来—又离去”的模式，成为现代知识者在传统与现代之间徘徊游移的复杂心态轨迹的隐喻表达。故乡的幻灭导致了现代知识分子无根的漂泊和痛苦迷茫，他们不得不再次出走，踏上寻求灵魂归宿的漫漫征程。在鲁迅那里，“怀乡”成为中国历史、文化转型中知识分子整体心态的喻像，而师陀则倾注了更多的个体生命感悟，它包含着五味杂陈的人生感受，表达出对于“人”的处境的现代性思考。无论是大刘姐还是孟安卿、朱珩，他们的归来似乎只是为了印证时间的流逝，青春已老，爱情不再，过去连同过去的美好都一去不返了！正如师陀所说：“凡在我们回忆中我们以为好的，全是容易过去的，一逝不再来的，这些事先前在我们的感觉上全离我们多么近，现在又多么远，多么渺茫，多么空虚。”①在回忆与现实的龃龉中，“故乡”于他们而言，是一个破碎的梦。然而，在人的历史追求与家园之恋的生存悖论中，“故乡”又将是一个永远地不断被追求着的梦。“难道我们为生活所驱使的神圣的人类岂不正是这样的吗？我们只有在闲着的时候才会想到往昔的种种，才会天真地想到我们曾经在一个树林里散步，在一个荒僻的地方栽过一株小树，在另一个荒僻的地方曾经睡觉，在一个不知名者的坟上曾经读书。我们正是这样不住地找着这种旧梦，破碎的冷落的同时又是甜蜜的旧梦，在我们心里，每一个回想都是一朵花，一支[种]香味，云和阳光织成的短歌。我们自然早已猜到昔日的楼阁业已成一片残砖碎瓦，坟墓业已平掉，树林业已伐去，我们栽的小树业已喂饱山羊的饿肠，到处都是惆怅、悲哀和各种空虚，但是我们仍旧忍不住要到处寻找……”②

在“离去—归来—又离去”的“返乡”模式中，师陀笔下主人公实际上无家可归，他们在埋葬了自己思乡的旧梦之后，不得不再次开始生命的跋涉。人类最直接的生存经验和最深层的生命感怀使人渴望稳定、安全、完整，追寻感性生命的自在满足和自我发展的连续感、归属感，趋向人性的完善和美，但是“那种永远达不到的追求健全生命的‘绝对理想’，和‘永远不能满足的欲望’构成了人的生命本质，驱赶着精神与肉体尚未萎缩的人们挣脱生活给戴上的无形的镣铐，抛弃了安身立命的‘家’或者‘老窠’，离别了生养自己的乡土，走上了四处漂泊的人生之路”。③ 人既有离开故乡追求梦想的渴望与勇气，在流浪漂泊中疲惫了的时候也必然有一种强烈的返回故土的怀乡的愁绪，“我们一年一年的

① 师陀. 果园城记·说书人[M]//师陀全集 1. 郑州：河南大学出版社，2004：536.

② 师陀. 果园城记·阿嚏[M]//师陀全集 1. 郑州：河南大学出版社，2004：518.

③ 钱理群. 精神的炼狱[M]. 南宁：广西教育出版社，1996：246.

在外面生活，五年，十年，我们从这一省到那一省，我们寻求什么呢，我们又曾经获得了什么呢？”“我们至今还是一个无足轻重的小人物，我们没有学得什么‘道’，自然也没有愤而浮海。但是岂不正是因为这样，岂不正因为是小人物我们才时常想回到过去的吗？”①然而当人们真正返回作为自己的出生地的故乡时，才发现幻想中的精神家园已经失去，不论在身体上还是情感上自己依旧是一个漂泊者，找不到心灵的返乡之路，只得再次踏上漫漫人生旅途。生命就是在这样的悖论中徘徊倾斜，而人也永远处于自相矛盾之中。为获得自身更多的自由，人不断地创造文明，不断地把乡村文化转变为都市文化。然而当新的文化成为一种客观存在，它就要按照自身的意志发展，并且在事实上成为人的异己力量，不断地为人添加上重重枷锁。这枷锁不仅束缚人的行为，而且逐步内化，积淀为人的文化心理，从而束缚了人的精神，压抑、扭曲了人的自由本性，造成了人的自由本性与异己的文化之间的冲突和矛盾。而人又只能生活在特定的文化之中，至多只能有某种极小限度的选择，不可能摒弃文化环境而生存，因而这种矛盾冲突也就是永恒的。

因此，师陀说：“生命似乎只适于跋涉。”②“跋涉”似乎已经成为现代人无法摆脱的一种生存状态，而“怀乡”更是他们无可逃避的宿命。在“跋涉者”的脚步中，师陀感受到了时光的流逝和生命的寂寞，他也深味人的生命无可着落的绝望与悲凉。但同时他又认为人不得不向前走，因为“除了死。假如想要像一个人似的活着，那就应该把工作看作一条路，不回头，不旁顾，一直沿着这路往前走。这跋涉是坚[艰]苦的，但是莫怕，我们必须吃苦，我们应该做非[非]洲沙漠上的圣僧。”③这让我们想到鲁迅笔下的“过客”，义无反顾地向前走去，即使前面是通向坟墓的道路。事实上，在纪念鲁迅的文章中，师陀曾将他比作在沙漠上行走的

① 师陀. 同窗[M]//师陀全集 5. 郑州：河南大学出版社，2004：160.

② 师陀. 夜[M]//师陀全集 5. 郑州：河南大学出版社，2004：46.

③ 师陀. 灵异：掠影记[M]//师陀全集 6. 郑州：河南大学出版社，2004：609.

“跋涉者”，“这中间，他倾听着自己沙沙的脚步声，似曾感到寂寞和一点凄凉，却不忘探求路径。他翻越一些苍鹰遨游的小丘，像《过客》中的过客，又踉跄的穿过日暮荒烟下的垒垒荒冢，毫不停留。这趟跋涉，是一段多么艰苦的脚程啊！”①但是，与鲁迅小说中所体现的那种形而上的“反抗绝望”的人生哲学相比，师陀远没有那样深刻与决绝。师陀表达的，更多是对于人的生命的悲悯与同情，并流露出一丝惆怅和感伤——“我却想起我的母亲还是在我很小的时候就已经替我判定了的命运，我原来应该作一个农夫，然而大地无涯，天陲时时向我引诱，于是我幻想作一个旅客。迢遥的旅途往往令人惆怅，以后要发生什么事情我们还不知道，我们也没有方法知道我们的行程将于何处终止。”②如他笔下的“跋涉者”一样，师陀也是一位永远找不到精神家园的“倦游”人，他既不可能回到乡村，也无法完全融入城市，这种介于城市和乡村之间的“边缘”或“两栖”状态已经成为他无法摆脱的宿命，他只能终其一生在文学的世界里找寻心灵的返乡之途。而于“爱恨交织”中的“怀乡”之情，对师陀而言，其实也不仅仅是其复杂感受和内心冲突的体现，它更代表着一种思维的向度，它意味着一种“向内转”的思考方式，它使作家不自觉地把他对社会的批判、历史的审视以及对生命的体验都沉入自己的生命意识。正是由此，师陀创作中所蕴含的现代人文之思得以进一步地呈现。

第二节　乡土抒情小说的个性化建构

一、中国现代抒情小说的艺术特征

众所周知，在中国文化、历史的现代转型过程中，文学尤其是小说

① 师陀. 他给我们的不算少[M]//师陀全集 6. 郑州：河南大学出版社，2004：597.

② 师陀. 上海手机[M]//师陀全集 5. 郑州：河南大学出版社，2004：179.

被赋予极其崇高的地位。在五四前后，现代小说在中国的发展大致经过了三个步骤："以梁启超为代表的理论家和作家确立了小说在各类文体中的优先地位""以陈独秀、胡适为代表的理论家，确立了白话小说的正统地位""以茅盾为代表的理论家和作家，确认了现实主义小说的主导地位"。① 系统地、大量地介绍外国小说理论，和同步地密切注视世界小说的创作进程，一直是中国小说的推动力之一，而五四以后引进的19世纪以来西方经典的小说理论对于情节、人物、背景三要素的重视，尤为深刻地影响了中国现代小说的发展。这"三分法"几乎成为中国现实主义小说的基本创作法则，它通常是通过叙述完整的故事情节、塑造生动鲜明的人物形象和描写具体的生活环境来多层次、多方面地反映现实生活的。

但与此同时，一种悖离传统小说情节叙事模式、结构散文化的小说审美潮流自五四以来始终存在着，在现代文学史上形成了一道清晰的脉络，鲁迅、郁达夫、废名、沈从文、萧红、师陀、孙犁、汪曾祺等都是其中的佼佼者。对此，不少学者已做出总结性论述。评论者对于此类小说的理解和命名可谓各不相同，常见的就有"抒情小说""散文抒情小说""散文化小说""浪漫抒情小说""写意小说""诗化小说"等一些概念。与传统小说相比，这类小说普遍呈现出"向内转"的倾向，侧重于对个人情感的抒发，小说中所表现的现实生活及人物关系都是通过叙述者的自我感受、回忆、幻想和感情活动而折射出来。为了论述上的方便，笔者使用"抒情小说"这一概念来概括这一类小说创作。

何为"抒情小说"？周作人在20世纪20年代就已经对此有了相关的说明。1920年2月29日，周作人在介绍爱罗先珂《马尔加的梦》和库普林的《晚间来客》时，曾写下这样一段话："在现代文学里，有这一种形式的短篇小说。小说不仅是叙事写景，还可以抒情；因为文学的特质，

① 王义军. 审美现代性的追求——论中国现代写意小说中的写意性[M]. 上海：上海文艺出版社，2003：13.

是在感情的传染，便是那纯自然派描写，如Zola说，也仍然是‘通过了著者的性情的自然’，所以这抒情诗的小说，虽然形式有点特别，但如果具备了文学的特质，也就是真实的小说。内容上必要有悲欢离合，结构上必要有葛藤，极点与收场，才得谓之小说：这种意见，正如十七世纪的戏曲的三一律，已经是过去的东西了。”①周作人的“抒情诗的小说”概念，强调的是小说中抒情成分对经典小说结构模式的冲击，也展示出他对于一种新的类型的小说的理论自觉。而这一小说理论的真正成熟，则是在嗣后的创作实践中不断形成的。五四以来，许多作家在创作上体现出“抒情诗”的倾向。鲁迅的《故乡》《社戏》《鸭的喜剧》《伤逝》等一大批小说都带有浓郁的诗情，流露出强烈的抒情气息，为后来的抒情诗小说创作留下了一笔相当丰厚的精神资源。而郁达夫所提倡的“自叙传”小说更是带有强烈的个体情绪，淡化了叙事的情节而专注于呈现人物伤感、苦闷与彷徨的心境。他的《青烟》《还乡记》等作品构思奇特、意境优美，完全是“形散神聚”的佳作。此后的废名、沈从文更是抒情诗小说的代表作家，而以沈从文为代表的“京派”作家更是集中体现出现代抒情诗小说质朴幽雅与和谐优美的诗情画意。20世纪40年代则有萧红、孙犁、师陀、汪曾祺等一脉相承。

现代抒情小说历来被视为中国传统诗学思想在新文学史上的延伸，王瑶先生在20世纪80年代已经指出：“鲁迅小说对中国‘抒情诗’传统的自觉继承，开辟了中国现代小说与古典文学取得联系、从而获得民族特色的一条重要途径。在鲁迅之后，出现了一大批抒情诗体小说的作者，如郁达夫、废名、艾芜、沈从文、萧红、孙犁等人，他们的作品虽然有着不同的思想倾向，艺术上也各具特点，但在对中国诗歌传统的继承这一方面，又显示出了共同的特色。”②但同时它又得益于西方浪漫主

---

① 周作人.《晚间的来客》译后附记[M]//陈平原. 二十世纪中国小说理论资料(第1卷). 北京：北京大学出版社，1997：91.

② 王瑶. 论现代文学与中国古典文学的历史联系[M]//中国现代文学史论集. 北京：北京大学出版社，1998：322-323.

义文学的影响，是现代小说观念的产物，不同于传统意义上的小说形态，而具有自己独特的表现方式、艺术品格和审美取向。杨义在评论“浪漫抒情小说”时曾经指出，它是“文学天地中的变种，体内有小说的遗传基因，又有散文、诗歌的染色体。它用破坏传统小说法则的方式，另立小说法则，它是小说家族的逆子贰臣。究其发展的轨迹，大体有二：一是小说的散文化。不讲情节，不设高潮，随意着笔，甚至几无剪裁。想发议论便发议论，想作抒情便抒情，想写风景不妨写风景，想写心情且来写心情……二是小说的诗化。如果说，散文化的小说是‘随意小说’，诗化的小说便是‘立意小说’了。它拆除了传统小说情节的堤坝，却把它引入诗意的清池，使人在诗情画意中留连忘返。”①其实，散文和诗的抒情特征在抒情小说中往往是相互交织的，无法绝对区分；而不论是散文化小说还是诗化小说，它们的本质特征基本从以下三个方面得以呈现，即结构散化、叙事淡化和抒情浓化。

与中国古典小说一向讲求故事和情节的引人入胜、结构的精心安排与起承转合，表现出极强的叙事性特征不同，现代抒情小说从结构上改变了传统小说情节中心的结构模式，它们往往忽略结构剪裁，淡化、轻视情节事件，而是以情感的抒发和渲染作为贯穿作品叙述始终的力量，使非情节性的松散叙述成为有机整体。散文之妙，全在意境融彻。这种追求也为小说家所趋骛。现代抒情小说最重视抒情意象的营造，在语言上更是讲究精练、含蓄，崇尚自然、反对雕饰。从文体分类学的意义上来说，这明显体现出了散文对于小说的渗透，使现代抒情小说内在地表现出散文的文体特征。值得关注的是，不少作家对于现代抒情小说都表现出了一种理论上的自觉，他们有意识地去进行创作上的实践，体现了他们艺术上的独特追求。萧红的文体自觉意识非常鲜明，她说：“有一种小说学，小说有一定的写法，一定要具备某几种东西，一定要写得像

① 杨义. 中国现代小说史(上)[M]. 北京：人民文学出版社，1986：555-556.

巴尔扎克或契诃夫的作品那样。我不相信这一套，有各式各样的作者，有各式各样的小说。若说一定要怎样才算小说，鲁迅的小说有些就不是小说，如《头发的故事》《一件小事》《鸭的喜剧》等。”①她的代表作《生死场》《呼兰河传》都是“散文化”的小说，既没有贯穿全篇的完整的故事，也没有对人物性格的深刻刻画，只是以强烈的诗情贯穿全篇。沈从文被人称为“文体作家”，他创作了一种独特的文化小说，如乡土系列小说《边城》《三三》《渔》等。这种小说，不重情节和人物，强调叙述主体的感受、情绪在创作中的重要作用，被沈从文自称为“属于精神或情感那方面的”“情绪的体操”②。沈从文认为：“短篇小说的写作，从过去传统有所学习，从文字学文字，个人以为应当把诗放在第一位，小说放在末一位。一切艺术都容许作者注入一种诗的抒情，短篇小说也不例外。”③而在他的学生汪曾祺看来，“一个真正的小说家的气质也是一个诗人”，他不喜欢太像小说的小说：“我们宁可一个短篇小说像诗，像散文，像戏，什么也不像也行，可是不愿意它太像个小说，那只有注定它的死灭”。④

师陀初踏文坛是在20世纪30年代的北平，“三十年代‘正格’的写实小说是人物小说。……围绕着对人物刻画的要求日趋深入，人物典型化的理论和人物心理表现的理论，在这时期发展迅猛。”⑤而师陀从创作伊始就显示出清新自然、善于营造氛围进行抒情的显著特点，这一点与

① 聂绀弩.《萧红选集》序[M]//萧红选集. 北京：人民出版社，1981：3.

② 沈从文. 废邮底存·情绪的体操[M]//沈从文文集(第17卷). 太原：北岳文艺出版社，2002：216.

③ 沈从文. 短篇小说[M]//钱理群. 二十世纪中国小说理论资料(第4卷). 北京：北京大学出版社，1997：112.

④ 汪曾祺. 短篇小说的本质[M]//钱理群. 二十世纪中国小说理论资料(第4卷). 北京：北京大学出版社，1997：439.

⑤ 吴福辉. 二十世纪中国小说理论资料·前言(第3卷)[M]. 北京：北京大学出版社，1997：8.

以沈从文为代表的“京派”更为接近，也为当时众多的评论家所认识。朱光潜甚至敏锐地看到了他的小说创作中所表现出的“散文化”的特点：“他爱描写风景甚于爱说故事。在写短篇小说时他仍不免没有脱除写游记和描写类散文的积习。……《谷》和《落日光》许根本就不应该只当作短篇小说看的”。① 师陀创作的这一特点为嗣后更多的评论家所关注，50年代身居海外的夏志清就曾经指出这一点，他说：“在他(师陀)早期的作品中，例如《谷》《里门拾记》《黄花苔》《野鸟迹》及《落日光》等，短篇小说和小品散文这两种文体之间的界限便很不分明。”②20世纪40年代，流落洋场的师陀“心怀亡国奴之牢愁”，在“饿夫墓”里写下了《果园城记》，这部经典之作标志着师陀的乡土小说在叙事结构和表现方法上，完成了从“戏剧化”向“生活化”和“散文化”的蜕变更新，从而确立了他的乡土抒情小说在中国现代小说史中的无法替代的重要地位。事实上，师陀也多次谈到自己短篇小说创作的这一特点，他认为自己“写出来的短篇小说有点像散文，散文又往往像短篇小说，没有一篇合乎规定的标准。如果这也算作风格的话，那就算是我的风格罢。我自己称之为四不像。”③而他在小说《果园城记》中的篇目《说书人》《灯》《邮差先生》后来都曾被收入作者的散文选集，④ 这似乎更可成为他的小说“散文化”的明证。

二、意象：“自我的揭示”

在师陀的早期创作中，往往将“自然的美好”与“人事的丑陋”并置，在情和景的处理上人为痕迹较重，抒情也流于浅露和单一，在整体上没

---

① 孟实.《谷》和《落日光》[M]//刘增杰. 师陀研究资料. 北京：北京出版社，1984：235.

② 夏志清. 中国现代小说史[M]. 刘绍铭，等，译. 香港：香港中文大学出版社，2001：393.

③ 师陀. 写作历程[M]//师陀全集6. 郑州：河南大学出版社，2004：563.

④ 参见师陀. 芦焚散文选集[M]. 南京：江苏人民出版社，1981.

有形成统一的抒情氛围。小说中独立于人物与情节之外而又与之呼应的环境和背景，构成了抒情氛围，这类似于中国古代文论中的“意境”，它不是在景和情之间寻找简单的比附关系，而是特定情感的抒发与恰当的对象世界相联系，达到完美融合、物我无间的和谐境界。正如宗白华所说：“艺术家以心灵映射万象，代山川而立言，他所表现的是主观的生命情调与客观的自然景象交融互渗，成就一个鸢飞鱼跃，活泼玲珑，渊然而深的灵境；这灵境就是构成艺术之所以为艺术的‘意境’。”①师陀在中后期的创作中达到了这样的境界。

《果园城记》开篇，作者首先为我们营造了一幅“古城树林、河上落日”的乡土景致：

> 我在河岸上走着，从车站上下来的时候我没有雇牲口，我要用脚踩一踩这里的土地，我怀想着的，先前我曾经走过无数次的土地。……我缓缓向前，这里的一切全对我怀着情意。久违了啊！曾经走过无数人的这河岸上的泥土，曾经被一代又一代人的脚踩过，在我的脚下叹息似的沙沙的发出响声，一草一木全现出笑容向我点头。你也许要说，所有的泥土都走过一代一代的人；而这里的黄中微微闪着金星的对于我却不大相同，这里的每一粒沙都留着我的童年，我的青春，我的生命。就在这岸上，我曾无数次背了晚风坐着，面向将堕的红红的落日。你曾看见夕阳照着静寂的河上的景象吗？你曾看见被照得嫣红的帆在慢慢移动着的景象吗？那些以船为家的人，他们沿河顺流而下，一天，一月……他们直航入大海。春天过去了，夏天过去了，秋天也过去了，他们从海上带来像龙女一样动人的消息。②

① 宗白华．美学散步［M］．上海：上海人民出版社，1981：60.

② 师陀．果园城记［M］//师陀全集 2．郑州：河南大学出版社，2004：456.

在落日、晚风、金黄的沙泥以及缓缓移动的河帆之中，一种沉郁的思乡之情氤氲徘徊，游子返乡的无限感慨寄寓其中。它们不是以突然袭击的方式给人带来心灵的震撼，而是以近乎无形迹的氛围，侵入你的每一根神经末梢，在你的血液中沉淀下来，形成一股淡淡的但又拂之不去的沉重忧郁。紧接下来，我们随着作者的视角进入果园城内，“满是尘土的大街”“路上横着从城头上滚下来的残砖”“狗正卧着打鼾”“猪横过大路、悠然摇动尾巴”……这一切带来了一股衰败而亲切的气息，也奠定了全文醇厚、深沉而又柔婉凄凉的抒情氛围。

由以上的例子我们可以看出，师陀善于利用景物的描写来形成一种抒情的氛围。而在其中，“意象”的使用是尤为重要的。在中外美学史上，意象作为一种有效的修辞方法，备受重视。通常，诗人善于在诗歌中使用意象，“一首诗中的意象就像一系列放置在不同角度的镜子，当主题过来的时候，镜子就从各种角度反映了主题的各个不同侧面。但它们不是一般的镜子，而具有惊人的魔力：它们不仅仅反映了主题，而且也赋予主题以生命和外形，它们足以使精神形象可见。”①意象的这一效果同样为小说家所重视，通过一个简单的形象或物象，将许多说不清道不明的思想喻指出来，既保证了意义传达的精确性、简约性，又造成了文本的抒情性和这种抒情的客体化。尤其是诗化小说中，意象的使用使小说获得许多言外之意和画外之言，在一个语义核心圈内可以凝聚许多附加意义。这使得小说在较为有限化的空间化叙事中，暗示出无限的意义。究竟何为意象？康德曾给过我们一个详细的定义，“我所说的审美的意象，是指想象力所形成的一种形象的显现，它能引人想到很多的东西，却又不可能由任何明确的思想或概念把它充分表达出来，因此，也没有语言能完全适合它，把它变成可理解的……”②毫无疑问，意象是

① 辛·刘易斯. 意象的定式[M]. 汪耀进译. 成都：四川文艺出版社，1989：96.

② 康德. 判断力批判[M]//朱光潜. 西方美学史. 北京：人民文学出版社，2001：390.

作家内在情意与外在物象的融合，“它既描绘事物，又唤起形象和意义。它蕴含着艺术家的意绪、意识、意志，也蕴含着艺术家对世界、对人生浑然未分的了悟与情思。它能在观赏者的意识中激发起相应的感觉经验和联想。意象的最大特征在于，意义大于形象，形象具有极大的张力。”①

在师陀的乡土抒情小说中，独具个人特色的“意象”的使用，不仅是他营造带有浓厚人文色彩的抒情氛围的重要手段，更重要的是，这些“意象”本身已与师陀的生命深深契合，包蕴了别有深意的现代人文主义内涵。“废墟”是师陀乡土小说中最常见的一个意象。他不止一次地描写到断墙、瓦砾、废墟、弃宅、荒野等场景，而他的乡土记忆往往就在这样的景象中展开：

> 颓坍了的围墙，由浮着绿沫的池边钩转来，崎岖的沿着泥路，画出一条疆界。残碎砖瓦突出的地上，木屑发黑，散出腐烂气息。……太阳像燃烧着的箭猪，颤抖着将烟火的光扑过来，随即仿佛很无味，寂寞的，厌厌然爬了过去。晚霞静悄的停在天空……照着瓦砾的碎片反光，将这废墟煊耀得如同瑰丽的广原一般。浮绿沫的池塘骤然臃肿了，反射出凝结了的脂肪似的光彩。②
>
> 夕阳落向山岗后面去了，丘陵间已尽入黄昏，荒寂的田庄还浴着残辉，构成这田庄的是几座古屋，一带老柳掩映的残缺的围墙，屋后野草丛杂的废园。③
>
> 夜色密覆的废宅，四周围绕着广大的荒园。崎岖的园墙，泥土经不起风雨剥蚀，已经颓坍不堪。墙角下生长着树蓬，地面坎坷潮湿，这里一段朽木，那里一堆烂稿，暗暗散发着霉腐气息。④

---

① 王义军. 审美现代性的追求——论中国现代写意小说中的写意性[M]. 上海：上海文艺出版社，2003：88.

② 师陀. 毒咒[M]//师陀全集 1. 郑州：河南大学出版社，2004：98.

③ 师陀. 落日光[M]//师陀全集 1. 郑州：河南大学出版社，2004：207.

④ 师陀. 巨人[M]//师陀全集 1. 郑州：河南大学出版社，2004：98.

即使在“果园如云和湖一样展开”的果园城内，也到处充斥着衰败的气息，尘土很深的街道、从城头上滚下的残砖、偏僻的老屋、破落的公馆……而散落在茫茫雪野之上的赤裸裸的“无望村”，更加令人触目惊心：

> 我怎样来说它——这座地主的庄园的可怕——或是说悲惨情形呢？它的盖着雪的屋顶是东一座西一座的，没有秩序的。你可以想象到他们中间有一部分是拆去了，有的还留着几垛墙，有的墙壁被捣穿了。在这些悲伤的老屋周围，用黄土筑成的垣墙大部分已经倒塌了。然而使人最不能忘记的，却是它们没有东西遮掩，全村庄都是赤裸裸的，令人觉得羞耻的，仿佛这里曾经发生过一场大火，把什么都烧光了，人已经迁移了，连各种畜牲都逃亡了。①

出现在师陀笔下的“废墟”固然是20世纪上半叶中原内陆乡村随处可见的现实景象，但是它在小说叙事中大规模地、反复地出现却使我们有理由把它当成一个贯穿于师陀创作之中的核心意象。从现实层面上来说，“废墟”象征着千疮百孔且迅速走向没落的封建宗法制社会。但是，“意象是一个既属于心理学，又属于文学研究的题目。在心理学中，‘意象’一词表示有关过去的感受上、知觉上的经验在心中的重现或回忆，而这种重现和回忆未必一定是视觉上的。”②正因为如此，“废墟”这一意象不但指向现实层面，其中更潜隐着师陀的心理感受，正如韦勒克所说：“诗人的‘意象’是他的‘自我’的揭示。”③师陀对乡村中废弃的“地主庄园”的集中描写很容易让人联想到他破落的地主家庭背景。据师陀

① 师陀. 无望村的馆主[M]//师陀全集3. 郑州：河南大学出版社，2004：6.

② 勒内·韦勒克，奥斯汀·沃伦. 文学理论[M]. 刘象愚，邢培明，等，译. 北京：生活·读书·新知三联书店，1984：201.

③ 勒内·韦勒克，奥斯汀·沃伦. 文学理论[M]. 刘象愚，邢培明，等，译. 北京：生活·读书·新知三联书店，1984：232.

回忆，他乡下的家本身就是一个废宅①，出现在文本中的“废宅”也许正带着他自己家的影子。师陀的祖父“由富农上升为地主”②，但是到了他父亲这一辈，由于“不善于经营”③，家庭已经逐渐陷入颓势，师陀和哥哥在开封读初中，家里甚至要借债供养。后来他父亲去世，又几经分家，家里愈显衰落与萧条。由于家境的变化，师陀的成长一直笼罩在家族逐步衰落、“今不如昔”的阴影之中，而他也很少能体味到家庭的温暖。他“常常挨打”——“哥哥打我，母亲打我，另外是比我大的孩子也打我”，“特别是挨了母亲的打，我便逃出去，逃上旷野去，直到黄昏过去，天将入夜，才悄悄回家”。④ 而他所生活过的那个小村子，更是“一年到头都被宁静的空气包围着，情况之冷落，只好用寂寞去形容”⑤。童年的孤独，破落地主家庭今非昔比的命运，连同故乡衰败、萧条的景象在师陀心中形成一种复杂难言的深层创伤性体验，及至他后来离开故乡去开封上学，甚至是到了更大的城市北平，这种体验依然挥之不去，他“只感到它们一个比一个大，一个比一个萧条，一个比一个没有出路”⑥。“废墟”不但是统摄师陀文本的核心意象，更是潜藏在他内心深处的一种人生意结。师陀善于写悲剧，他笔下的人物无论农民、士兵、知识分子、世家子弟，无不陷在生存的泥淖里苦苦挣扎。师陀从他们身上感受到的是人在命运前的脆弱与无力，而师陀能给予他们的只有同情和怜悯。这种强烈的命运悲剧观使他拥有一种成熟的现代理性，“他的目光往往具有穿透性，往往能从一个事物初始的繁华茂盛看到

---

① 师陀.《里门拾记》序[M]//师陀全集1. 郑州：河南大学出版社，2004：95.

② 师陀. 致刘增杰[M]//师陀全集8. 郑州：河南大学出版社，2004：21.

③ 师陀. 致刘增杰[M]//师陀全集8. 郑州：河南大学出版社，2004：21.

④ 师陀. 杂记我的童年[M]//师陀全集8. 郑州：河南大学出版社，2004：345.

⑤ 师陀. 失乐园[M]//师陀全集5. 郑州：河南大学出版社，2004：38.

⑥ 师陀. 致刘增杰[M]//师陀全集8. 郑州：河南大学出版社，2004：32.

其终结的萧条荒凉，看到其必将成为废墟的结局”①。因此他经常借助世家子弟的人生突变来抒发命运无常、世事如梦的人生感慨；也在“跋涉者”“离乡”与“返乡”的永恒冲突中感悟青春流逝、无可着落的人生悲剧；更在“寻金者”关于金钱与爱情的曲折故事中体验人生的幻灭与虚无。而这也使他的小说始终透着一股悲凉的气息，一如他笔下那随处可见的“废墟”。

“黄昏”是师陀小说中另一个常用意象。师陀说：“对于落日，我有着特别的偏爱”②，这似乎与他的童年记忆有一种密不可分的联系。据师陀回忆，他小时经常挨打，受了责罚就逃进旷野，直到天黑才悄悄回家。“这中间，有时采集一点自己认为稀奇的野草；有时做一[支]笛；有时手不安分起来，捉弄捉弄小虫；有时静静地躺着，望望流云，听听飞鸟；有时自然也入邻舍家孩子的伙。但当同辈的散了场，能玩的也玩厌的时候，就又感到自己的孤独和悲愤，而落日却给了我不少的安慰。”③黄昏的田野给一个孤独的孩子带来了温暖、平静和自由，那种氛围成为师陀最为重要的一种人生感受，在他后来的小说创作中被反复描摹、重现。“黄昏”总是给人以温暖、恬静、和谐的感觉，正如他所写到的那样：“夕阳投大地以阴影，田野袒露无限广阔的胸怀，柔软，静谧，充满着生命。”④“眺望着大野上的村落和大野后面的荒烟，倾听着原野上的一派静寂，观赏着天空如山的红云，有时也谈一些不重要的话。渐渐的树影长了，牛犊鸣了，砍草的孩子负着满满的荆篮在回家的路上走着了，直到黄昏……”⑤而“世间又有什么能比在果园城外黄昏之前的天

① 喻晓薇. 师陀早期创作的精神特质[J]. 开封大学学报，2003(3)：31.

② 师陀.《落日光》题记[M]//师陀全集 1. 郑州：河南大学出版社，2004：206.

③ 师陀.《落日光》题记[M]//师陀全集 1. 郑州：河南大学出版社，2004：205.

④ 师陀. 毒咒[M]//师陀全集 1. 郑州：河南大学出版社，2004：100.

⑤ 师陀.《里门拾记》序[M]//师陀全集 1. 郑州：河南大学出版社，2004：95.

空下泛舟更能使人入迷，更能洗去熏染着我们肺腑的尘念”呢？——“棹是用一种甜蜜的声调刷拉刷拉在响；水是镜一样平油一样深绿，种着蓖麻的两岸看上去是施过魔术的不固定的，被夕阳照得像黄金一样灿烂；云——决不会落雨的云的银山正慢慢从天际生长起来。”①

“夕阳无限好，只是近黄昏”，“黄昏”又常常使人落寞，令人不知不觉陷身于感伤的雾霭。但是恰恰就是在这样使人忧郁、给人温暖的“黄昏”之境中，所有的思绪纷至沓来，又一一沉落，令生命进入一种自由、澄明、透彻的境界。

> 红日西坠，原野一望橙色，空阔悄寂，静静流着豆棵的芬芳。树木则醉醺醺反着光。蚱蜢在田里低鸣。鹪鹩在林中哑唳。微虫结伍成阵，烟似的在路[上]的人的头顶飘扬。……村舍隐匿林中，炊烟缕缕，升入晚空。迎面送来乐声，有些像羌笛、哨[唢]呐，犹近乎胡笳、管子。音调洪润哀婉，如在溪水滨，绿荫下，草地上呜咽，是村童用黏土捏得，上面钻孔，蜜柑大小的泥壶。②
>
> 夕阳不知是几时在我们的背后落去的，黄昏带着静寂同和平已经来了。鸭在岸上蹒跚的散着步，有的则将头埋藏到翼下打盹。白鹭正从我们前面的水上飞过，徐徐的鼓着它银红色的翅。……寺里的晚钟正在空中响着，颤抖着送下山坡，缓缓地散到湖上。湖水闪耀出橘红色的光，受了惊似的微微波动着，娇艳的霎着眼。空中时常发出鸿雁的鸣声，报告着日暮的降临。秋风吹过，芦苇则瑟瑟的叹息。③

正是这种“黄昏”之境，使得师陀的小说似乎也染上了一种挥之不去

---

① 师陀. 果园城记·阿嚏[M]//师陀全集 2. 郑州：河南大学出版社，2004：514.

② 师陀. 路上[M]//师陀全集 1. 郑州：河南大学出版社，2004：149.

③ 师陀. 寻金者[M]//师陀全集 1. 郑州：河南大学出版社，2004：405.

的悲凉色调。沉浸在落寞的夕阳余晖里的废宅让人感受到一种无可挽回的衰败和颓势，似乎还带有些许悲壮的色彩；经历坎坷的朱珩在白发苍苍之时终于明白了生命的意义，但却只能在落日的余晖里倾听晚钟，为逝去的往昔追悔叹息；阔别家乡二十多年的二爷在浪迹天涯后重归故里，昔日的恋人已经死去，留给他的只有金色晚照里的温暖回忆；而《果园城记》中那夕阳下的古城树林、静寂小河，那被照得嫣红的帆所触动的正是一个返乡游子对童年的无限留恋和时光荏苒、年华不再的唏嘘感叹。黄昏使人感到温暖中的动人哀愁，夕阳残照、落日余晖，更“交织着人事沧桑和世态炎凉的浓重阴影”。① 师陀所青睐的“黄昏”意象突破有限的时空限制，正表达了他对生命的独特体验和人生感悟，也形成了他独特的审美风格。汪曾祺在谈到西班牙作家阿索林时说：“他是一个沉思的、回忆的、静观的作家。他特别擅长描写安静，描写在安静的回忆中的人物的心理的潜微的变化。他的小说的戏剧性是觉察不出来的戏剧性。他的‘意识流’是明澈的，覆盖着清凉的阴影，不是芜杂的、纷乱的。”②这段评价同样可以适用于师陀，在落日黄昏里，师陀与命运悄声对谈，默默回忆；在历经人生的风霜雨露之后，他以淡泊、澄明的心态去看待一切。他甘于寂寞，他将自己比作“不为世人所知”的黄花苔，“暗暗的开，暗暗的败，然后又暗暗的腐烂”。他了悟人生，因此他也宽容地对待他笔下的人物，对他们充满了同情和怜悯。在如诗如梦的“黄昏”氛围中，师陀所唤起的正是那些忽明忽暗的人生回忆，它们带着“甜蜜的苦涩”，一起融进落日余晖。在现代抒情小说中，“山水不仅是背景，是氛围，而且成了故事中不可分割的一部分，关联着角色的性格，关联着角色的命运。”③对师陀乡土抒情小说中这两个常用意象的分析，有助于我们对其所抒之“情”所画之“意”做出只可意会不可言传的心灵感悟。

---

① 杨义. 中国现代小说史(下)[M]. 北京：人民文学出版社，1998：432.

② 汪曾祺. 谈风格[M]//晚翠文谈. 杭州：浙江文艺出版社，1988：104.

③ 萧乾. 小说[M]//吴福辉. 二十世纪中国小说理论资料(第3卷). 北京：北京大学出版社，1997：255.

三、人物塑造的类型化倾向

小说是写人的，传统小说以塑造人物为中心，着力展示人物性格的复杂性与丰富性。而在现代抒情小说中，描写人物不是小说的目的，人物只是作为作者意念表达的具象化工具。具体到师陀的乡土抒情小说中来看，他笔下的人物形象往往不具备“典型性”，而呈现出明显的类型化特征，正如朱光潜所概括的那样：“他最擅长的是单锋直入，在同一氛围空气中写出同一类的人物的厄运。”①

曾有研究者指出，师陀小说中的人物形象可以分为三类：“人下人系列”“乡村知识分子系列”和“世家子弟系列”。比如以胡凤梧、陈世德为代表的“世家子弟”，他们大都出生在富有之家，飞扬跋扈、挥金如土，但是最后却都落得一个悲惨的下场，不是死于非命就是沦为乞丐。再比如“乡村知识分子”系列，他们在师陀笔下大体可以分为两个类型。一是以葛天民为代表的放弃理想、满足于平庸生活的知识分子形象，二是以贺文龙、“傲骨”为代表的为现实生活压力所迫，穷困潦倒、满腹牢骚的知识分子形象。以师陀的乡土抒情小说为考察范围，他对人物形象的塑造确实存在“简化”和“类型化”的特征，他们在“性格上大同小异，命运彼此相仿，甚至有些行为细节也一模一样”②，他们均属于“这一类”而非“这一个”，而这恰恰是师陀乡土小说的“抒情性”策略之一。

传统小说塑造人物时常常细致地描摹人物的肖像，以求能给读者留下深刻的印象，而现代抒情小说则重视用语言文字来捕捉人物的神情，正如汪曾祺所说：“中国画讲究‘形神兼备’，对于写小说来说，传神比写形象更为重要。”③因此，相对于外貌描写，师陀更善于用比喻的手法

---

① 孟实.《谷》和《落日光》[M]//刘增杰. 师陀研究资料. 北京：北京出版社，1984：235.

② 余党绪. 跋涉与沉思——论师陀小说的文化品格[J]. 上海大学学报，1997(2)：85.

③ 汪曾祺. 传神[M]//晚翠文谈. 杭州：浙江文艺出版社，1988：104.

或者用细节的观察来抓住人物的“神”。比如他写年轻时候的素姑：“像春天一样温柔，长长的像一根杨枝”①；写老长工“抓”：“那一脸坎坷的肌肉，凝固的倔强执着，全部像一颗燧石”②；写年迈的徐大爷和徐大娘：“他们站在门口向外望着，好像一对从窠里探出头来的小燕”③；写善良和蔼的邮差先生：“他从抽屉里摸出邮票，当真用唾沫湿了给你贴上”④。毫无疑问，这种“神”带有某种变形，它是与作者的“意”相结合的。它强化了人物性格中的某一方面，并使之鲜明突出、高度集中，这样更有利于作者主体情感的抒发。因此杨刚在谈到师陀的人物塑造时说：“作者写人写物是中国水墨画的风味，是山水楼阁画的铺排，所取只在其意境和神韵，和西洋画之心理人物妙肖浓重纯为两路”⑤“滃云点染，取其神似而已”⑥。

众所周知，心理描写是展示人物复杂性格的有力手段，但是师陀在其乡土抒情小说中很少直接写人物的心理活动，而是常常借助外物反衬或烘托人物的精神世界。《桃红》的主人公是孟林太太的女儿素姑，岁月一天天流逝，她却只能在年复一年的缝绣嫁衣中日渐衰老。寂静的老宅、凋零的丝瓜棚、就快要开谢的凤仙花以及门外巷子里沉重的木鱼声，这一切为我们逼真地传达出了一个待字闺中的老姑娘漫长难耐的寂寞和青春不再的凄凉。在文章的结尾，作者更是为我们勾勒出一幅中国古典诗词里常见的“空闺少女”的图画：“素姑正这样望着，一只手支着

① 师陀. 果园城记[M]//师陀全集 2. 郑州：河南大学出版社，2004：483.

② 师陀. 巨人[M]//师陀全集 1. 郑州：河南大学出版社，2004：127.

③ 师陀. 果园城记 · 期待[M]//师陀全集 2. 郑州：河南大学出版社，2004：527.

④ 师陀. 果园城记 · 果园城[M]//师陀全集 2. 郑州：河南大学出版社，2004：457.

⑤ 杨刚.《里门拾记》[M]//刘增杰. 师陀研究资料. 北京：北京出版社，1984：215.

⑥ 杨刚.《里门拾记》[M]//刘增杰. 师陀研究资料. 北京：北京出版社，1984：210.

头，在窗外，雁嘹唳着从将晚的果园城上空飞过，晚风萧索的在庭院里丝瓜棚上发出一阵轻微的响声。于是书从她手里落下去，她想的似乎很远很远，渐渐的连镜子也在她眼里消失了，一颗泪珠从她脸上堕下来，接着又是一颗。"①通过意象和人物内心世界的高度融合，素姑那种充满无限憧憬但又无可奈何的落寞心境被渲染得恰如其分而又动人情怀。师陀利用这样的方法营造出"人"与"物"相协调的统一的抒情氛围，外在物象成为人的内在心理情绪的延伸，作者的主体情感无声地渗透其中，自然而含蓄。为强化作品的整体象征和概括的意义，师陀还常常中辍了描写和叙述，直接站出来对人物的心理活动进行分析和议论。

比如《巨人》这一篇。它讲述了一个老长工的故事。"抓"在年轻时负气离家，浪迹天涯，老时则重返故乡，过着平静而丰富的生活。作者用大段大段的议论来对"抓"进行心理分析。写他的坚韧刚强："那时这颗燧石已是五十岁上下的人，饱尝了人情的冷暖，经历过世事的大小变迁，但岁月并没有衰老这个人，驯服这个人。他工作，他走路，脚手全同年青人一个样轻便，总听不出声息。一身的邪精力，充溢着野性的锋芒，好像连时光也怕他，不惹他，只好偷偷躲避开从身边溜过"②；写他的淡泊与释然："他立在流光的海里，人的海里。岁月逝去了，人也逝去了。他孤立着，他永远年青，让邻居们为着鸡、猫、狗的事去争去打"③；也写他对待故乡的难以割舍："人好就好在会忘上面，哪怕恨死了那地方，隔的日子一久，也就觉得还有点可爱。假如推测的不错，抓也正犯了这症候。岁月既遣散尽一股燥[躁]气，时光的浮尘又暗暗遮掩住人间的怨怼、胸中的鳞伤；于是田野上的笑声，平原的风光，故人的面貌又在他心头显现，烧起怀恋的火，他想看看故土可还是当年的样

① 师陀. 果园城记·桃红[M]//师陀全集 2. 郑州：河南大学出版社，2004：487.

② 师陀. 巨人[M]//师陀全集 1. 郑州：河南大学出版社，2004：128.

③ 师陀. 巨人[M]//师陀全集 1. 郑州：河南大学出版社，2004：133.

子”①。过多的议论可能给小说带来理念化倾向，而师陀所采用的方式就是将个体的生命感悟注入这些议论，使其带有强烈的感情色彩，呈现出“诗”的特征。他经常变议论为直抒胸臆的抒情，以情感人、以情动人，使简化与议论获得了艺术上的依托。而这些对生活作出高度概括的充满哲理性的语言，又使得作者笔下的人物摆脱了“形”的束缚，飘出了现实的世界，而具有极大的象征意义。正如王任叔在谈到师陀的作品时说，“我们的作者能立刻放下刚在刻画的人物，缠上一大篇感慨与议论”，“这样智慧的议论，反而成为作者独创的瑰玮的作品的本质，将全篇作品的着力点，支持在这议论上”。②

《果园城记》里的短篇小说，更为集中地体现了师陀小说创作的这一特点。在油三妹的悲剧里，我们看到了作者对于“生命无常”的感悟；在大刘姐和孟安卿的悲欢离合中，我们读到作者对于“时光流逝、青春不再”的嗟叹；而在《说书人》的凄苦一生中，我们更与作者一起体验生与死、短暂与永恒的人生悖论。显然，塑造人物形象并不是师陀小说创作的主要目的，他借人物这一“实”的层面来抒发自己的“诗”情，性格不同、命运遭际不同的各色人等统一在他的主观情志中，既是“真的”，也是“诗”的，从不同侧面加深了他对于生命体验的深度。

四、以“氛围”“情调”为中心的叙事结构方式

“写小说有三种方法，第一，或者你先把情节定了，再去找人物。第二，或者你先有了人物，然后去找与这人物的性格开展上必要的事件和局面来。第三，或者你先有了一定的氛围气，然后再去找出可以表现或实现这氛围气的行为和人物来。”③陈平原在《中国小说叙事模式的转

① 师陀. 巨人[M]//师陀全集1. 郑州：河南大学出版社，2004：129.

② 王任叔. 评《谷》及其他[M]//刘增杰. 师陀研究资料. 北京：北京出版社，1984：230.

③ 郁达夫. 小说论[M]//郁达夫文集(第5卷). 广州：花城出版社，1982：23.

变》中将这三种方法归结为小说的三种叙事结构方式：即情节中心、性格中心、背景中心。① 而徐岱在他的《小说叙事学》中也谈到三种叙事的功能模式：情节模式、情态模式（以人物为中心来谋局布篇）和情调模式。② 提法不同，但要旨却殊途同归。"五四"以来，受西方现实主义小说观念的影响，作家和理论家极为重视情节在小说结构中的核心地位，并强调时间和因果逻辑关系的重要性，情节中心或者人物中心也因此成为小说创作的主流模式。而"抒情小说"恰恰呈现出一种独特的小说叙事结构方式，它们并不具备情节的整一性和时间的秩序感，而且往往在逻辑结构的外形上明显地表现出"散化"的特征。散文贵在"形散神不散"，这类小说也具有这个特点，作家常常是以非情节性的"情调""氛围"来作为统贯全篇的精神纽带，用创作主体的心理情感取代了时空的物理性质，从而使小说有一种内在的秩序与结构。

师陀的乡土抒情小说即具有明显的散文化的特征，"散文是他的当行，他几乎把小说，乃至戏剧也当散文来写"，③ 他的《果园城记》更被誉为"散文化小说"的典范。《果园城记》共包括十八个短篇小说，以返乡游子"马叔敖"的所见所忆为主线将其串联起来。这十八个短篇独立成章，分别展示了"小城"生活的不同侧面，形成一种横断面式的同时性特征。小说并没有贯穿始终的人与物，故事与故事之间也没有明显的因果关系。这种颇具特色的以"小城"为轴心的结构方式与萧红的《呼兰河传》极为相似，被称为是"中国现代文学史上的独创"。④ 汪曾祺在谈到小说的结构时说："结构是多种多样的，没有个成法。大体上有两种结构，一种是较严谨的结构，一种是较松散的结构。……我是倾向于松散的。

① 陈平原. 中国小说叙事模式的转变[M]. 北京：北京大学出版社，2003：103.

② 徐岱. 小说叙事学[M]. 北京：中国社会科学出版社，1992.

③ 许道明. 京派文学的世界[M]. 上海：复旦大学出版社，1994：247.

④ 陈继会，等. 中国乡土小说史[M]. 合肥：安徽教育出版社，1999：298.

我主张按照生活本身的形式来结构作品。”①师陀在《果园城记》中所使用的这种散文化的叙事方式和结构形态，虽然如茅盾在评价《呼兰河传》时所说：“没有贯穿全书的线索，故事和人物都是零零碎碎，都是片段的，不是整个的有机体”②，但恰恰是与中国乡镇生活的原始自然状态达到了一种高度的内在契合，形神兼备地表现出灰色小城镇单调、乏味、沉闷、平庸和停滞的生活现实。而能将小说中看起来“散漫”的各部分统摄为一体、达到“形散神凝”之目的的也是渗透着作者强烈主观情绪的“小城”氛围。

《果园城记》的开篇《果园城》以不参与情节的虚设人物“我”返回果园城作为一个时间上的切入点，带领读者认识果园城。阔别故乡七年的游子“带着对于童年的留恋之情”重返“果园城”，这首先便赋予全篇一种沉郁感伤的情感基调。而果园城内的景物，无论是依旧矗立着的塔、寂寞的邮局，还是尘土很深的街道、凋零的凤仙花……都体现了某种象征性，营造出亲切而衰败的“小城”气息，这一切都与师陀对于对待故乡“爱恨交织”的复杂情感交相呼应。而在“果园城”人的生老病死、离去与归来中更回荡着世事如烟、命运无常、青春不再的人生悲叹，一种醇厚深沉而又柔婉凄凉的抒情氛围在文中氤氲徘徊，绕梁不绝。在《果园城记》中，师陀重视的是“细节”而非“情节”，那种在他早期乡土小说中所出现的“戏剧化”冲突也为温婉细致的日常生活场景所替代，而他对“风土人情的重视，不再只是为了增加小说的真实感，而是承认其具备美感价值”③。他用审美的眼光选择最富于诗意的细节，借助这些细节把主观感受外化，其最终目的既不在于表现人物，以其独特的性格魅力来打

① 汪曾祺．小说创作随谈[M]//晚翠文谈．杭州：浙江文艺出版社，1988：57.

② 茅盾．《呼兰河传》序[M]//萧红．萧红全集(下)．哈尔滨：哈尔滨出版社，1991：704.

③ 陈平原．中国小说叙事模式的转变[M]．北京：北京大学出版社，2003：132.

动人心；也不在于用故事情节的曲折惊险来为小说增添生动性，而在于反映一种生活状态，并由此传达出一种审美情调。

所谓“情调”，指的是“人的一种情感特征，在心理学上通常指同感知觉密切联系着的某种情绪性体验”①，师陀力图通过融入了个人情感与审美体验的一个个生活场景、一幅幅人生画面来从不同角度不断强化对“小城”氛围的渲染，最终捕捉住一种特殊的“情调”感，并以此作为整篇小说的结构中心。由此，《果园城记》中的十八篇虽然各自成章，但同时又能互相呼应，灵活组接，形成一个情调、气息相通的“果园城”系列。与师陀的沉郁沧桑相比，萧红在《呼兰河传》中通过童年视角的穿插和充满感伤的回忆营造起一种明丽凄婉的“抒情氛围”，古人说“气盛言宜”，这种用来结构全篇的“气”，正是作者的个人风格得以形成之根本。

师陀的《果园城记》虽然不强调情节的整一性和秩序感，但小说中的故事和人物均出现在“小城”内，作家强调的正是小说在空间化叙事上的整一性与秩序感。这使得作家的叙事在“现在”与“过去”之间自由出入，更由此凸显了“时间”的因素，在绵绵不绝的时间之流中对“果园城”中的人和事来加以考察。《果园城记》中的每一个短篇，都是一个完整的故事，展示了一类人物的命运。这种“系列小说”的构成体式，打破了长篇与短篇小说的界限，既可容纳较多的人物与事件、从中透视时代风云和历史变迁，又利于主体情感的抒发、不失“抒情”本色，因此为师陀所青睐并成为《果园城记》的一个显著特色。事实上，在写于 1938 年的一篇后记中，师陀就透露出他想“用旧说部的笔法写一本散文体的小说，每节都能独立；后来因为东奔西走，没有了先前的兴致，便不再写，恐怕以后也永不会再写”②。师陀没有料到命运的机缘巧合会使他被迫“蛰居”上海长达八年，在《果园城记》的写作中最终完成自己的心愿，这充

① 徐岱. 小说叙事学[M]. 北京：中国社会科学出版社，1992：236.

② 师陀. 江湖集·编后记[M]//师陀全集 5. 郑州：河南大学出版社，2004：115.

分体现出了他在小说创作上自觉的“文体意识”。而作家同时是将“果园城”中的人和事放在绵绵不绝的时间之流中来加以考察的，白云苍狗、星移斗转，在果园城的“过去”与“现在”、“变”与“不变”的对比中，在“果园城人”的青春—死亡和离去—归来中，小说的容量被大大扩展，透出一股浓郁的历史沧桑感和时代巨变下对于国家、民族和个体命运的深切反思。正是这种横的呈现和纵的透视的相互结合，使得师陀能够成功地把时代氛围和历史积淀一起纳入进来，创造了他以前小说中未曾有过的巨大容量。

五、讽刺与抒情的双重奏

20 世纪 30 年代初，师陀在其处女作《请愿内篇》和《请愿外篇》中就已经显露出讽刺的锋芒。此后在《一日间》《父与子》《百顺街》等作品中，作者的讽刺艺术得到进一步的发展。刘西渭就曾经明确地指出，“诗意”和“讽刺”是师陀小说的最为显著的两个特征。30 年代，中国现代讽刺小说在左翼和京派作家那里都得到了发展，左翼作家致力于社会讽刺和政治讽刺，军饷、租债、保甲、征兵、买官、特务横行等社会政治问题都是他们小说中常见的讽刺题材。“京派反映乡土，使用的是抒情笔墨，当他们以乡村中国的眼光，转过来面对都市时，便不禁露出嘲讽的尖刺。”①但与左翼作家不同，京派作家擅长的是世态讽刺和风俗讽刺。在这一点上，师陀与京派作家有较多的共同点。但是师陀的讽刺并不限于都市人生，在他的乡土小说中，也常常能看到他的讽刺。

在师陀 20 世纪 30 年代的乡土小说中，他善于以简单的画面对比构成讽刺。在晨雾中如诗如画的乡村美景与被摔死的死尸的对比中(《雾的晨》)，师陀以讽刺的笔调写道：“村子又是那么宁静，被牛奶般的雾网罗着，不，应该说浸在鲜牛奶里，是如何幸福啊！真是‘和平的乡

---

① 吴福辉. 京派小说选·序言[M]. 北京：人民文学出版社，1990：21.

村'!"①而夕阳西下光影斑驳的美丽池塘与飘浮在水中的死尸的对比(《倦谈集》)，也带有强烈的讽刺效果。但诗情描绘与冷峻讽刺的并置，往往使人感到情致气氛失之和谐，而这样的对比讽刺也缺少一定的力量和深度。以夸张、变形或幽默的方法进行讽刺是师陀小说中另一类常用的讽刺手法。《雾的晨》的主角是一只"狗"，以狗的视角去观察人，带有幽默讽刺的味道，寓意深刻。《百顺街》中无论是对于百顺街居民在丧宴之上饕餮大吃的集体塑像，还是对史大夫、修蹄匠、棺材掌柜等人的个体刻画，师陀均采用了漫画式的夸张笔法，巧妙地捕捉到乡下人冷漠、自私、爱占小便宜等心理特点来加以放大，进行嘲讽。《倦谈集》中更是充满了讽刺，从当地靠杀人维持治安的政治措施，到考究死尸的"爱美的"老人，及至面对死亡麻木不仁的枪毙手，师陀无一不对之加以讽刺之词。文章结尾处牧师与神父的对话，带有戏谑的闹剧色彩，对国民劣根性做了惟妙惟肖的讽刺。从以上的例子可以看出，师陀在30年代乡土小说中的讽刺对象主要是没落的封建阶级以及愚昧麻木的农民，这与他对乡土中国持较强的理性批判态度是息息相关的。对封建地主的残忍无耻，他的讽刺往往近于揭露；而对于农民，则是出于同情的带泪的讽刺。《秋原》可以被称作是悲剧性幽默讽刺小说。夏季午后的原野，温静无风，沉入悄寂。一个路过此地的庄稼汉子卧倒在庄稼地里休憩，却被鹰庄的"好汉们"当土匪给抓了起来。对于一个陌生闯入者如此兴师动众，本身就是对闭塞落后、愚昧无知的乡野村民的极大讽刺。而统治此地的两位地主兄弟，大爷"迫击炮弹"和二爷"省油灯"，更是上演了一出滑稽可笑的闹剧。"迫击炮弹""将美国式硬壳草帽向天一挥"，如"大帅"般带着村民们一拥而上，将陌生人团团围住并"严加审讯"。"省油灯"看大哥做了首领，心有不甘，只得在一旁冷嘲热讽："人家走路碍你们什么屁呀，值得邪邪许许！还拿那枪！是去捉土匪吗?"②迫不得已，

---

① 师陀. 雾的晨[M]//师陀全集1. 郑州：河南大学出版社，2004：150.

② 师陀. 秋原[M]//师陀全集1. 郑州：河南大学出版社，2004：116.

他只能在庄稼地里仔仔细细察看，希望寻求一些蛛丝马迹。来历不明的汉子被打得皮开肉绽，但仍然没有审出什么结果，眼看着无法收场，大家怀疑这是一个疯子，“迫击炮弹”放了一枪，便和“省油灯”的二爷相继逃走了。闹剧结束，文章的结尾，作者流露出一丝忧郁和哀伤：“太阳西转，照耀着吊在坟园中的人。他低垂着头，静静地注视着脚尖，鞋脱落到旁边的草地上。”①“在中国现代悲剧性幽默讽刺小说中，几乎所有的讽刺家的情感都表现出这样一种特点——讽刺与同情，‘哀’与‘怒’两种情感呈现出对逆流向图式，即，随着情节的进展，作家的讽刺情感由强而弱，同情情感由弱而强。”②《秋原》这篇小说也是如此，师陀一方面“哀其不幸”，另一方面“怒其不争”，他的“怒”被转化成一种含蓄机智的批判，通过讽刺的艺术形式表现出来，而这种讽刺是饱含同情的、透出悲哀意味的讽刺。

师陀在20世纪30年代小说创作中的讽刺虽然多少触及民族文化的病根，但并未得到评论家的肯定。刘西渭认为他太过于用力，反而失去了自然，他说：“我们现代文学出了一位讽刺的巨匠，无论热潮，无论冷骂，都是他的本色。不用说，这是《阿Q正传》的鲁迅。芦焚先生的失败不在于他的热衷，而在于他的笨拙：他不能不叫我们觉出他的有意。”③王任叔则认为他的讽刺过于肤浅，“因为缺少更深切的生活实践”，所以“仅止于表面，没给刺到血肉里”。④ 连朱光潜也不无诚恳地劝说：“我想芦焚先生最好把这块田地留给老舍”。⑤ 针对种种批评，师

① 师陀. 秋原[M]//师陀全集1. 郑州：河南大学出版社，2004：119.

② 万书元. 第十位缪斯：中国现代讽刺小说论(1917—1949)[M]. 南京：东南大学出版社，1998：147.

③ 刘西渭. 读《里门拾记》[M]//刘增杰. 师陀研究资料. 北京：北京出版社，1984：208.

④ 王任叔. 评《谷》及其他[M]//刘增杰. 师陀研究资料. 北京：北京出版社，1984：230.

⑤ 孟实. 《谷》和《落日光》[M]//刘增杰. 师陀研究资料. 北京：北京出版社，1984：235.

陀在文中做了自我辩解，他说“我并不善于讽刺，也不特别喜欢，只是有时确实忍耐不住，我的爱人类，同专门制造同情的人相比，自然要差的远了，因为是还看见弱点同缺陷。大约也就因这缘故，有人又以为我在鞭策世人。其实我那里配呢，不过是在那里摆着的事实，我把自己看见的一部分指给大家看罢了。有时这看见的——我觉得又过于悲惨，不忍把他们赤裸裸的摆出去示众，也不想让别人明明白白的看见，于是便偷偷的涂上笑得颜色。”①师陀认为自己并不是着意于要写讽刺小说，他所写的东西其中有刺，是因为他忍不住要指出存在于人物身上的“弱点同缺陷”，而他只是采取了一种间接的表达方式而已。师陀擅长于抒情小说的写作，当他转向社会讽刺时，给讽刺文学加入了传奇和寓意的性质，形成了他独具特色的“充满哀伤情调的传奇性寓意讽刺”②。但事实上抒情和讽刺并不同质，它们一个来自情感，一个来自理智；一个来自爱，一个来自憎恶。如何将这两种不同的表现方法融合在乡土抒情小说的创作中，这是这一节里主要探讨的问题。

20 世纪 40 年代，师陀小说创作中的讽刺艺术不断成熟，这从他一系列的都市题材小说和散文中可以充分地表现出来。比如说着力表现“孤岛”时期上海市民生活的散文集《上海手札》，在风格上酸辣而兼幽默，尖刻而富内蕴，对政治上的投机主义者、虚伪的上层阶级、丧失道德和良知的知识分子以及国难当头仍奢侈度日的上海“淑女”们都进行了有力的鞭挞和讽刺。长篇小说《结婚》更是一部出色的悲剧性讽刺小说。师陀借助于讽刺，对沦陷时期的上海的污浊的社会面貌作了生动深刻的反映。但是最具师陀个人特色的却是他在乡土抒情小说中的那种充满哀伤情调的传奇性寓意讽刺。在这类小说中，师陀不使用夸张或者变形的手法来塑造人物，换句话说，人物在形貌和语言上都不太具有讽刺性。但是随着故事的发展，在作者精心布置的情理线索下，读者却可以体味

① 师陀. 师陀全集 1[M]. 郑州：河南大学出版社，2004：323.

② 吴福辉. 京派小说选・序言[M]. 北京：人民文学出版社，1990：21.

其可笑性或者讽刺性情势来。此类小说通常都是对人生畸变的讽刺，其中寄寓着师陀对于生活与命运的理解和感喟。《同窗》在叙述者“我”对童年美好时光的留恋和对年华似水的无限怅惘之中，记述了儿时同伴长大后各不相同的遭遇。曾经的天真少年有的已经死去，有的远走他乡，有的不堪生活重负、背驼眼花，更有的穷困潦倒、沦为乞丐。现实的残酷、人生的多舛使得一种哀婉、凄凉的情绪在文中流转徘徊，但作者同时又运用讽刺手法含蓄地表达了自己的愤怒和抗议。这种讽刺的意味是在徐家训与其他人的鲜明对比中表现出来的。在众多的同伴中，只有徐家训生活得富足安乐，并且在乡下做了首事。然而他却是一个“悭吝的，喜欢占小便宜的阴毒人物”，“以舞弊和高利贷维持他的家声”。似乎只有失掉道德良知，以不正当的手段才能在黑暗的社会立足，其中所暗含的讽刺意味是不言而喻的。师陀巧妙地利用讽刺表达了自己的道德判断，这样并不影响抒情主体“我”的情感抒发，并有效地避免了直接表达理念性议论所有可能带来的对抒情氛围的破坏。

师陀更常用的一种讽刺结构模式，是利用人物在经历一个历史时期之后命运和遭遇的突变与逆转，来展开他的讽刺，抒发他的人生感悟。这类小说大多包含这样一个主题：时间、环境、金钱使人成为自身的否定和嘲弄者。《寻金者》中讲述了一个人因为追求财富而失去爱情的动人故事。朱珩是一个贫苦的孤儿，被一对老夫妇收养后，与他们的女儿环姑两小无猜、青梅竹马，渐生情愫。然而环姑却被许配给富有的表兄，这使朱珩大受刺激，他决意到外面去碰碰运气，寻求发财的机会。其间朱珩几经波折，终于满载珠宝和黄金而归，但是环姑却已经死去了。为着爱情，为着爱人的幸福，朱珩去寻觅黄金，但事实上时光流逝，没有什么能将我们已经失掉的赎回来。《寻金者》所要表达的，正是命运对那些不能及时抓住它的人的讽刺和惩罚。在《无望村的馆主》中，师陀巧妙地将抒情与讽刺掺合在一起，在对宝善堂三代人的纵向历史考察中寄寓着世事沧桑、人生无常、繁华如梦的现代生命感悟，使小说呈现出一种既真实又奇幻、神秘的独特风格。师陀在陈世德命运的悲剧性突转中，通过他飞扬跋扈、挥金如土、奴仆成群与沦为乞丐后被人欺辱、冷落这两种命运的对比，掘发出深刻的讽刺意蕴。正如他在小说中所写：“那时候他的年青，有钱，华丽，最重要的是他的慷慨，他曾经怎样像一个王子一样惹人注目！同时他又是怎样骄傲，怎样尊贵，又怎样把全世界的祸福都不放在心中啊！”“然而岁月过去了，这些都成了使人惆怅的幻梦。现在回想起来，这好像是对于人生的嘲笑，所有的金钱、名誉、骄傲、尊贵、华丽全成空虚……”①讽刺必要有所憎恶，但在这类作品中，与其说是憎恨，不如说更多是可怜和同情，是对人与事的一种惋惜，一种规劝。它的批判力度较弱，与作者在文中所要表达的那种人生无常、世事如烟的命运感慨是相得益彰的。

无论是对畸形人生的批判，还是对美好人性的颂扬，这一切都是为了表达对生命的同情，正如刘西渭在评价师陀时所说：“诗是他的衣饰，讽刺是他的皮肉，而人类的同情者，这基本的基本，才是他的心。”②

第三节　乡下人的精神诉求与文学想象：师陀与沈从文比较论

在现代文学史上，以“乡下人”自居的作家可谓不少，沈从文和师陀虽然风格迥异，却都以“乡下人”自居。沈从文不止一次地表明自己的“乡下人”身份，他说：“我实在是个乡下人，说乡下人我毫无骄傲，也不在自贬，乡下人照例有根深蒂固永远是乡巴佬的性情，爱憎和哀乐自有它独特的式样，与城市中人截然不同！”③而师陀也说：“我是从乡下来的人，说来可怜，除却一点泥土气息，带到身边的真亦可谓

① 师陀. 无望村的馆主[M]//师陀全集 3. 郑州：河南大学出版社，2004：13.

② 刘西渭. 读《里门拾记》[M]//刘增杰. 师陀研究资料. 北京：北京出版社，1984：208.

③ 沈从文. 习作选集代序[M]//沈从文全集：第 9 卷. 太原：北岳文艺出版社，2002：3.

空空如也。”①其实，接受现代文明洗礼与熏陶的知识分子早已不是真正意义上的“乡下人”了，沈从文与师陀自然也不例外。沈从文在湘西度过了自己的童年、少年和青年时代，自从他20岁那年抱着考大学的理想来到北京之后，他的全部生活基本上是以都市人生为轴心旋转的。师陀也是在与沈从文相仿的年纪时去北平闯荡，从此后他主要居住的地方也是北京与上海。就是在他们早已成为“城市人”的同时，他们仍然称自己为“乡下人”，毋庸置疑，这其实是一种精神上的固守和坚持，“其意义不止在申明身份，更在说明性情、人生态度、价值感情、道德倾向等等”②。而沈从文与师陀的文学创作，其主要笔墨都集中在对“乡下人”的描绘和刻画上。他们各自笔下的“乡下人”世界正闪现出他们自己的精神价值和文学追求。因此，“乡下人”完全可以成为理解和把握沈从文与师陀的一个切入点，而对于“乡下人”在其创作心态和创作内容上体现出的不同意义的分析与比较，也可以使我们更加深入地理解他们在创作上的同与异。

一、回望故乡：“乡下人”的心灵渴求与存在方式

对故乡的深刻眷恋是现代文学中的一个重要母题，从乡间而来并以“乡下人”自居的沈从文和师陀更是终其一生都在表述自己对故乡的思念。“当我们有一天厌倦了江湖上的漂泊，我们会忽然想到曾经消磨了我们的全部童年的乡下，这时你已经被生活摆布得冷下来的心不是充满了善良的，温柔的，一切美丽的情感，你的眼不是痒痒的，涩涩的，弥漫着泪吗?”“当你辛苦的走尽了长长的生命旅途，当临危的一瞬间，你会觉得你和它——那曾经消磨过你一生中最可宝贵的时光的地方—你和它中间有一条永远割不断的线；它无论什么时候都大量的笑着，温和的

① 师陀.《黄花苔》序[M]//师陀全集5. 郑州：河南大学出版社，2004：3.

② 赵园. 地之子——乡村小说与农民文化[M]. 北京：北京十月文艺出版社，1993：12.

等待着你——一个浪子。”①正是因为这种在精神上的维系，故乡在沈从文与师陀的笔下那么动人情怀。无论是安静肃穆的中原大地，还是钟灵毓秀的湘西都充满了田园牧歌般的清新自然，令人神往倾心。作家的故乡情结不仅象征了人类对那些美好的，但却一去不复返的过往的珍视和留恋，而且暗含了人类的某种情感需求和精神冲动，那即是在现代文明进程中对“精神家园”的寻找。现代化导致了人们与原初的家乡、本土的现实分离，还有在精神层面上的疏离感，以及对传统意义上固着在土地家园中的那个本真自我的失落感和陌生化。在精神的层面上，每个现代人都是游子，于沈从文和师陀而言，他们既不可能回到乡村，也无法完全融入城市，这种介于城市和乡村之间的“边缘”或“两栖”状态其实已经成为他们无法摆脱的宿命，他们只能终其一生在文学的世界里找寻心灵的返乡之途。

然而，同是对故土的眷恋，沈从文与师陀的情感却不尽相同。于沈从文而言，他在精神上与城市格格不入，故乡始终是他心中最为柔软与纯净的精神栖息地。沈从文于20世纪20年代在北京的早期创作多为抒写自我的作品，带有明显的自传色彩。其主人公多为客居北京的穷困潦倒的青年人，他们挨饿、受冻，更没有什么朋友，在都市社会的实利主义中饱受凌辱和歧视，精神上异常苦闷，我们从中不难想象出一些沈从文初来北京时的情形。都市的喧嚣、躁动、冷漠无疑使沈从文感到深深的隔膜，在20年代初期，他写下了一批生动的乡土文学作品，如《玫瑰与九妹》《腊八粥》《炉边》等。他写故乡的风俗与美食，回忆儿时的快乐时光，抒发对亲人的怀念，他正是借此满足自己在现实生活中无法满足的情感需求，“一条温情脉脉的情感溪流在这些回忆里流动——一种对孤独的、为人情冷漠所挫伤的都市生活经历的心理反应现象”②。虽然此时沈从文的创作还未进入成熟期，可是这段时期的创作经历对我们理

① 师陀. 铁匠[M]//师陀全集5. 郑州：河南大学出版社，2004：130-131.

② 凌宇. 从边城到世界[M]. 北京：生活·读书·新知三联书店，1985：186.

解沈从文的创作心态却颇有助益。即使是在30年代他逐步成为著名作家，他仍然在风格独特的“湘西世界”中对“乡下人”的纯朴大加颂扬，都市与沈从文之间始终横着一座高墙，终其一生都无法拆除。他在自己的都市题材文学中描绘出一幅幅上流社会沉落的连轴画卷，他就是在这样的城/乡二元对立中不断强化自己对故乡的思恋，他也正是借助这种精神上的“回返”排除了现实世界对自身的异己感，为自己的灵魂觅到了归宿。

师陀也批判都市，正是对现代都市文明的失望激起了师陀对故乡的诗意怀念，那文明未曾浸染的田园式的宁静始终是师陀文学想象中凝固的华彩。但师陀无法像沈从文那样在世外桃源般的湘西世界一心一意地建构“人性的希腊小庙”，每当他提笔怀念故乡时，那破败萧条的景象便如挥之不去的梦魇萦绕在他心头，对故乡的衰败与凋零，他感到了难以忍受的失望、压抑和憎恨。新文学的文化怀乡，集中呈现为对于城市的异己感和对于乡村的情感回归，然而师陀却持有双重的批判视角，正如他自己所说：“我不喜欢我的家乡，可是怀念着那广大的原野。”①他对待故乡的情感是极为复杂的，他厌恶这片土地，永不能扎根于其中，却又留恋着这片土地，同情世世代代生活在这里的人们。蛰居在沦陷区的师陀将想象中的“果园城”写得那样美丽而富有诗意，但是这里仍然不是他可以栖居的“精神家园”，在这里面既有像云和湖一样展开的果园，也有停滞如死水般的时间，无情消耗着人的生命；有传说中生动可爱的水鬼阿嚏，却也有许多痛苦而又善良的人足踏在重重束缚和压迫下。师陀渴望回返故乡，但“无家”却常常成为他笔下主人公的命运。《狩猎》里的孟安卿回到阔别十二年之久的果园城，却已没有人认得他，昔日爱慕的姨表妹也早已嫁作他人妇；《结婚》里的胡去恶离开了乡村的纯朴爱情，一脚陷入都市的泥淖，他既不可能再回归乡村，也不能继续在都市的冒险；《荒原》里的顾二顺和娇姐于乱世之中渴求一个安宁的家而不得……

① 师陀．巨人[M]//师陀全集1．郑州：河南大学出版社，2004：127.

在师陀那里，“故乡”与精神栖息之地——“家”是两个概念。正因为如此，师陀更像是一个人生路上的跋涉者，他更多地感受到的是时光的流逝和生命的寂寞。

二、梦与现实：文学想象中的“乡下人”

20世纪30年代，随着《边城》《湘行散记》《湘西》等作品的发表，沈从文逐步成熟起来，他借助故乡的语言风物形成了自己独特的风格，创作出极具特色的乡土文学。值得注意的是，沈从文开始自觉地建构“乡下人”品格，并以此为角度进行人性与道德的考察，由此寄托他对中国社会人生未来的构想。

沈从文笔下的“乡下人”首先具有“原人的性情”，他们老实、忠厚、淳朴、憨直，相形之下城里的善人、道德家虚伪得令人作呕。在沈从文的道德天平上，乡下人永远优于上流社会的绅士阶级。其次，“乡下人”葆有心理的健康和生命的尊严。他们享受着大自然的馈赠，拥有最简单的生活方式和淡泊的生活心态，依靠劳动自力更生，达到了人与自然的契合。他们的灵魂不像城里人那样精神错乱、杂乱无章，享有心理健康和尊严是他们与生俱来的权利。最后，“乡下人”更具有蓬勃的原始生命力。在沈从文笔下，湘西山民的生命以雄强、热情与野蛮的形式出现，他们“能吃、能做、能喝、能打架”，勇敢、结实、精悍而性情欢乐。沈从文写湘西土匪的奇特经历，表扬他家里那些勇武好战、光明磊落、正直打仗的汉子；写男女之间自由、蓬勃、充满活力的爱情，“把男女爱慕写成是太阳和暖引起的自然反应，那时雨后新晴，蕨草冒出了卷曲的新芽”①。

“乡下人”是沈从文对都市上流社会提出批判的观察基点与价值标准，正如沈从文自己所说，“请你试从我的作品里找出两个短篇对照看看，从《柏子》同《八骏图》看看，就可明白对于道德的态度，城市与乡村

① 金介甫. 沈从文传[M]. 符家钦，译. 北京：时事出版社，1990：178.

的好恶，知识分子与抹布阶级的爱憎，一个乡下人之所以为乡下人，如何显明具体反映在作品里”①。但是毫无疑问，沈从文笔下的“乡下人”具有极强的理想色彩。他很少写饥饿、贫穷、愚昧、封闭这些在一般乡土文学中常常出现的主题。研究沈从文的美国学者金介甫发现，“沈从文作品中的农业劳动全是写手工劳动的快手，而不是写壮劳力”，“妇女在江边洗衣服，男人堆木柴，烤烟草，或者把麻线绞成套索，年轻人到山中采蕨菜，农场工人打草鞋，妓女在鞋上绣凤凰，这类活计烘托出一种小乡镇的气氛。”“在沈从文的描绘下，活计可以在讲故事的火堆边干，烧着山中砍来的柴火。这种描绘把乡下人干活变成了一幅画面。”②沈从文这样为自己对理想主义做解释：“不管是故事还是人生，一切都应当美一些！丑的东西虽不是罪恶，总不能令人愉快。我们活到这个现代社会中，已经被官僚，政客，银行老板和伪君子，理发匠和成衣师傅，种族的自大与无止的贪私，共同弄得到处够丑陋！可是人生应当还有个较理想的标准，至少容许在文学和艺术上创造那个标准。因为不管别的如何，美丽当永远是善的一种形式，文化的向上就是追求善的象征！”③沈从文想要表现的，是一种“人生的形式”，一种“优美，健康，自然，而又不悖乎人性的人生形式”。他是想借这种近乎完美的人生形式烛照出现实世界的丑陋与冷酷，更是想“用文字故事来给人生作一种说明，在说明中表现人类对崇高光明的向往，以及在努力中必然遭遇的挫折”④。从而使“读者从作品中接触了另外一种人生，从这种人生景象中有所启

① 沈从文. 习作选集代序[M]//沈从文全集：第9卷. 太原：北岳文艺出版社，2002：4.

② 金介甫. 沈从文传[M]. 符家钦，译. 北京：时事出版社，1990：167-168.

③ 沈从文. 水云[M]//沈从文全集：第12卷. 太原：北岳文艺出版社，2002：107.

④ 沈从文. 烛虚·白话文问题[M]//沈从文全集：第12卷. 太原：北岳文艺出版社，2002：63.

示，对‘生命’能作更深一层的理解”①，其目的是“从娱乐方式上来教育塑造一个新的人格，如何向博大、深厚、高尚、优美方向去发展，且启发这个民族的感情，如何在忧患中能永远不灰心，不丧气”②。沈从文在魂牵梦绕的湘西世界中寄寓着民族道德重造的理想，正因为如此，汪曾祺说：“《边城》(和沈先生的其他作品)不是挽歌，而是希望之歌。”③

作为“诗意栖居地”的故乡，在沈从文的笔下是一个温柔可亲的形象，呈现出浓重的浪漫情调和幻化色彩。但是在师陀那里，故乡却始终带着清晰而又沉重的底色，那些生命中无法承受之重，那些人的愚昧、贪婪、残酷、麻木、软弱，或许还有野性、本能、激情以及挥霍、焦渴等，都蕴含在传统的乡土之中。

师陀最初写乡土，更多的是源于对中原大地灾难深重、痼疾难复的切实感受。他在思想上倾向于左翼，敏感于现实社会的黑暗不公，同情挣扎在痛苦与血泪之中的老百姓。现实丑恶的暴露、人事的荒谬与无意义、生活的阴暗与丑陋，这一切构成了 20 世纪 30 年代师陀笔下乡土的全部内容，所以刘西渭说：“但这不是梦，老天爷！这是活脱脱的现实”，“一滩滩的大小坑，里面乌烂一团的不是泥，不是水，而是血，肉，无数苦男苦女的汗泪！”④但师陀绝不仅仅局限于“辛酸的白描”，而是持审视反思的眼光，对乡野村夫愚昧麻木的精神病象进行讽刺和批判，思考着现代文明进程中的人的生存的境遇。他这样描述自己的故乡，“在那里，永远计算着小钱度日，被一条无形的锁链纠缠住，人是苦恼的。要发泄化不开的积郁，于是互相殴打，父与子，夫与妻，同兄

① 沈从文. 短篇小说[M]//沈从文全集：第 16 卷. 太原：北岳文艺出版社，2002：493.

② 沈从文. 短篇小说[M]//沈从文全集：第 16 卷. 太原：北岳文艺出版社，2002：507.

③ 汪曾祺. 沈从文的寂寞[M]//晚翠文谈新编. 北京：生活·读书·新知三联书店，2002：183.

④ 刘西渭. 读《里门拾记》[M]//刘增杰. 师陀研究资料. 北京：北京出版社，1984：204.

弟，同邻舍，同不相干的人；脑袋流了血，掩创口上一把烟丝：这是我的家乡。”①于是有了《百顺街》里颇具“美德”的居民们饕餮三日的丧宴，也有了在《倦谈集》里人们对于统治者“杀人”的麻木。师陀善于风景的织绘，一面是精心设色的乡土美景，但另一面却是现实的混乱与丑恶，这种美与丑的并置带来了奇特的审美效果，令师陀笔下的乡土世界充满了张力。

师陀爱他的故乡，但又时时刻刻没有放弃对民族性格与命运的反思。这一点在《果园城记》中表现得尤为清晰，在这部作品里他从对故乡丑恶人事的揭露和批判转向了深沉的文化思考，完成了乡土记忆与生命意识的审美整合。沈从文重返故乡，慨叹家乡人的品德性格为一种“大力”所扭曲、压扁：“农村社会所保有那点正直素朴人情美，几乎快要消失无余，代替而来的却是近二十年实际社会培养成功的一种惟实惟利的庸俗人生观。”②而在“果园城”里，师陀感受到的却是“不变”——小城内时间的停滞和生命的萎缩，这里面充满了时间流逝、物是人非的沧桑感和对小城衰败、停滞的焦灼感。在“变”与“不变”的张力中，师陀笔下的“乡下人”亲切、善良而又懒散、麻木，他们默默地与时间抗争，承受命运与时代的压力。师陀的独特之处在于，他将战争背景下个体生命的感受与体验与对国民劣根性的批判融为一体，使得作品呈现出多元丰富的生命内涵而并非单一的文化批判。《果园城记》的写作几乎贯穿了整个抗日战争时期，民族的灾难使师陀愤激不已地反省着民族的性格和命运，他忍不住要跳出来发议论：“你知道我们是生在中国，我们的人生哲学是——一个有才能的年青人，在十年以后他就已经自以为老了，他说话总喜欢用‘我们那时候’开始；一个热心改革的好人，他将被蛆虫们踩在脚下蹂躏，自己以为没有才能反而是一种幸福；反过来，假使在最初的

① 师陀. 巨人[M]//师陀全集 1. 郑州：河南大学出版社，2004：127.

② 沈从文.《长河》题记[M]//沈从文全集：第 10 卷. 太原：北岳文艺出版社，2002：3.

十年中，他一走进社会就作下累累的，每一件都够得上枪毙或二十年徒刑的大事，人们也许要在背后骂他，但是直到现在，被尊敬着被颂扬着的岂不正是他们吗?”①这位“心怀亡国奴之牢愁”的作家显然寄希望于国运危难之际民族精神的重振，他甚至疾呼道：“当一个国家的大部分公民连他们自己有没有人的资格都不知道，我们怎么能希望他们过了一夜就积极起来，怎么能使他们自觉的去和敌人战斗呢?”②

但是与鲁迅自觉地承担起了改造民族灵魂的重担不同，师陀在反映改造国民性的时代历史内容的同时，更多地传达的却是对人类生存状态的焦虑与凝视。恩斯特·卡西尔曾经说过：“人被宣称为应当是不断探求他自身的存在物——一个在生存的每时每刻都必须查问和审视他的生存状态的存在物。人类生活的真正价值，恰恰就存在于这种审视中，存在于这种对人类生活的批判态度中。”③师陀不仅展示了原始蒙昧的乡土生活，更为人们提供了审视人类生存状态的人生图景。它超越了具体的历史情境，充满透彻、执著的生命意识探求和清醒、深刻的现代人生思考，让人们看到了人的生命力和人生欲望丧失后的可怕与可悲，其最终目的是追问人的生存的终极价值并探求人在一定历史时期的生命本相与生存状态。

在梦与现实之间跋涉、追寻，在历史与道德之间徘徊、两难，这正是沈从文与师陀文化“怀乡”的宿命。如果说师陀总是有一种“故园归去却无家”的悲凉感，沈从文又何尝有过真正的精神寓所。他将希望寄托于自然景物的明朗清新和几个明慧温柔、天真纯粹的小儿女身上，但现实又使他不得不清醒地认识到，这只能是一个清丽的梦。沈从文和师陀是孤独的，他们均以自己的方式承受了个人的命运和时代痛苦。历史理

① 师陀. 果园城记·葛天民[M]//师陀全集 1. 郑州：河南大学出版社，2004：466.

② 师陀.《无名氏》序言[M]//师陀全集 1. 郑州：河南大学出版社，2004：410.

③ 恩斯特·卡西尔. 人论[M]. 甘阳，译. 北京：西苑出版社，2003：10-11.

性在人的工具论和价值论之间选择前者，但沈从文和师陀所关注的恰恰是在历史变革中处于弱势地位的“乡下人”的悲剧性生存状态。他们不是以是否与社会历史进步意义保持同构的价值标准来评判人的存在意义，相反地，他们是以悲悯、同情之心潜入到每一个个体生命之中，对其做最细微的体察与思考，并通过它们思索和探寻着生命存在的价值和意义。正是透过他们笔下的“乡下人”，我们深刻地感受到了那隐藏在文字背后的清醒、深刻、孤寂、悲凉的现代意识。

三、寂寞中的自我坚守：“乡下人”的精神诉求

沈从文的乡下人心态首先意味着他对都市的距离感，对时代主流和现存政治的自觉疏离。在沈从文离开湘西来到北京以前，他有着极为丰富的人生经历。山村、兵营、沅水码头、边陲苗寨、河边吊脚楼，沈从文的世界太不同于现代都市文明。都市与乡村、城里人与乡下人的鲜明对比使得沈从文在精神上永远无法认同都市里的任何意识形态。而他初到都市的经历又给他带来太多的挫折与创伤，更使他对都市产生了永远无法弥合的心理距离。此外，早年的行伍生涯使沈从文见惯了种种因政治而起的血腥和屈辱，这无疑加深了他对政治的一种近乎本能的怀疑。正如凌宇所说：“沈从文对人生的认识，是建立在他的人生经验的基础上的。在他走向都市以前，他就对一切现存观念和秩序感到了深刻怀疑。因为他从扑面而来的真实人生景象里找不出它们存在的理由，他感到扑朔迷离，又没有条件去接受世俗观念以外的新的思想与理论体系，去解释人生之谜，他只有一大堆人生经验。当他有条件去接受某种成系统的思想理论时，他的经验世界早已滋生出一种顽强的拒它力，排斥任何体系，一切外在于他的经验之外的观念，只能在经过他的经验世界验证的条件下，局部地融入他的思想。”①正因此，沈从文反复地、近乎执

① 凌宇. 从边城到世界[M]. 北京：生活·读书·新知三联书店出版社，1985：103.

拗地强调自己是“乡下人”，“我是个乡下人，走到任何一处照例都带了一把尺，一把秤，和普通社会权量不合。一切临近我命运中的事物，我有我自己的尺寸和分量，来证实生命的价值和意义。我用不着你们名叫‘社会’为制订的那个东西，我讨厌一般标准。尤其是什么思想家为扭曲压扁人性而定下的庸俗乡愿标准。”①

正是这种“乡下人”心态使沈从文把笔触投向了湘西，并从中发掘出支撑他艺术世界的支点。也正是这种“乡下人”心态，使得沈从文在接近人生时永远保持了一个艺术家的感情，他始终尊重生命，探究人性，他自觉地使自己的创作既从五四流行思想的影响下脱出，又由20世纪30年代左翼文学盛行的普遍空气中脱出。与沈从文相比，师陀显然更为寂寞。如果说在自乡间而来、身居都市的沈从文内心深处一直有一种无法排遣的“自卑”意识，那么师陀也具有很强的自卑意识。他坦率地承认：“我对自己写的东西总缺乏自信心，直到今天仍旧如此。”②因此他把自己比作黄花苔，“暗暗的开，暗暗的败，然后又暗暗的腐烂，不为世人闻问”。③ 师陀是甘于寂寞文学之路的，不是那类有志于在文坛建立功名的人，他自己曾经这样说：“而我呢，只是一个小人物，对于自己的过去既不甚留意，其实也不配写什么去耗费印工和纸张。假如还能活下去的话，那也大抵不过默默的做点事，默默的走着路，默默的想想自己和别人，然后默默的死掉，不会有什么出息的。”④师陀反复强调自己的平凡与平庸，这本身就是“乡下人”心态的一种体现。甘于寂寞与平凡的背后，其实是一种对自我的坚守和对自己艺术风格的自觉追求。正如前文所述，从思想和政治倾向上来看，师陀是倾向于左翼的。但他的创作

---

①　沈从文. 水云[M]//沈从文全集：第12卷. 太原：北岳文艺出版社，2002：94.

②　师陀. 谈《结婚》的写作经过[M]//师陀全集5. 郑州：河南大学出版社，2004：296.

③　师陀.《黄花苔》序[M]//师陀全集5. 郑州：河南大学出版社，2004：4.

④　师陀.《里门拾记》序[M]//师陀全集1. 郑州：河南大学出版社，2004：97.

却很难与当时的左翼文学画上等号，师陀极少写什么重大题材，也没有刻意地去渲染革命的气氛，他笔下的主人公全是乡村底层的小人物。师陀以悲悯、同情之心看待他们存在的意义，同时也冷静而又沉痛地揭露时代的黑暗与人性的弱点。正如师陀自己说："我一生追求的是能够引起读者的联想，反对空喊口号。"①

师陀倾向左翼与他来自贫苦、落后的中原农村有很大关系，如他自己所说："我是从农村来的，穷苦农民对我日后写作的影响更大。他们使我具备正义思想，同情一切弱者，一切被社会欺凌压迫的人，更憎恶吹牛拍马的人，对于坑害别人，过后又到处哭诉自己被别人坑害，而当面又笑嘻嘻称之'老朋友'的人，我尤其憎恶。"②据师陀的老友卞之琳回忆，师陀为人"耿正不阿"，在艺术上更是不趋时媚俗、不附庸风雅，坚持自己的风格。卞之琳说："我总难企及他善于在任何场合保持镇定的入微观察而不易受一时潮流的摆布，以致在例如抗美援朝的激流里能保持本色。"③而师陀自己也强调："在文学上我反对遵从任何流派……我认为一个人如果从事文学工作，他的任务不在能否增长完成一种流派或方法，一种极平常的我相信是任何人都明白的道理，而是利用各种方法完成自己，或者说达成写作的目的。"④刘西渭说："我记得第一次芦焚先生抓住我的注意的，是他小说的文章，一种奇特的风格。他有一颗自觉的心灵，一个不愿与人为伍的艺术性格……"⑤正是这种旨趣与性格使师陀在自己的艺术道路上默默地开拓了属于自己的一片天地。

---

① 师陀. 一九八二年一月五日致刘增杰信[M]//师陀全集：第5卷. 郑州：河南大学出版社，2004：24.

② 师陀. 我如何从事写作[M]//师陀全集5. 郑州：河南大学出版社，2004：241.

③ 卞之琳. 话旧成独白：追念师陀[J]. 新文学史料，1989(2)：37.

④ 师陀.《马兰》成书后录[M]//师陀全集5. 郑州：河南大学出版社，2004：262.

⑤ 刘西渭. 读《里门拾记》[M]//刘增杰. 师陀研究资料. 北京：北京出版社，1984：205.

不论是沈从文还是师陀，他们以“乡下人”的独特眼光对民族文化进行审视，他们也以“乡下人”的执著坚持自己在艺术上的探索和追求，创造了属于自己的别样的文学世界。作为“乡下人”，他们热爱自己的故乡，更以现代人的思想意识反思人的生命存在，审视着民族命运的走向。在现代文明与传统文化的冲突与矛盾中，他们表现了“乡下人”的迷惘、痛苦，传达出对人类生存状态的焦虑与凝视，更倾注着对民族文化心理与人类文明前景的关注与思考。正是在沈从文和师陀作为“乡下人”的文化性格和审美追求中，体现出他们深刻的现代人文关怀。

第四节　故园之恋与存在之思：师陀与萧红比较论

一、师陀的《果园城记》与萧红的《呼兰河传》

作为中国现代文学中的一个重要母题，“乡土”既承载了沉重而深刻的历史内容，同时又是作家们最为柔软与纯净的精神栖息地。萧红和师陀都具有丰富的情感和强烈的诗人气质，“思乡”是他们终其一生所要表达的文学主题。萧红以女性独有的生命体验和纤细敏锐的艺术笔触为我们描画了一幅幅精致别样的风土画、留下了一串串凄婉的歌谣；师陀长于风景的织绘，简洁、老到的笔力更使他的叙事散发出浓郁的历史沧桑感。20 世纪 40 年代，在心怀亡国之愁而又漂泊或蛰居在外的同时，萧红和师陀不约而同地选择了故乡的一个小城作为创作的主角，写下了两篇佳作《呼兰河传》和《果园城记》。他们虽未能直接投入到抗日战争的洪流中，吹奏出黄钟大吕的时代强音，但是却都“心怀亡国奴之牢愁”表达出对整个乡土中国文化命运的现代化探究，殷殷爱国之心与沉痛、悲愤之情赫然可见。但令人感受更为深刻的是他们作品中所包含的巨大的文化含量和独特的生命体验，以及由此所体现出的“现代诗性”。所谓“现代诗性”，并不是单纯指作品的意象、语言等外在层面的诗化特征，而是主要体现在其反映人的生命的内在深度方面，即对人的存在、人类的命运以及生命意义的追问和探询。无论是师陀还是萧红，他们正是以自己鲜活的生命感受力体察着现代人的生存困境，表达了对人的生存状况的质疑。他们时时刻刻立足于人的主体性之中，他们关心的是人类的内在生命，而绝不仅仅限于物质层面的可视之域。正是这种对人的存在、人类的命运及生命意义的追问与探询，使他们的“双城记”具有更为深刻与持久的艺术魅力。

(一)“大泥坑”与“塔”：“小城”的社会历史层面

师陀和萧红都来自乡间，他们初写乡土，更多的是源于对故乡灾难深重、痼疾难复的切实感受。萧红笔下的东北大地落后而闭塞，千年不变的呆板生活方式窒息着生命的活力与创造，麻木、空虚与无聊无所不在，人们“蚁子似地生活着，糊糊涂涂地生殖，乱七八糟地死亡”①。现实的不公、人事的荒谬、生活的阴暗与生命的无意义，这一切同样构成了师陀笔下的“乡土中国”无法摆脱的沉重底色。师陀在为《果园城记》所作的序中说：“我有意把这小城写成中国一切小城的代表”②，因此，他笔下的“果园城”并没有确切的地域限制，“我从它的寿命中切取我顶熟悉的一段：从前清末年到民国二十五年(1936)，凡我能了解的合乎它的材料，我全放进去。这些材料不见得同是小城的出产：它们有乡下来的，也有都市来的，要之在于它们是否跟一个小城的性格适合”③。萧红笔下的“呼兰河城”虽然带有东北的地域特色，但同样是一个“泛指”的东北小城，具有时、空、人的不确定性。“呼兰河城”中所发生的事，并没有具体的时间，而十字街上、东二道街、西二道街上的药店、烧饼

① 胡风.《生死场》后记[M]//胡风评论集(上). 北京：人民文学出版社，1984：396.

② 师陀.《果园城记》序[M]//师陀全集 1. 郑州：河南大学出版社，2004：453.

③ 师陀.《果园城记》序[M]//师陀全集 1. 郑州：河南大学出版社，2004：453.

铺、豆腐店等，都不是萧红故乡独有的景物，那些“卖麻花的”“卖凉粉的”“卖豆腐”的各色人等，就更不具特指性和具体性，只是一种泛泛的指称。这种写作策略上的“泛化”倾向，强调了“小城”历史生活与文化性格的普遍性和重复性，正是在这个意义上，不论是“果园城”还是“呼兰河城”，都可被视为是“古老的内地中国的一个投影，也是一篇朴素的诗”①。

“泛化”的写作策略使得师陀和萧红笔下的景物描写往往具有某种“象征性”。《呼兰河传》第一章中重点写了呼兰城东二道街上一个五六尺深的大泥坑。相对于其他地段的平静，这个大泥坑子里所发生的故事可称为是东二道街上的“盛举”。它“黑糊糊的”“油亮亮的”②，不时陷溺车马、阻碍行人、淹死猪狗猫鸡鸭。可是呼兰城人就是没有人想起去填平它，反而兴致勃勃地观看着一出出“抬车抬马”的热闹场景，还为家家户户吃瘟猪肉找到了最佳借口。在落后、闭塞的呼兰城，几千年封建宗法思想的长期积淀更导致了人们愚昧、麻木、混沌的生活状态。“大泥坑”正是封建宗法制的生动写照，它吞没一切生灵，阻碍社会前进，可是人们却在其中浑然不觉。在自然界的四季轮回之中，呼兰河人也就糊里糊涂地过着春夏秋冬，“生、老、病、死，都没有什么表示”，“假若有人问他们，人生是为了什么？他们并不会茫然无所对答的，他们会直截了当地不假思索地说了出来：‘人活着是为吃饭穿衣’。再问他，人死了呢？他们会说：‘人死了就完了’。”③生活在这个封闭的、自给自足的呼兰河城里的人群，他们按照几千年来传下来的、从来如此的观念、规矩过日子，善意地或不怀恶意地无声地窒息、扼杀一切差别、不驯与生机。任何个人独立的人格、个性、情感、尊严和自由思想，都会被认为

---

① 唐迪文.《果园城记》[M]//刘增杰. 师陀研究资料. 北京：北京出版社，1984：249.

② 萧红. 呼兰河传[M]//萧红全集(下). 哈尔滨：哈尔滨出版社，1991：710.

③ 萧红. 呼兰河传[M]//萧红全集(下). 哈尔滨：哈尔滨出版社，1991：724-725.

是异端邪说，生命的欢乐不是体现在热情的喷发和积极的创造上，而是沦落为对恪守成规的自我安慰、对虚假尊重的自我确认、对欲望满足的自我陶醉上。这种文化的惯性如此之大，它使人们生活在卑微、鄙琐、睚眦必报，为蝇头小利而不惜大动干戈的势利、愚昧之中，而自己全然不觉。

而“果园城”里那座千年屹立、“永不倒坏”的塔，同样也象征着根深蒂固的封建文化传统，在果园城人的身上投下了浓重的历史阴影。传说中的糊涂仙人，正因为目睹了果园城肮脏与黑暗的一面：“在下面的衙门里，一个绅士正和县官策划怎样将一个应该判处死刑的人释放，另外拿一个完全无辜的人抵罪。然后以衙门为中心，虽然已是深夜，周围还在活动：在一个屋子下面有一个父亲正和一个流氓商议买他的女儿；在另外一个屋子下面，一个地主为着遗产在想方法谋杀他兄弟的儿子；在第三个屋子下面，一个老实人将别人的驴子吊起来，不让它吃草；在第四个屋子下面，一个赌徒在鞭打他的老婆，她三天没有给他弄来钱，没有接到一个嫖客；一个酒商正往酒缸里兑水；一个粮商在将他发霉的粮食擦光；一个宰牛的念着咒语；在不远的地方，一个少女正在哭泣，预备将头伸进她结在梁下的绳套……”所以才在吃惊之余将宝塔从袖袍里落下来，“它带着一种警告的性质”。① 然而千百年来，果园城似乎“永远停留在一点上没有变动”②，一代代的果园城人，“他们生前全曾用疑惧或者安慰的目光望着它”，然而最终都在它的巨大阴影下入土为安。从那个在魁爷的残暴统治下不幸死去的女戏子，到被流言扼杀年轻生命的油三妹，在封建宗法制的黑幕下，果园城上演的生命悲剧就从来没有停止，而师陀正是借此“让人看见那个黑暗、痛苦、绝望和

① 师陀. 果园城记 · 塔[M]//师陀全集 1. 郑州：河南大学出版社，2004：522.

② 师陀. 果园城记 · 葛天民[M]//师陀全集 1. 郑州：河南大学出版社，2004：470.

该被诅咒的社会”①。

毋庸置疑，师陀和萧红的创作是有着具体的历史语境的。《呼兰河传》的写作始于 1937 年，完成于 1940 年底，这段时间正是抗日战争全面爆发的初期；而《果园城记》的写作几乎与抗日战争相始终。国运危难之际，萧红以敏锐的艺术感受力灵敏地捕捉到了病态民族文化的阴影并惊人真实地描绘出历史惰性的可怕力量。作为深受鲁迅影响、与鲁迅在思想、艺术和追求上息息相通的作家，萧红显然继承了五四启蒙文学精神，以形象而犀利的笔锋剖析了呼兰城人身上的“国民劣根性”。与萧红相比，师陀在对果园城人生活图景的审视中，虽然也凝结着改造国民性的沉重思考，但他主要表现的是对宗法制下的庸俗人生进行批判的文化意向。

果园城里的葛天民，曾经热心地创办农林试验场，积极培育各种林木新品种，但是他的生活很快就入不敷出，不得不辞了场主的职务，成为一个“无所欲求”的地主；小学教师贺文龙希望有一天成为一个作家，但是生活的琐碎和艰辛使他的梦想永远搁浅在他那刚开了头的文稿上；出身于地主家庭的果园城的“傲骨”，从师范学校毕业后，怀着满腔的热情到社会上伸展拳脚，然而在现实面前他却屡屡受挫，成为一个满腹牢骚、无所事事的“愤世家”。面对着果园城内生命力的严重弱化与萎缩，重返果园城的“我”不禁流露出焦虑和无奈：“人生活在小城里，一种自然而然的规则，一种散漫的单调生活使人们慢慢地变得懒散，人们也渐渐地习惯于不用思索。”②而他的愤怒之情更是跃然纸上：“当我们批评一个人，譬如葛天民先生，我们怎能说他是好或是不好或是坏呢？你知道我们是生在中国，我们的人生哲学是——一个有才能的年青人，在十年以后他就已经自以为老了，他说话总喜欢用‘我们那时候’开始；一个

① 师陀.《果园城记》新版后记[M]//师陀全集 5. 郑州：河南大学出版社，2004：269.

② 师陀. 果园城记・葛天民[M]//师陀全集 1. 郑州：河南大学出版社，2004：466.

热心改革的好人，他将被蛆虫们踩在脚下蹂躏，自己以为没有才能反而是一种幸福；反过来，假使在最初的十年中，他一走进社会就作下累累的，每一件都够得上枪毙或二十年徒刑的大事，人们也许要在背后骂他，但是直到现在，被尊敬着被颂扬着的岂不正是他们吗？”①师陀对这种灰色的人生充满了深深的厌恶感，这位“心怀亡国奴之牢愁”的作家显然寄希望于国运危难之际民族精神的重振，他甚至疾呼道：“当一个国家的大部分公民连他们自己有没有人的资格都不知道，我们怎么能希望他们过了一夜就积极起来，怎么能使他们自觉的去和敌人战斗呢？”②

（二）故乡风色与心灵徘徊

《呼兰河传》是萧红生前的最后一部作品，对于这位终其一生都漂泊无依，备尝生命艰辛与爱情苦涩味道的女作家而言，在其生命的最后岁月，也许只有“故乡”能安慰她寂寞的心境。正如她在小说的结尾所写的那样：“以上我所写的并没有什么优美的故事，只因他们充满我幼年的记忆，忘却不了，难以忘却，就记在这里了。”③故乡的一切已经和作家的心灵凝结成了血肉般难以分割的整体，又在稳定的空间里经过漫长岁月的浸润，从而在内心深处郁结为极其深厚的情感积淀。《果园城记》中的“我”同样是怀着对故乡深刻的眷恋之情，回到了阔别七年的果园城，“这里的每一粒沙都留着我的童年，我的青春，我的生命”④，重回故乡的亲切兴奋中又交织着浓郁深沉的感情。于“流落洋场，如梦如魇，如釜底游魂”⑤的师陀而言，“思乡”同样是他永远无法停止的精神上的回溯，也成为他文学

---

① 师陀. 果园城记 · 葛天民[M]//师陀全集 1. 郑州：河南大学出版社，2004：466.

② 师陀.《无名氏》序言[M]//师陀全集 1. 郑州：河南大学出版社，2004：410.

③ 萧红. 呼兰河传[M]//萧红全集(下). 哈尔滨：哈尔滨出版社，1991：878.

④ 师陀. 果园城记 · 果园城[M]//师陀全集 1. 郑州：河南大学出版社，2004：455.

⑤ 师陀.《果园城记》序[M]//师陀全集 1. 郑州：河南大学出版社，2004：452.

创作的内在情结。

无论是“果园城”还是“呼兰城”，它们都是具有浓重传统色彩的小城镇。城镇不同于都市，它依附于大地和血缘，它与居住者之间有一种内在的恒定的联系，它是原始古朴的村落，人与人之间联系紧密，是贯穿亲情和维护心灵安全的地方。它既保留了乡间的生活情趣，“比乡村又多了些不可少的便利，然大都市的吵闹与纷遨险诈却没有，岂不是异常可宝贵可恋爱的呢?”①正因如此，小城镇往往充溢着浓浓的人文氛围。而在中国现代文学丰富多彩的文学想象中，更是有一个醒目的“小城镇”意象群落。无论是沈从文笔下的湘西小镇，还是施蛰存《上元灯》中的江浙小镇，抑或是骆宾基那里的边陲小城，它们都处于都市和乡野之间，是近乎原生态的自然、丰饶的民俗传统与城镇型知识文化、价值观念建构共参互生的理想场域，也是亲和人文传统的知识者适宜的宁静安身之地。而萧红的“呼兰城”和师陀的“果园城”，更是其中璀璨夺目的两个，给我们留下了深刻的印象。后花园，火烧云，小黄瓜，大倭瓜……萧红以童稚的语调和纤细敏锐的笔触将其笔下的“呼兰城”刻画得清丽温婉，而师陀则用质朴而沉重的笔触，糅合一颗沉郁感伤的心，为我们带来一幅古雅温馨的“果园城”画卷。那夕阳照耀下的古树林，那慢慢移动着的被照得嫣红的帆，那“粉脸一样美丽的果实”，那流荡在空气中的“酸酸的，甜甜的，像葡萄酒一样香”的味道，还有那金色余晖下飘荡在湖里的小舟，那少女用来将她们可爱的小指甲染成殷红的美丽的凤仙花……这一切的一切，足以让每一个四处漂泊的浪子从中嗅到“家”的气息，留恋不已。

汪曾祺说：“风俗中保留一个民族的常绿的童心，并对这种童心加以圣化。风俗使一个民族永不衰老。风俗是民族感情的重要组成部分”。②萧红在《呼兰河传》中尤重写风俗。跳大神、唱秧歌、放河灯、野台子

① 纪果庵. 小城之恋[M]//钱理群. 中国沦陷区文学大系·散文卷. 南宁：广西教育出版社，1998：65.

② 汪曾祺. 谈谈风俗画[M]//晚翠文谈. 杭州：浙江文艺出版社，1988：108.

戏、四月十八娘娘庙大会……萧红不厌其烦地讲述每一项风俗，透出浓郁的乡土气息。相比之下，师陀笔下的“果园城”并没有那么热闹，他是把风俗融进乡村宁静古朴的日常生活场景中来加以描绘。果园城里只有一家邮局，“倘若你的信上没有贴邮票，口袋里又忘记了带钱”，头发花白的邮差先生总会“从抽屉里摸出邮票，当真用吐沫湿了给你贴上”，“他相信你决不会不把钱送来”。① 每当暮色降临，敲着木鱼的卖煤油小贩就会从小巷的转角上出现，他顺便代卖各种杂货，直到家家户户都亮起了灯，他的影子才会消失。在果园城的任何一条街上，你总能看见“卧着打鼾”的狗和“摇动尾巴”的猪；在每一家人家门口，你也总会看到坐着谈天的女人，“头发用刨花抿得光光亮亮，梳成圆髻”，她们“从下午谈到黄昏”，“一个夏天又一个夏天，一年接着一年，永没有谈完过”。② 最生动的是果园城内流传着的关于水鬼阿嚏的传说，这个“以打嚏喷出名的水鬼”活泼顽皮，时常会跟果园城人开可恶的玩笑。据果园城人说他后来做生意去了，“有人并且看见他带一个女人”。牙齿雪白、皮肤呈紫铜色的小渔夫对这个传说深信不疑，他说：“人们老是住在一个地方都要气闷，阿嚏有时候自然也想到外面游逛”，“果园城是他的老家，有时候他忽然高兴，他自然会回来看看”。③ 在这个美丽而神秘的传说里，藏蕴着多少生活的情趣，而“果园城”也由此显得栩栩如生、带有一丝浪漫的气息。

师陀说：“我不喜欢我的家乡，可是怀念着那广大的原野。”④正是这种“爱恨交织”的复杂心态，使得他在对故乡的思恋与回顾中，又时时包含着批判反思之意。果园城那亘古不变的生活方式，既让他感觉温

---

① 师陀. 果园城记 · 果园城[M]//师陀全集 1. 郑州：河南大学出版社，2004：457.

② 师陀. 果园城记 · 果园城[M]//师陀全集 1. 郑州：河南大学出版社，2004：456-457.

③ 师陀. 果园城记 · 阿嚏[M]//师陀全集 1. 郑州：河南大学出版社，2004：517.

④ 师陀. 巨人[M]//师陀全集 1. 郑州：河南大学出版社，2004：127.

馨，但同时又有一种焦灼之情不可抑制地流露出来，这两种情绪有时就同时出现在他对某一景物的叙述中："还有什么是比这种喊声更亲切更值得回忆的呢，当我们长久地离开某处地方，我们忽然听见仍旧没有改变，以前我们就在这样静寂的小巷里听惯了的声调。我们从此感到要改变一个小城市有多么困难，假使我们看见的不仅仅是表面，我们若不看见出生和死亡，我们会相信，十年，二十年，以至五十年，它似乎永远停留在一点上没有变动"。① 对于果园城的沉滞与落后，师陀感受到了无比的失望。他厌恶这片土地，永不能扎根于其中，却又留恋着这片土地，同情世世代代生活在这里的人们。正因为如此，蛰居在沦陷区的师陀将想象中的"果园城"写得那样美丽而富有诗意，但是这里仍然不是他可以栖居的"精神家园"。萧红的《呼兰河传》中也明显流露出这种复杂情绪。一方面她在充满童趣的故乡怀想中写庙会，写后花园、火烧云、写慈爱的祖父，这一切都令她魂牵梦萦，思念不已。但另一方面，萧红也写象征着呼兰城混沌沉滞、闭塞落后的"大泥坑"，写了团圆媳妇和有二伯的悲剧，她深刻地揭示出千年一贯的生活方式、世代相传的思想习俗是人民愚昧麻木、社会停滞衰败的主要原因。这两个视角潜在地构成了一种张力，这显然告诉我们，作者至死怀恋的故乡并非精神上的完美花园。正是因为如此，才有了师陀笔下"果园城人"的漂泊和跋涉。不管是《一吻》里的大刘姐，还是年青时候的大空想家孟安卿，正是在他们的"离乡—返乡—再离乡"中，他们深味着生命无可着落的悲凉与落寞，"难道我们为生活所驱使的神圣的人类岂不正是这样的吗？我们只有在闲着的时候才会想到往昔的种种，才会天真地想到我们曾经在 ·个树林里散步，在一个荒僻地方栽过一株小树，在另一个荒僻地方曾经睡觉，在一个不知姓名者的坟上曾经读书。我们正是这样不住的找着这种旧梦，破碎的冷落的同时又是甜蜜的旧梦，在我们心里，每一个回想都是

① 师陀. 果园城记·葛天民[M]//师陀全集 1. 郑州：河南大学出版社，2004：470.

一朵花，一支[种]香味，云和阳光织成的短歌。我们自然早已猜到昔日的楼阁业已成一片残碎砖瓦，坟墓业已平掉，树林业已伐去，我们栽的小树业已喂饱山羊的饿肠，到处都是惆怅、悲哀和各种空虚，但是我们仍旧忍不住要到处寻找……”①对“精神家园”的寻找对现代人来说永远是一个可望而不可即的梦，萧红也许用她短暂的一生为此做了最好的注解。《呼兰河传》是萧红想要回家的梦，不仅如此，萧红在她的作品中苦苦思索的是：在这个荒凉、空虚、绝望和无意义的世界中，人类到哪里去寻找妥帖地安放灵魂的家园？从异乡到异乡，漂泊似乎成了萧红的宿命，其实这又何尝不是现代人的宿命？

（三）对存在和命运的感悟

当战时的英雄主义和浪漫主义成为时代文学的主潮，萧红和师陀仍然执著于对整个民族的生存状态和精神状态的反思。然而，与五四乡土小说相比，师陀和萧红在反映改造国民灵魂的时代历史内容的同时，更多地传达的却是对人类生存状态的焦虑与凝视。他们更为重视的是个体的生命体验，他们的最终目的是追问人的生存的终极价值并探求人在一定历史时期的生命本相与生存状态。他们对故乡沉重与落后的“揭露”并非止于理性的批判，他们也不是以是否与社会历史进步意义保持同构的价值标准来评判人的存在的意义。相反，他们是以“悲悯、同情之心”潜入到每一个个体生命之中，对其做最细微的体察和思考。当涉及人的生死时，他们充满无以言说的悲哀与愤怒，因为他们所感受到的是每一个个体生命的悲剧和命运。这悲剧固然是那个时代、那个社会和那种令人窒息的文化造成的，但是，作为一个生命它就有存在的价值和意义，作家正是通过它们思索和探询着人生存的价值和意义。

萧红以她全部的感性去把握生活，在她笔下，生与死是不断轮回

① 师陀. 果园城记·阿嚏[M]//师陀全集 1. 郑州：河南大学出版社，2004：518.

的，而所有美好的东西(包括生命)都是短暂而脆弱的。因此，一股浓重的悲凉感时常徘徊在她的字里行间，体现出她对于生命存在的诸多困惑和万般无奈。这里仅以萧红在《后花园》和《呼兰河传》中所讲述的同以磨倌冯二成子为主角但主题迥异的两个故事为例，来试析潜隐在萧红作品中的生命哲学。《后花园》一开始就以童稚的笔调描写后花园花朵次第盛开、果实相继成熟的“热闹”场景，以此来反衬磨倌冯二成子在“冷清清黑洞洞”的磨坊里的生命的“寂寞”。然而爱情的萌动激发了冯二成子生命的活力，他在心里默默地爱上了邻家赵老太太的女儿。不久，那姑娘出嫁了，他的生命欲望也归于沉寂。爱情如一道亮光照进冯二成子的生命里，然而却是短暂而不可得的，他不仅对生命的意义产生了困惑：“人活着为什么要分别？既然永远分别，当初又何必认识！人与人之间又是谁给造了这个机会？既然造了机会，又是谁把机会给取消了？”同时也发出质疑：“你们那些手拿着的，脚踏着的，到了终归，你们是什么也没有的。你们没有了母亲，你们的父亲早早死了，你们该娶的时候，娶不到你们所想的；你们到老的时候，看不到你们的子女成人，你们就先累死了。”①与王寡妇的结合使冯二成子获得了一丝安慰，他开始为了现实的人生目的而忙碌，但是“又过了两年，孩子的妈妈死了”，“不久，那孩子也死了”。冯二成子的生命之光彻底死灭了，他昏昏庸庸、无所欲求地在磨坊里继续死一般的生活了。生命在萧红笔下是如此苦涩而又沉重的，人不得不活着，也不得不承受美好的遗失与现实的残缺，这同样也折射出命运多舛的萧红切肤的生命体悟。然而，萧红又从一个现代人的角度对冯二成子对待生命的消极态度进行了深入反思，从而引发人们对于生命的真正价值和意义作出深刻的反思。人与动物最根本的区别就在于人有思想、有意识、有主观能动性，他们不是盲目的、被动的自然存在物，而是具有自然力、生命力，是能动的自然存在物。这些力量

① 萧红. 后花园[M]//萧红全集(上). 哈尔滨：哈尔滨出版社，1991：646-647.

作为天赋和才能，作为欲望存在于人身上，人如果失去了生命力、能动性和生存的欲望，人也就不成其为人了。《呼兰河传》中所讲述的磨倌冯歪嘴子故事就是对这个主题的深化。这两个故事显然有着相同的人物原型，但萧红这一次写的是冯歪嘴子特别顽强的生命力，“强的使人不禁想赞美他”①。冯歪嘴子在别人的闲言碎语中好好地过着自己的日子，他疼老婆、爱孩子，毫不掩饰自己对家庭和生活的热爱。冯歪嘴子的女人死了，他也没有像旁观者想象中的那样绝望，“他照常地活在世界上，他照常地负着他那份责任”，他在孩子的成长中感受到生活的力量。呼兰河城的人把冯歪嘴子看成一个异数，因为大家习惯于混混沌沌、因循守旧的生活并且早已在这种生活中丧失了生命的活力。而他的生命力顽强得令人嫉妒，在无情的命运和恶劣的生存条件的折磨下，他依然显示出了生命应有的价值。萧红在他身上寄托着对于人的生命强烈的渴望，同时也展示出人的生命意义的真正所在。冯二成子和冯歪嘴形成了鲜明的对比，在萧红的小说里，处处充满了这种对生命意识的苏醒与沉寂、勃发与死灭之间的对比，让我们慨叹人的生命意识的苏醒的美好与沉寂的悲哀。透过这种对比，她一方面对民族病态进行了揭露与批判；另一方面，则对中国人的生存状态这样一个更为根本的问题进行思考，暗示人应该强化主体意识、追求生存的价值与意义，只有这样才能打破那个可怕的生命怪圈，获得彻底的解放。

《果园城记》更是师陀把其乡土记忆和生命意识进行审美整合的典范。《果园城记》里的 18 篇大多讲述了一个时间的故事。师陀将叙事空间置于似乎凝滞其实绵绵不绝的时间之流中，这里面充满了对命运、对生存的思考。《桃红》里的素姑，一个在空闺里憔悴了的少女，她的青春如时间一样无声地过去了，只是为自己缝制了两大箱足够穿三十年的各色衣服。当她在镜子里看到自己憔悴的容颜时，她不禁流下泪来，潜伏

① 茅盾.《呼兰河传》序[M]//萧红. 萧红全集(下). 哈尔滨：哈尔滨出版社，1991：705.

在素姑心底的无尽的失意和悲哀由叙述者不动声色的叙述传达了出来。我们不禁发出这样的质问：生命的价值应该是这样的空白与无意义吗？果园城那永不倒坏的“塔”似乎就是时间的化身，“在许多年代中，它看见过无数痛苦和杀伐战争，但它们到底烟消云散了；许多青年人在它脚下在它的观望下面死了；许多老年人和世界告别了”，而“这个曾经看过以上种种变动的塔，现在正站在高处，像过去的无数日子，望着太阳从天际从果园城外的平原上升起来”。① 在果园像云和湖一样展开的果园城里，广野、堤岸、树林、阳光，这些景物也和多年前一样，似乎是永恒的；水鬼阿嚏和老渔夫的有趣传说依旧流传着；模样既尊贵又从容的邮差先生仍在不紧不慢地送着信。然而这一切的“不变”加倍地衬托出了生命的无常和人世的多变。果园城曾经的无形的主人魁爷，无论怎样风光威风，最后还是寂寞终老，无人过问；继承了庞大遗产的小刘爷，最终却因挥霍无度而导致家财散尽，沦为乞丐。至于《三个小人物》里的胡家大少爷、胡家小姐和门房的穷孩子小张，三个从小的玩伴，长大后的命运却是多变和难测。师陀在这些穷奢极欲、挥霍无度的浪荡弟子身上揭示出权势、金钱与命运、时间的深层关系。正如师陀所说：“好的时候总归要过去的，有那一天也就有这一天”②，“现在回想起来，把十年前和十年后比起来，这好像是对于人生的一种嘲笑，所有的金钱，名誉，骄傲，尊贵，华丽全成空虚”③。这使得小说的主题从具形的社会文化批判上升到对人类生存的形而上思考，其中渗透着师陀悲悯的人文关怀和深刻的生命意识。

无论是萧红还是师陀，他们从生命意识出发对人的观照，都透着清醒、深刻、孤寂、悲凉的现代意识。他们对人的死亡与命运的焦虑、对

---

① 师陀. 果园城记·塔[M]//师陀全集1. 郑州：河南大学出版社，2004：519.

② 师陀. 果园城记·城主[M]//师陀全集1. 郑州：河南大学出版社，2004：482.

③ 师陀. 无望村的馆主[M]//师陀全集2. 郑州：河南大学出版社，2004：13.

空虚和意义的焦虑，从总体上体现了现代人的生存焦虑，也使他们的乡土小说带有了形而上的哲学意味。萧红和师陀都有着严肃的现实主义创作态度，他们拥有直面人生、批判社会现实的勇气，但他们同时又关注人生的价值，对现代人的生存困境做了清醒而深刻的思考。他们在乡土记忆与生命意识的完美整合中深入挖掘出蕴含在乡土中国人生百态深处的“现代诗性”，这不仅使他们的小说在现实和抒情之间取得了平衡，更使小说的内涵呈多义性，增大了小说的审美疆域。

二、“自我”与“乡土”的关联——论萧红与师陀乡土想象中的现代诗性

在“启蒙”与“救亡”的感召下，现代作家倾向于以农村和农民为对象反思整个民族的历史道路；而那扯不断的乡愁，又使得无数返乡者在理性与情感的悖论中触摸到最为真实的个体生命体验。20世纪中国知识分子关于“乡土”的文学想象，就在时代与个人的双重向度上同时展开。但对于师陀和萧红而言，“乡土”不仅仅意味着一种内在情感，还有更深层次的内涵。他们在“乡土”与“自我”之间建立了更为紧密的联系，他们的乡土想象借助于个人的生命体验得以完成，而这种本体型生存经验又成为其“乡土想象”中“现代诗性”的主要源头。总而言之，坚守个体性存在的人文立场正是萧红与师陀的乡土小说独具艺术魅力的真正原因。

师陀与萧红都凭借乡土文学的创作在20世纪30年代文坛成为受人关注的新锐作家；40年代他们分别居于上海和香港，远离“文学主流”，虽未能吹奏出黄钟大吕之音，却在偏处一隅的困顿生存里回溯故乡、回归自我，探究存在的根源，寻找生存的价值和意义。身为女性的“弱者”身份赋予萧红一种“边缘”视角，她执著地从女性个体生存困境出发，将脆弱、孤独的生命体验融注在文本之中，反思自我的人生与命运。师陀怀着“乡下人”的质朴，甘愿做不为人知的“黄花苔”，同样从“边缘”发声，将乡土作为生命的本源，在关于乡土的文学想象中书写着生命的诸多悖论，又始终带着无法摆脱的生命虚无色彩，散发出沉郁、沧桑的独特韵味。

(一)故园归去却无家——寻找精神家园的虚妄性

乡土是萧红与师陀最主要的创作题材，与现代文学史上的许多作家一样，在他们走出乡土接受了现代文明的熏陶和洗礼之后，他们又都患了“乡思病”，频频回头凝望着故乡。故乡的一切和作家的心灵凝结成了血肉般难以分割的整体，又在稳定的空间里经过漫长岁月的浸润，从而在内心深处郁结为极其深厚的情感积淀。作家的故乡情结不仅象征了人类对那些美好但却一去不复返的过往的珍视和留恋，而且暗含了人类的某种情感需求和精神冲动，那即是在现代文明进程中对“精神家园”的寻找。然而，正是由于现代化与个体生命存在的连续性与完整性的内在矛盾，导致每个现代人在精神层面上都是游子。于现代知识分子而言，介于城市和乡村之间的“两栖”状态已经成为他们无法摆脱的宿命，他们只能终其一生在文学的世界里找寻心灵的“返乡”之途。尽管沈从文、废名并非完全把湘西与黄梅幻化成世外桃源，但他们却是由此构建起“希腊的小庙”。而在萧红与师陀笔下，“精神返乡”只是虚妄，在这个荒凉、空虚、绝望和无意义的世界中，人类根本无从找寻妥帖地安放灵魂的家园。

在《呼兰河传》之前，萧红没有如此集中地展现她的“乡愁”。“家”对于她多是一个梦魇。因为父亲的专制、冷酷，为了摆脱封建包办婚姻的束缚，萧红20岁就离开了家乡。此后，从异乡到异乡，漂泊似乎成了萧红的宿命。在写于1935年的散文《初冬》中，她自称是“散漫而孤独的流荡人”。“家”对于萧红而言，有太多冷漠、阴暗与孤独的记忆，因此她说“那样的家我是不能回去的”“那样的家我是不想回去的”①，“家乡这个观念，在我本不甚切”②。即使在与萧军与端木蕻良组成短暂的“家庭”时，萧红也从未真正得到家的安稳与温暖。1940年，萧红到达香港，在她生命的最后岁月，伴随她的是疾病、孤独与战争。此时的萧

① 萧红. 初冬[M]//萧红文集. 北京：北京燕山出版社，1988：112-113.

② 萧红. 失眠之夜[M]//萧红文集. 北京：北京燕山出版社，1988：125.

红一无所有，也许只有故乡能带来些许慰藉。她正是在这种心境下开始创作《呼兰河传》。童年的花园，慈爱的祖父，《呼兰河传》毫无疑问是萧红想要回家的梦，然而这个梦却在与残酷现实的撕扯中显出虚妄与凄然。一方面她以充满童真的笔调回忆起故乡的种种美好，庙会、大花园、火烧云、慈爱的祖父；但另一方面，萧红也写象征着呼兰城混沌沉滞、闭塞落后的“大泥坑”，写了团圆媳妇、有二伯的悲剧，这两个视角又潜在地构成了一种张力，这显然告诉我们，作者至死怀恋的故乡并非精神上的完美花园。在《呼兰河传》的结尾，萧红由热闹的呼兰河城返回现实，“老主人死了，小主人逃荒去了”。梦中的一切归于虚空，留给萧红的是无尽的悲凉与寂寞。

与萧红一样，师陀对家乡的怀想与回忆，也是在个人国家以至世界都围困在无可奈何且又不知来日的光阴里时格外固执起来。整个抗日战争期间，师陀几乎都蛰居在上海，承受着来自物质与精神的双重压力。于师陀而言，在“流落洋场，如梦如魇，如釜底游魂”①般的日子里，再没有什么比对故乡的记忆更能给他生命的慰藉了。他用自己的想象与文字营造了一个美丽的“果园城”，历时八载，几乎与战争相始终。“果园城”集中了师陀对故乡全部的美好印象，显示出他对自然人生形态的向往和对传统文化的皈依。尽管如此，这里仍然不是他可以栖居的“精神家园”。在这里面既有像云和湖一样展开的果园，也有停滞如死水般的时间，无情消耗着人的生命；有传说中生动可爱的水鬼阿嚏，却也有许多痛苦而又善良的人被困在重重束缚和压迫下面。因此，在“离乡—返乡”的叙事模式中，“无家”常常成为师陀笔下“返乡者”的共同命运。比如《掠影记》中的西方楚，在历经半个多月的长途跋涉回到自己的家乡时，残酷的现实将其关于故乡的梦幻击得粉碎；《寻金者》中的朱珩，满载珠宝黄金而归，得到的却是爱人已死的消息；《果园城记》中的大刘

① 师陀.《果园城记》序[M]//师陀全集1. 郑州：河南大学出版社，2004：452.

姐、孟安卿……他们的归来似乎只是为了印证时间的流逝，青春已老、爱情不再，过去的美好都一去不复返了！在《果园城记》的序言中，师陀提及小说中那位马叔敖先生，他似乎是一切“返乡者”的缩影，但伴随着小说叙事的展开他下落不明——“我不知道他的身份、性格、作为，一句话，我不知道他是谁，他要到何处去”①。马叔敖们不论在身体上还是精神上，都是找不到返乡之途的流浪者，只得再次离开故乡，踏上漫漫人生旅途。历史追求与家园之恋间的悖论是人无法摆脱的生存困境，因此师陀说：“生命似乎只适于跋涉。”②“跋涉”似乎已经成为现代人无法摆脱的生存状态，而“怀乡”更是他们不可逃避的精神宿命。师陀笔下主人公们的返乡与离乡，超越了历史现代性视角下对乡土的理性批判与情感回归的二元呈示，更多地指向了对现代人生存困境的思索与拷问。

在“离乡—返乡”过程中，“果园城人”认识到人生悖谬的实质，更加深了对于自身无归属感的体认，伴之而来的寂寞与孤独成为他们显著的精神特征。“大地无涯，天陲时时向我引诱，于是我幻想作一个旅客。迢遥的旅途往往令人惆怅，以后要发生什么事情我们还不知道，我们也没有方法知道我们的行程将于何处终止。”③师陀深味生命无可着落的绝望与悲凉，无论是萧红还是师陀，他们借助于虚构的文字对“故乡”的精神追寻，“最终揭示的不是情感的归依和自我的完成，而是情感的无处归依和自我追寻的破碎轨迹”④。

（二）人生何如——关于生与死的追问

在 1935 年出版的成名作《生死场》中，萧红描述了北方乡村生活中

① 师陀.《果园城记》序[M]//师陀全集 1. 郑州：河南大学出版社，2004：453.

② 师陀. 夜[M]//师陀全集 2. 郑州：河南大学出版社，2004：46.

③ 师陀. 上海手札·倦游[M]//师陀全集 3. 郑州：河南大学出版社，2004：179.

④ 卢建红.“故乡”与萧红的自我认同[J]. 黑龙江社会科学，2010(4)：68-71.

触目惊心的生死挣扎，“在乡村，人和动物一起忙着生，忙着死”，消解了一切生存意义的“生死场”无情吞噬着青春、爱情和生命，使人降为动物性的存在。《呼兰河传》中的呼兰城，依然是“生死场”的延续，这里的人们“生、老、病、死都没有什么表示”，“活着是为了吃饭穿衣”，“死了就完了”。《生死场》中的村庄十年如一日，《呼兰河传》中的小城定格在记忆中止步不前，当时间与空间都被抽离，“生死场”一方面在萧红的启蒙主义立场下呈现出清晰的文化批判指向，另一方面却又在生死轮回中切中人生存的虚无本质。萧红对于人生存的终极意义的追问，在《后花园》中体现得更为透彻。磨倌冯二成子在爱情的萌动中获得了主体意识的觉醒，他对“生死场”所代表的生存方式发生了质疑：“你们要吃的吃不到嘴，要穿的穿不上身，你们为了什么活着，活得那么起劲？”①在爱情幻灭之后冯二成子归于沉寂，与王寡妇的结合似乎与爱无关，但却获得了生命中唯一的温暖。王寡妇这样理解生存的意义：“人活着就是这么忙的，有孩子的为孩子忙，有老婆的为老婆忙，反正做一辈子牛马。年轻的时候，谁还不是像一棵小树似的，盼着自己往大里长，好像有多少黄金在前边等着。可是没有几年，体力也消耗完了，头发黑的黑，白的白……”②萧红借王寡妇之口再次强化了对于人生荒谬与虚无本质的体验。冯二成子和王寡妇正是在对此有清晰体认的基础上开始了对命运的默默抗争，由此获得了生存的积极意义。《呼兰河传》中的冯歪嘴子与冯二成子具有同样的精神向度，他在命运的打击中选择顽强地生存。萧红用“后花园”来象征这种来自民间的生命力量，它们虽是边缘性的存在，但“倒在地上仍旧开着花”，不用打理也自有一番盎然景象。

然而如此反抗绝望的人生姿态在萧红那里并非常态，萧红从女性自身困境出发所表现出来的对于人生寂寞与虚无本质的悲剧性体验往往渗

① 萧红．后花园[M]//萧红全集(上)．哈尔滨：哈尔滨出版社，1991：647．

② 萧红．后花园[M]//萧红全集(上)．哈尔滨：哈尔滨出版社，1991：649-650．

透在字里行间，给人以更为强烈的心灵震撼。萧红曾说："我一生中最大的痛苦和不幸，都是因为我是个女人"①，"女性的天空是低的，羽翼是稀薄的，而身上的累赘又是笨重的"②。萧红具有自觉的女性意识，这种女性意识不仅体现在对男权文化的批判上，更使她带着一种"弱者"和"有限者"的视角，将脆弱、孤独与绝望的生命体验融注在文本之中，反思自我的人生与命运。在 1935 年与萧军的通信中，萧红曾经这样说道："我的心就像被浸在毒汁里那么黑暗，浸得久了，或者我的心会被淹的"，"痛苦的人生啊！服毒的人生啊！我常常怀疑自己或者我怕是忍耐不住了吧？我的神经或者比线还细了吧？"③而在香港的最后岁月，处于人生最黯淡与最寂寞时期的萧红，无疑对人生的悲剧性体验更为强烈。在《呼兰河传》中，萧红悲凉的情绪不时从夹叙夹议中突兀而来，例如小说第二章写跳大神为乡人治病，常常跳到半夜时分，唱曲混合着鼓声，"越听就越悲凉"，"人生为了什么，才有这样凄凉的夜"。而"悲凉""寂寞""荒凉""凄凉"更是《呼兰河传》中出现频率较高的几个词汇，它们的统一指向是萧红对于人生存状态的主体感悟。在对于人生的意义和价值的追问上，师陀与萧红不乏相同之处，他们都触摸到人生虚无与荒诞的实质，也同样表述着孤独、伤感、忧惧的人生体验。但与萧红执著于从性别体验角度发言不同，师陀以一种较为成熟的哲学理性去关注人的存在。他更善于将叙事空间置放于绵绵不绝的时间之流中，表达人生无常、生命有限的思索。他在更广泛的审美空间内探究生存的本质，在更深的维度上阐发个体生命感受的本体论意义。"时间"是解读师陀小说的一个重要概念，正是在对"时间"的书写中，隐藏着作家对生命哲学

① 转引自刘思谦."娜拉言说"——中国现代女作家心路历程[M].上海：上海文艺出版社，1993：186.

② 转引自刘思谦."娜拉言说"——中国现代女作家心路历程[M].上海：上海文艺出版社，1993：185.

③ 萧红.致萧军信[M]//萧红全集.哈尔滨：哈尔滨出版社，1998：1306.

的叩问。与萧红一样，师陀在《果园城记》中存有“多种价值向度的时间意识”①。基于历史进化论的线性时间意识服务于“启蒙”的主题，在其参照下呈现出“果园城”的封建宗法社会特质。但师陀没有像萧红那样通过对风俗节日的描写凸显带有民间色彩的循环往复时间的意识。占据《果园城》主体的，是有关个人的时间描述。《果园城记》里的 18 篇大多讲述了一个“时间”的故事，作者对于时间的恐惧与醒悟处处存在：人到中年的大刘姐重返果园城，衣饰华贵的她伫立在十字街头，恍若隔世，纵使与昔日的恋人虎头鱼重逢，已是相见不相识；在青春气度的支持下远走他乡的孟安卿，回到果园城才意识到自己已经老了，居然没有人能够认出他来。时间就像一面镜子，在世事的更迭与人生的悲欢之中，映照出果园城人一去不返的青春与爱情。更重要的是，师陀正是借助“时间”揭示了人生真实而又荒诞的处境。在“盛极而衰”的家族故事中，师陀更是将这样的主题演绎到极致。果园城曾经的主人朱魁爷，无论怎样风光威风，最后还是寂寞终老、无人过问；继承了庞大遗产的小刘爷，最终将家财散尽，沦为乞丐；布政使家的胡家大少爷，懒惰骄傲、无恶不作，将家产挥霍一空后死于非命，妹妹也只能沦落风尘，靠出卖姿色养活母亲。在这些世族子弟身上，师陀诠释着权势、金钱与命运的深层关联，更表现出他对人的有限性与虚无性的清醒体悟：“把十年前和十年后比起来，这好像是对于人生的一种嘲笑，所有的金钱，名誉，骄傲，尊贵，华丽全成空虚。”②“命运的基本特点是其不可以理性说明和无法抗拒”③，从这个意义上来说，时间即命运，面对无限的、主宰一切的时间，人的有限性表露无遗，而人也注定无法逃脱生命的悲剧：“人们无忧无虑地吵着、嚷着、哭着、笑着、满腹机械的计划着，等到他们忽然睁开眼睛，发觉面临着那个铁面无私的时间，他们多么渺小空

① 翟永明. 完美阐释的欲望与阐释限度的反思[J]. 大连大学学报，2011(4)：33-37.

② 师陀. 无望村的馆主[M]//师陀全集 2. 郑州：河南大学出版社，2004：13.

③ 朱光潜. 悲剧心理学[M]. 北京：人民文学出版社，1983：128.

虚可怜，他们自己多无力啊！”①1941 年出版的中篇小说《无望村的馆主》从主题上是《果园城记》中“世家子弟”故事的延续，但在这部作品中师陀呈现的不再是“速写式”的人物，而将焦点放在主人公陈世德的心灵世界上，深刻表现出对人的存在的本体性关注。陈世德是继承了祖上全部财产的乡间浪荡子弟，一生下来就被金钱、宠爱、奉承所包围，骄纵任性，无恶不作。然而在去梦喜庄看戏的晚上，他怂恿手下人去强奸的女子却正是自己素未谋面的未婚妻。骄傲的宝善堂主人由此堕入生命的黑谷，因为他体认到人生的荒诞本质。此后的陈世德无法寻找到生命的意义，焦虑与恐惧成为他唯一的生存状态，他像是一匹心灵上受伤的野兽，在乡野大地上不停地奔跑，直到死去为止。师陀小说中的大多人物都被视为像陈世德一样的“失败者”，无论是英雄(《阴影》)、土匪(《寨主》)、士兵(《小事件》)还是行走江湖的老者(《江湖客》)，他们失败的原因在于无法认同现实世界，而只能停留在个人精神世界中。这些失败者只能以一种近乎自戕的方式追逐生存的意义，孤独、绝望、焦虑成为其真实的生存状态。在此类作品中，师陀完全放弃了民族国家向度上的“现代性”诉求，乡土叙事的意义只来自个人生命诉求，由此呈现出更为清晰的个人风格。从这一点上看，师陀比萧红要走得更远。

萧红与师陀对生命感性与个体意识的叩问与反思使其关于乡土的文学想象具备了真正的现代诗性，在“乡土”与“自我”内在关联的建立上，他们站在了同时代作家的高度，同时也具备了某种超越性。对其乡土作品中现代诗性的把握，使我们更接近作者的精神世界，也使我们在梳理中国现代乡土文学史时，于“写实”与“抒情”之外，又多了一个思考的维度。毋须讳言，师陀与萧红非理性的生存体验，对于世界虚无与悖谬本质的洞穿使其在精神内里上与西方存在主义取得了某种契合。但其与怀疑理性、强调“纯粹”的个人经验，并把个人及其情感体验上升到本体论高度的西方存在主义者仍存有本质区别。因此，我们不能轻易为作家贴

① 师陀. 果园城记·一吻[M]//师陀全集 1. 郑州：河南大学出版社，2004：557.

上“存在主义”的标签。因为“存在主义是一种每个时代的人都有的感受”①，“存在主义的某些核心问题——如人为什么活着？人生的价值和意义是什么？个体如何达到本真的自我并获得完美而丰富的存在？以及生命、死亡、自由、孤独等对人来说到底意味着什么——事实上是一些古老而常新的人本问题，是人类普遍关心的问题，对人类具有普遍的永恒的意义。”②更重要的原因在于，中国现代作家的现代性反思始终都是在启蒙的语境中进行的。在启蒙主义话语、民族主义革命叙事、民间立场、性别体验及现代生存哲学的共生场域中，师陀和萧红的作品具有极其丰富的阐释空间，同时也意义丛生，具有某种模糊性。我们只有从多元视角出发，才能避免多度阐释或阐释不足，真正接近作者的精神世界与文本的意义世界。

---

① 语自W. 考夫曼《存在主义》，转引自朱寿桐. 中国现代主义文学史[M]. 南京：江苏教育出版社，1998：241.

② 解志熙. 生的执著——存在主义与中国现代文学[M]. 北京：人民文学出版社，1999：241.

参考文献

一、作家作品

[1]徐玉诺：《徐玉诺诗歌精选》，武汉：长江文艺出版社，2015年。

[2]秦方奇编校：《徐玉诺诗文辑存》(上)(下)，郑州：河南大学出版社，2008年。

[3]解志熙、王文金编校：《于赓虞诗文辑存》(上)(下)，郑州：河南大学出版社，2004年。

[4]苏金伞：《苏金伞诗选》，北京：人民文学出版社，1983年。

[5]苏金伞：《苏金伞诗文集》，郑州：河南文艺出版社，1998年。

[6]臧克家：《臧克家诗选》，北京：人民文学出版社，2005年。

[7]臧克家：《中国当代名诗人选集：臧克家》，北京：人民文学出版社，2006年。

[8]姚雪垠：《长夜》，北京：人民文学出版社，2019年。

[9]姚雪垠：《差半车麦秸》，北京：华夏出版社，2011年。

[10]姚雪垠：《春暖花开的时候》，郑州：中州古籍出版社，2015年。

[11]师陀：《师陀全集》，刘增杰编校，郑州：河南大学出版社，2004年。

[12]沈从文：《沈从文全集》，太原：北岳文艺出版社，2002年。

[13]萧红：《萧红全集》，哈尔滨：哈尔滨出版社，1991年。

[14]萧红：《萧红选集》，北京：人民出版社，1981年。

[15]汪曾祺：《晚翠文谈》，杭州：浙江文艺出版社，1998年。

[16]汪曾祺：《晚翠文谈新编》，北京：生活·读书·新知三联书店，2002年。

[17]端木蕻良：《端木蕻良小说》，杭州：浙江文艺出版社，2007年。

[18]萧军：《八月的乡村》，广州：花城出版社，2016年。

二、理论专著

[1]孙玉石：《中国现代主义诗潮史论》，北京：北京大学出版社，2010年。

[2]姜涛：《"新诗集"与中国新诗的发生》，北京：北京大学出版社，2019年。

[3]解志熙：《美的偏至——中国现代唯美-颓废主义文学思潮研究》，上海：上海文艺出版社，1997年。

[4]李怡：《中国新诗讲稿》，北京：中国人民大学出版社，2014年。

[5]赵凌河：《新文学现代主义思想史论》，沈阳：辽宁人民出版社，2006年。

[6]孙玉石：《〈野草〉研究》，北京：北京大学出版社，2010年。

[7]汪晖：《反抗绝望》，石家庄：河北教育出版社，2000年。

[8]解志熙：《生的执著——存在主义与中国现代文学》，北京：人民文学出版社，1999年。

[9]冯光廉：《中国近百年文学体式流变史》，北京：人民文学出版社，1999年。

[10]洪子诚：《中国当代文学史》，北京：北京大学出版社，1999年。

[11]吴永平：《姚雪垠抗战时期小说创作研究》，郑州：中州古籍出版社，2015年。

[12]温儒敏：《新文学现实主义的流变》，北京：北京大学出版社，1988年。

[13]杨义：《中国现代小说史》，北京：人民出版社，1998年。

[14]丁帆：《中国乡土小说史论》，南京：江苏文艺出版社，1992年。

[15]钱理群：《精神的炼狱——中国现代文学从“五四”到抗战的历程》，南宁：广西教育出版社，1996年。

[16]钱理群：《对话与漫游——40年代小说研读》，上海：上海文艺出版社，1999年。

[17]王义军：《审美现代性的追求——论中国现代写意小说中的写意性》，上海：上海文艺出版社，2003年。

[18]宗白华：《美学散步》，上海：上海人民出版社，1981年。

[19]陈平原：《中国小说叙事模式的转变》，北京：北京大学出版社，2003年。

[20]徐岱：《小说叙事学》，北京：中国社会科学出版社，1992年。

[21]许道明：《京派文学的世界》，上海：复旦大学出版社，1994年。

[22]陈继会等：《中国乡土小说史》，合肥：安徽教育出版社，1999年。

[23]万书元：《第十位缪斯：中国现代讽刺小说论(1917—1949)》，南京：东南大学出版社，1998年。

[24]陈青生：《抗战时期的上海文学》，上海：上海人民出版社，1995年。

[25]赵园：《地之子——乡村小说与农民文化》，北京：北京十月文艺出版社，1993年。

[26]凌宇：《从边城到世界》，北京：生活·读书·新知三联书店出

版社，1985年。

[27]刘思谦：《“娜拉言说”——中国现代女作家心路历程》，上海：上海文艺出版社，1993年。

[28]夏志清：《中国现代小说史》，刘绍铭等译，香港：香港中文大学出版社，2001年。

[29]威廉·巴雷特：《非理性的人》，杨照明、艾平译，北京：商务印书馆，2004年。

[30]贝思飞：《民国时期的土匪》，徐有威等译，上海：上海人民出版社2010年。

[31]辛·刘易斯：《意象的定式》，汪耀进译，成都：四川文艺出版社，1989年

[32]勒内·韦勒克、奥斯汀·沃伦：《文学理论》，刘象愚、邢培明等译，北京：生活·读书·新知三联书店，1984年。

[33]金介甫：《沈从文传》，符家钦译，北京：时事出版社，1990年

[34]恩斯特·卡西尔：《人论》，甘阳译，北京：西苑出版社，2003年。

三、资料汇编

[1]刘运峰编：《中国新文学大系导言集(1917—1927)》，天津：天津人民出版社，2009年。

[2]谢冕主编：《中国新诗总系(1917—1927)》，北京：人民文学出版社，2010年。

[3]谢冕主编：《中国新诗总系(1927—1937)》，北京：人民文学出版社，2010年。

[4]谢冕主编：《中国新诗总系(1937—1949)》，北京：人民文学出版社，2010年。

[5]严家炎编：《二十世纪中国小说理论资料》(第2卷)，北京：北

京大学出版社，1997 年。

[6]吴福辉编：《二十世纪中国小说理论资料》(第 3 卷)，北京：北京大学出版社，1997 年。

[7]钱理群编：《二十世纪中国小说理论资料》(第 4 卷)，北京：北京大学出版社，1997 年。

[8]冯光廉、刘增人编：《臧克家研究资料》(上、下)，北京：知识产权出版社，2010 年。

[9]禹权恒编著：《姚雪垠研究》，郑州：河南大学出版社，2017 年。

[10]樊会芹编著：《苏金伞研究》，郑州：河南大学出版社，2017 年。

[11]刘增杰编：《师陀研究资料》，北京：北京出版社，1984 年。

[12]吴福辉编选：《京派小说选》，北京：人民文学出版社，1990 年。

[13]姚海天、蒋晔编著：《一代文学大家姚雪垠》，沈阳：沈阳出版社，2018 年。

[14]姚雪垠：《姚雪垠回忆录》，北京：中国工人出版社，2010 年。

[15]刘增人：《臧克家序跋选》，青岛：青岛出版社，1989 年。

[16]阎豫昌：《苏金伞评传》，郑州：文心出版社，1995 年。

四、期刊论文

[1]朱德发、温奉桥：《非理性视野中的现代中国文学》，《北方论丛》2003 年第 4 期。

[2]凤媛：《从茅盾和叶圣陶的早期文学实践看“为人生”文学思潮的多重面向》，《山东师范大学学报》2023 年第 1 期。

[3]解志熙：《现代作家的存在探询(上)——存在主义与中国现代文学》，《文学评论》1990 年第 5 期。

[4]解志熙：《现代作家的存在探询(下)——存在主义与中国现代文学》，《文学评论》1990 年第 6 期。

[5]罗钢：《“五四”时期及二十年代西方现代主义文艺理论在中国》，《中国社会科学》1988 年第 2 期 。

[6]秋吉收：《鲁迅与徐玉诺——围绕散文诗集〈野草〉》，《汉语言文学研究》2016 年第 7 期。

[7]枣红马：《挽歌和月亮女神的精神交响——徐玉诺诗学解》，《南腔北调》2022 年第 9 期。

[8]江锡铨：《生活苦吟：1930—1940 年代臧克家诗歌艺术论》，《中国现代文学研究丛刊》2011 年第 6 期。

[9]罗维：《重读姚雪垠的现代土匪题材小说〈长夜〉》，《中国现代文学研究丛刊》2012 年第 6 期。

[10]赵小琪：《姚雪垠〈长夜〉对江湖世界的想象方式论》，《贵州社会科学》2011 年第 4 期。

[11]逄增玉：《胡子与英雄：东北作家创作中独特的历史与文化景观》，《文艺争鸣》1995 年第 3 期。

[12]章朋：《历史、创伤与文学——拉卡普拉的“书写创伤”理论及其伦理意义》，《文艺理论研究》2021 年第 6 期。

[13]陶东风：《心理分析与解构主义的视野融合——论卡鲁斯的创伤文学批评理论》，《学术研究》2023 年第 8 期。

[14]钱理群：《〈万象〉杂志中的师陀的长篇小说〈荒野〉》，《现代文学研究丛刊》2005 年第 3 期。

[15]喻晓薇：《师陀早期创作的精神特质》，《开封大学学报》2003 年第 3 期。

[16]余党绪：《跋涉与沉思——论师陀小说的文化品格》，《上海大学学报》1997 年第 2 期。

[17]卢建红：《“故乡”与萧红的自我认同》，《黑龙江社会科学》2010 年第 4 期。